기 다 리 는 마 음

너를 만나는
그 날 까지
나 는 항 상
엄 마 란 다

기 다 리 는 마 음

에밀리 해리스 애덤스 지음 신솔잎 옮김

빌리버튼 billy button

Notes

- 본문에 나오는 성경 표기는 《한영성경전서》(대한성서공회)를 참고했습니다.
- '불임'과 '난임'은 의미상 차이가 있으나, 최근 현대의학에서 엄밀히 구분하지 않는 경향이 있어 이 책에서는 '난임'으로 표기했습니다.

◇◇◇◇◇

이 책을

두 팔 벌리고 아이를 기다리는 모든 사람들에게 바친다.

언젠가는 그들의 품 안이 채워지기를…….

◇◇◇◇◇

Contents

내일은 온다

임신을 향한 첫 걸음은 불길한 예감에서, 가슴과 자궁 내부에서 전해지는 불쾌한 떨림에서부터 시작된다.

7개월이나 임신 소식이 없자 나와 남편은 병원에 가보기로 했다. 의사는 우리 부부의 잠자리 횟수를 물었다. 체모가 어디에, 얼마나 나는지까지 물었다. 병원에서는 검사라는 명목으로 몸 안의 체액이란 체액은 거의 모두 채취했다. 거의 1년 동안 모든 결과는 '정상'을 가리켰다.

나는 배란을 확인하기 위해 몇 달 동안이나 매일 아침 체온을 쟀다. 어쩔 때는 체온계를 입에 문 채 잠든 적도 있고, 소변을 참느라 방광이 터질 뻔한 적도 있다. 체온계가 정확한 온도를 가리키기 전에 몸을 많이 움직이면 체온이 잘못 측정되어 한 달간의 기록을 망칠 수도 있기 때문이다.

우리가 품은 질문에 대한 대답을 듣기 위해선 한 달을 꼬박 기다려야만 했다. 매번 새로운 주기가 시작된다는 것은 하나의 답변이자 또 다른 실패를 의미했다. 이상이 있다는 짐작은 했지만 그렇다고 '확답'(아이가 생기지 않은 이유에 대한 진정한 답변)을 듣는 과정이 쉬워지는 건 아니었다.

우리에게 확진이 내려지던 즈음 나는 난임 관련 질환에 대해 이미 많은 지식을 갖춘 상태였다. 정자감소증, 자궁내막증, 다낭성 난소증후군, Rh혈액형 부적합이 무엇인지 알았다. 머리로는 우리가 아이를 갖지 못하는 이유는 치명적인 신체적 결함 때문일 거라고 인지했다. 그러나 상황이 그렇게 절망적으로 치달았다고는 생각지 않았다. 우리에게 선고가 내려진 그 끔찍한 날도 그렇게 생각했다.

남편은 진료 침대를 사이에 두고 내 오른편에 앉았다. 우리는 검사 결과를 기다렸다. 내 왼쪽에 놓인 책상에는 당나귀 귀 모양으로 축 늘어진 자궁 모형이 있었다. 진료 침대는 물론 침대에 붙은 끔찍한 발걸이보다야 자궁 모형에 시선을 두는 게 마음이 편했다. 치료를 받는 동안 몇 번이나 더 저 침대 발걸이에 억지로 발을 걸쳐야 아이를 가질 수 있을까 하는 생각을 했다. 세 번? 네 번?

의사가 진료실에 들어선 순간 나는 이번에는 난임의 진짜 원인이 무엇인지 알 수 있을 것 같았다. 몇 가지 가능성을 떠올렸다. 가령 자궁경관점액에 이상이 있을 수도, pH 수치가 너무 높을 수도 있고, 혹은 자궁 내막의 조직을 얼마간 제거해야 하는 상황일 수도 있다. 의사는 문가에 잠시 멈춰서더니 생각을 정리하는 듯 보였다. 결과를 전달받기 전 나는 굉장한 흥분에 휩싸였다. 문제가 무엇인지 정확하게 안다면 해결할 수 있을 거라 확신했다. 이제껏 우리는 어디에 이상이 없는지만 알고 있었다. 그러나 정확한 문제를 안다면 이제는 해결할 수 있다.

의사의 설명을 들으며 나는 그의 말 속에 숨은 의미를 이해했다. 우리가 자연적으로 아이를 가질 확률이 없음을 뜻했다.

'전혀 없음.'

나는 그곳에 앉아 의사의 이야기를 들으며 그가 어서 이 진료실을 나가길 바랐다. 그가 사라지길 바랐다. 내 안에서 죄책감과 분노가 커져갔다. 우리의 몸이 우리에게 준 배신감, 그리고 그것이 실로 우리 자신의 잘못이라는 데서 비롯된 죄책감. 우리가 그간 들인 시간과 노력, 끔찍한 진료 침대의 발걸이가 사실은 모두 무의미했음을 깨달으며 치미는 분노.

나는 아무도 없는 곳에서 우리에게 내려진 선고를 향해 마음껏 항복하고 싶었다. 머지않아 내가 처한 위기 속에서 외로움을 느낄 터였다. 내 아픔이 얼마나 깊고 처절한지 다른 사람들이 알아주고 이해해주길 원할 터였다. 하지만 그때 그 순간만큼은 나와 내 남편을 제외한 모든 사람들이 사라지길 바랐다. 나는 고독을 원했다. 나와 남편뿐이라면 우리가 아이를 갖지 못한다 해도 큰 문제는 아닐 것이었다. 이 세상에 우리 둘 뿐이라면 우리는 그저 마음껏 슬퍼할 수 있으리라. 나는 혼자 있고 싶었다.

하지만 의사는 진료실을 나가지 않았다. 앞으로 우리 부부에게 어떤 선택권이 남았는지 설명한 뒤에야 비로소 자리에서 일어났다. 세계가 작고 하찮은 파편으로 조각나는 기분이었다. 이 방 안에서 오가는 대화와 당사자인 우리만이 그나마 중요하게 느껴졌다. 바깥 세계는 내가 신경 쓰지 않은 사이 어느새 멸망하여 사라져버린 것만 같았다.

그러나 나와 남편이 병원을 나선 뒤 마주한 세상은 내가 예상했던 종말 후의 모습이 아니었다. 평범한 사람들이 병원 로비에 앉아 있었다. 도로는 여전히 아스팔트로 포장된 채였고 멀쩡히 차들이 지나다녔다. 세상이 끝났지만 그 후 마법 같은 속도와 정교함으로 다시 재건된 것만 같았다. 나와 내 남편의 세상만 제외하고. 모든 것이 제자리로 돌아왔고 심지어 완벽한 모습이었다. 우리만 제외하고.

그 뒤 몇 달 간 우리는 평범했던 예전의 삶과 깊은 절망감으로 가득한 새로운 삶 사이를 오가며 균형을 잃었다. 나는 좋아하는 일을 계속 했다. 여전히 시를 썼고, 케이크와 쿠키를 구웠다. 그러나 기대를 가지고 임신을 준비했던 과거에 느꼈던 좌절감은 난임 판정 이후, 전과는 비교할 수 없을 정도로 재앙처럼 나를 덮쳤다. 화장실을 청소하다가도 갑자기 울음이 터졌다. 글을 쓴 뒤에는 낮잠을 자야만 했다. 때로는 모든 일을 놓고 가만히 앉아 있기도 했다.

남편의 변화도 내 눈으로 지켜봐야 했다. 그는 호탕한 웃음소리 대신 침묵을 지켰다. 활기차게 이야기를 쏟아내던 그는 텅 빈 시선으로 의자에 가만히 앉아 있었다. 사람들과 함께 있을 때에도 누군가 말을 걸기 전에는 먼저 입을 떼지 않았다.

인간이 절망에 빠질 때 겪는 신체적 증상이 나타나기 시작했다. 남편은 밤에 등을 어루만져줘야 잠들었다. 아침에는 나를 깨우기 위해 남편이 등을 쓸어주었다. 배 속에서 뭉근한 통증이 계속되어 속이 뒤틀리는 것 같았다. 남편은 잠을 잘 때 이를 갈았다. 우리는 심리적인 피로감에 내내 젖어 있었다. 한동안은 우리가 느끼는 정신적 고통을 극복할 마음조차 들지 않을 만큼 지쳤다.

도움을 받아야겠다는 생각이 들었을 때 가장 먼저 떠올린 것은 늘 내게 위안을 주었던 책이었다. 나는 책 제목과 저자 이름을 적은 종이를 들고 서점으로 달려갔다. 임신과 출산에 관한 책들로 가득 차 있었지만 난임을 다룬 책은 없었다. 직원에게 책을 찾아

봐달라고 부탁했다. 그에게 종이를 건네는 것은 고해성사와도 같
았다. 남자 직원은 도서 목록을 읽은 뒤 사려 깊게도 내게 아무것
도 묻지 않았다. 그가 찾아봤지만 서점에는 내가 원하는 책이 하
나도 없었다. 나는 점점 당황했고, 책을 주문하겠느냐는 직원의
물음에 됐다고 말하고는 바람같이 그곳을 빠져나왔다.

최근 들어 그 서점에 다시 갔다. 기쁘게도 난임 관련 도서 몇
권이 눈에 띄었다. 내가 서점에서 느꼈던 난감함은 아무도 겪어선
안 된다고 생각했다. 도움이 절실해서 온 사람들이 빈손으로 떠나
는 일 말이다. 나는 난임에 관한 책을 써야겠다고, 내 이야기를 써
야겠다고 결심했다. 그러나 무엇을 어떻게 써야 할지 몰랐다. 그
때는 내가 무슨 말을 듣고 싶은지도 확실치 않았다.

도서관에서 원하던 책을 찾고 나서는, 생각만큼 기쁘지도 않
았고 내게 큰 도움이 되지도 못했다. 책에는 의사나 의학 기사에
서 늘 나오는 이야기들, 난임은 이제 많은 사람들이 겪는 질병이
고, 다양한 치료요법이 있으며 자신에게 맞는 클리닉을 찾는 것
이 중요하다는 등의 정보만 가득했다. 나는 맥이 풀렸다. 물론 중
요한 이야기였다. 그러나 통계자료나 수치는 이미 수도 없이 접했
다. 병원에 갈 때마다 치료요법에 대해 더욱 자세한 설명을 들었
고, 담당 의사와도 편해져 다른 클리닉을 찾고 싶지 않았다.

내가 책 속에서 찾는 것은 말로 할 수 없는 것이었다. 정보나

현상 분석 자료가 아니었다. 책을 아무리 둘러보아도 계속 반복되는 서술에 지쳐갔다. 쓰레받기는 단 하나도 없이 빗자루만 마음속에 쌓여가는 것 같았다. 빗자루는 물론 필요한 도구이지만 그것만으로는 부족하다. 이런 책으로 큰 위안을 얻은 사람들도 많을 터였지만 나는 아니었다. 내 안에 아직 충족되지 못한, 설명하기 어려운 어떤 것 때문에 가슴이 답답해졌다.

결국 내 외로움을 덜어주고 마음을 평온하게 해준 것은 이야기와 시였다. 여성이 운영하는 블로그와 잡지를 창구로 그들의 이야기를 들었다. 자신의 경험담을 글로 풀어내는 사람들 안에서 내 모습을 찾을 수 있었다. 난임이라는 같은 고통을 겪지만 나와는 다른 이야기를 들려주고 나와는 다른 감정을 느끼는 사람들이 있었다. 나는 다양한 글을 통해 위안을 얻었다. 힘든 시간을 함께 견디는 동지를 만난 듯했다.

의학적 지식과 통계 수치, 인체 해부학 삽화를 실은 책을 쓸 수도 있었다. 그런 책은 분명히 유용할 것이고, 또 그런 책이 필요한 사람도 있을 것이다. 깨진 꿈의 조각들을 쓸어내는 빗자루 같은 책도 필요하다. 그러나 이 책은 빗자루가 아니다. 오히려 쓰레받기에 가깝다. 부서진 귀중품을 다시 붙이기 전 잠시 담아두는 쓰레받기 말이다.

이 책을 통해 내 경험을, 산산이 부서져 바닥에 쏟아진 내 일부를 공유하고 싶었다. 내가 풀어낼 이야기는 쓰레받기 안에 모인 조각들처럼, 다양한 크기의 파편으로 나뉘어 시간의 순서와 상관없이 담기게 될 것이다. 이 책을 읽으며, 망가져버린 사람들이 그전과 같은 모습은 아닐지라도, 과거만큼 반짝이는 모습으로 회복되는 과정을 만날 수 있을 것이다. 절망에 빠져 삶이 산산조각 났다고 해도 부서진 조각을 다시 이어 붙여 온전한 제 모습으로 되돌리는 것만이 중요한 것이 아님을, 깨어진 파편도 소중하다는 것을, 새로운 삶을 꾸려나가는 것도 가치 있는 일임을 많은 사람들이 깨달았으면 한다.

나와 남편은 아직 쉬 잠들기 어렵고, 아침에 몸을 일으키기 힘들고, 이를 갈고 위통에 시달리는 때가 있다. 그러나 우리 둘 모두 삶을 지속할 수 있는 방법을 찾았다. 과거의 삶과 새로운 삶 속에서 방황하기보다는 이 둘을 하나의 삶으로 통합할 수 있게 되었다. 우리는 부서진 삶의 조각을 맞추며 새로운 삶을 만들어가고 있다. 새로운 나의 모습을 찾을 수 있었던 원동력은 나와 같은 고통을 겪는 사람들을 돕고 싶다는 바람에서 우러났다. 내가 다시 설 수 있도록 도움을 준 여러 사람들의 목소리에 나의 목소리를 더하고자 시와 에세이를 써내려갔다. 나는 바로 이곳에서 당신과 이야기를 나누고 싶다.

- 에밀리 해리스 애덤스

1 나는 엄마가 될 수 없음을 느꼈다

세제 거품이 가득한 싱크대 앞에서 눈물이 터져
설거지를 미처 끝내지 못할 때도 있다.
하지만 괜찮다.
가슴이 미어지는 고통은 죄가 아니다.

가슴이 미어지는 고통은
죄가 아니다

　내 안에는 두 개의 자아가 있다. 굉장히 굳건하고 현실적이며 두려움을 모르는 단단한 나. 그리고 쉽게 겁에 질리고 툭 하면 눈물을 보이며 항상 걱정을 달고 사는 예민한 나. 나는 오랫동안 첫 번째 모습은 이성적 자아, 두 번째 모습은 비이성적 자아라고 생각했다. 그러나 지난 몇 년 사이 이 두 가지 자아의 실체를 파악하게 되었다. 비이성적 자아는 곧 두려움이었고, 이성적 자아는 믿음이었다.

　완벽하지 않은 세상을 헤치고 살아가며 얻은 것은, 고난에는 의미가 있고 인내에는 고귀함이 깃들며 죽음 너머에는 또 다른 세상이 있다는 믿음, 그리고 그 믿음을 간직한 굳건한 내 모습이었다. 살면서 힘든 일을 겪을 때도 내 안 가장 깊숙한 곳에서는 신이 더 큰 목적을 향해 나를 인도한다고 믿었다. 어떤 일로 인해 깊은 슬픔을 느낄 때에도 너무 오랫동안 그 슬픔에 빠지거나 헤어나올 수 없는 절망의 늪에서 허우적거리지는 않았다.

할아버지가 돌아가실 당시 슬픔에 겨운 와중에도 나중에 천국에서 다시 만날 거라고 믿었다. 그러나 난임 판정은 세상에 한 번도 태어나지 않은 아이를 애도하는 일이었고 나는 어디서 어떻게 위안을 찾아야 할지 몰랐다. 내 아이와 함께 할 수 없는 천국은 생각해본 적도 없었다. 그러나 천국을 이야기하기 전에 우선 아이를 이 세상에 태어나게 해야 할 일이었다.

대학 시절에는 내 운명의 열쇠를 쥔 사람이 나라고 믿었다. 어려움이 닥치면 스스로 해결했다. 학업이 어려울 때 공부를 더욱 열심히 하거나 나를 도와줄 사람을 찾아 나섰다. 가수가 아닌 작가가 되기로 마음먹은 뒤에는 음악과에서 영문학으로 전공을 바꾸었다. 여러 장애물을 맞닥뜨렸지만 믿음에서 비롯된 용기로 인해 더욱 강인해져만 갔다. 이런 경험을 통해 나는 정복자로 우뚝 설 수 있었다. 목표를 향해 달려가는 내 능력에 자부심이 있었고, 내 운명을 내가 결정할 수 있다고 확신했기에 미래의 계획이 좌절될 거라고는 단 한 번도 생각지 못했다.

그런 믿음은 나와 남편 트렌트가 아이를 갖기 위해 1년 정도 노력한 뒤에 완전히 무너졌다. 난임 진단 후, 내가 세운 목표라는 것은 아무리 손을 뻗어도 잡히지 않는 거리에 있었다. 정복은 고사하고 제대로 싸워보지도 못할 목표였다. 학점이나 경력처럼 사소한 문제가 아니라는 사실이 상황을 더욱 최악으로 만들었다. 엄마가 된다는 것은 내가 항상 바라왔던 최종 목적지였고 나는 그곳에 도달할 방법이 없었다.

아이가 생기지 않은 이유를 의사에게서 전해들은 날 우리는 간신히 감정을 억누르며 집에 돌아왔다. 그러나 집에 들어선 뒤 우리는 무너져버렸다. 나는 울음을 터뜨렸고 그도 마찬가지였다. 아무것도 우리의 눈물을 멈추지 못했다.

믿음이란 자아는 전에 없이 강력하고 다급한 목소리로 신의 뜻이 있다는 것을 믿으라고, 네 자신의 능력을 믿으라고 소리쳤다. 믿음이란 자아는 함께 울어주기도 했다. 내가 슬픔에 빠져 있을 때 모습을 드러내지 않는 것이 믿음이란 자아였다. 아픔을 느끼지 않는 것이 믿음이란 자아였다. 오히려 굳건한 모습으로 내게 위안과 위로를 안겨주는 것이 믿음이란 자아였다. 상처 입지 않고 흔들리지 않으며 눈물을 흘릴 줄 모르는 내 안의 믿음은 나를 슬픔에서 꺼내주곤 했다. 그러나 이번에는 내 안의 가장 굳건한 자아가 완전히 파괴되어 뿌리째 흔들렸다.

이렇게 피폐해지는 것이 당연한 일 아닐까? 우리 부부는 항상 아이를 원했다. 우리 자신이 아이였을 때부터 그랬다. 남편이 나와 사랑에 빠진 이유 중 하나도 내가 좋은 엄마가 될 거란 믿음이었다. 나도 그가 훗날 훌륭한 아빠가 되어 줄 거라 믿었고 그와 사랑에 빠졌다. 우리가 직업을 선택하는 데 중요하게 생각했던 점은 우리 둘의 행복은 물론 대가족을 이루는 데 도움이 되느냐였다. 남편이 청혼 후 내게 가장 먼저 한 질문은 "아이는 몇 낳을까?"였다. 약혼 사실을 가족에게 알리기도 전에 이미 우리는 여섯 명을 낳겠다는 자녀계획을 마친 상태였다. 아직 부모가 되지 않았음에도 아이들을 위해 안정적이고 사랑이 넘치는 가정을 꾸리는 것이 우리의 가장 중요한 목표가 되었다.

그러나 우리 몸 때문에 계획은 좌절되었다. 사실 우리는 아이를 갖지 못할 정도의 병에 걸린 적이 한 번도 없었고, 과거 부모의 자격을 잃어야 할 정도로 잘못된 선택을 한 적도 한 번도 없었다. 그러나 이런 것은 아무 상관이 없었다. 우리 잘못이 아니라고 해서 죄책감이나 좌절감이 덜어지는 것은 아니었다.

슬픔이 몸을 잠식하는 지점이 있다. 들끓는 열처럼 몸을 괴롭게 만든다. 일상생활이 점점 버거워졌다. 특히 설거지가 그랬다. 설거지 거리를 보는 것만으로도 울고 싶어졌다. 설거지를 하면서 피로함을 느꼈고 몸이 들끓었으며 화가 치밀었다. 지독하고도 불쾌한 죄책감을 한층 벗겨내면 바로 아래에는 분노가 도사리고 있었다.

당시 아직 학생이던 남편에게는 과제가 극복할 수 없는 장애물과도 같았다. 펜을 손에 쥔 채로 그는 몇 시간이나 앉아, 썼다 지우기를 반복했다. 나처럼 분노를 표출하지는 않았다. 나는 난임 진단 뒤 투쟁 도피 반응을 보였고, 나는 곧 투쟁을 선택했다. 남편은 그저 침묵을 지킬 뿐이었다.

작년에는 거의 매주 지인들을 불러 게임을 하며 밤을 보냈다. 이웃 가족을 저녁 식사에 초대하기도 했다. 교회 행사를 주최해달라는 요청을 받기도 했다. 그러나 난임 진단을 받은 해부터 우리의 사회활동은 급격히 줄어들었다. 누가 봐도 행복한 삶을 영위하는 친구들과 함께 어울리는 것이 고통스러웠다. 그들에게서 풍겨나오는 안락함과 우리가 겪는 고통은 참담할 정도로 비교되었다.

쉽게 말하자면 우리는 절망에 빠져 있었다. 태어나 처음으로, 이 고통이 어쩌면 영영 끝나지 않을 것 같다는 생각이 들었다. 더욱 힘들었던 것은 낙담한 마음을 추스르지 못하고 끝내 항복하는 남편을 지켜보는 일이었다. 그의 기운을 북돋아주기 위한 시도도, 그를 향해 더 커진 사랑을 보여주려는 노력도, 희망을 놓지 않고 계속해서 치료법을 찾으려는 나의 모습도 그에게 위안이 되지 못했다. 최선을 다해 노력했지만 절망 속에 가라앉는 그를 건져낼 수 없었다. 어느 정도 안식을 줄 수는 있었지만 해결책은 줄 수 없었다.

나는 수없이 무력함을 느꼈다. 아니, 나는 엄마가 될 수 없음을 느꼈다. 아이를 가질 수 없고, 남편을 구할 수 없으며 하다못해 찬장 속에 깨끗이 설거지한 그릇을 정리할 수도 없다. 내 안에 가득 찬 무력함은 나를 향한 비난과도 같았다. 나는 견딜 수 없이 죄책감을 느꼈다. 아무리 노력해도 내가 난임이라는 사실을 씻을 수 없었다. 아무리 노력해도 고통이 사그라들지 않았다. 죄의식과 슬픔은 나를 마비시켰고 어떤 일을 하는 중간에도 불쑥 마비가 찾아왔다. 내가 할 수 있는 일들이 적어졌고, 그걸 느끼는 순간마다 내배 속에서는 죄책감의 열기가 더욱 심해졌다.

그렇게 몇 달이 지난 뒤 나는 행복해지기로 결심했다. 요행히 성공할 때는 내 삶 속 문제에 대해 떠올리지 않고 일주일을 보내기도 했다. 하지만 남이 보면 놀랄 정도로 불행을 느낄 때도 있었다. 나는 행복해지기 위해 무척 노력했다. 단지 괜찮은 얼굴을 지어보이는 것이 아니라 정말 괜찮아지려고 애썼다. 나는 더 분노하고 싶지 않았다. 더 슬퍼지고 싶지 않았다. 나는 설거지를 하고 화장실 청소를 하고 싶었다.

슬픔이 다시 덮칠 때면 죄의식도 함께 왔다. 내가 슬픔을 표현하는 방식은 세상을 원망하고, 삶을 원망하고, 내가 의지했던 신을 원망하는 것이었다. 물론 그 정도로는 슬픔을 모두 표현할 수 없었지만, 한 번씩 내가 그저 투정을 부린다는 자각이 들 때면 불만투성이, 이기적인 어린애가 되어버린 기분을 지울 수 없었다.

고통이 극에 달하자 우리는 다니던 교회의 목사님을 만나 대화를 나누기로 했다. 우리는 그를 잘 알았다. 신뢰했다. 의사 외에 우리에게 괜찮다고 말해줄 사람이 필요했다. 목사님은 우리의 이야기를 들었다. 그 후 우리 두 사람을 각자 따로 불러 대화를 나누었다. 내 차례가 되자 목사님은 지금 기분이 어떤지 물었다. 나는 처음보다는 나아졌다고 대답했다. 사실이었다. 행복함을 느끼는 시간이 조금씩이나마 길어지며 내가 오랫동안 바라왔던 평온한 상태를 향해 다가갔다. 그러나 곧 참지 못하고 말했다.

"하지만 가끔 너무 힘이 들어요."

내가 얼굴 표정에 신경 쓰며 울음을 참는 동안 목사님은 그저 고개를 끄덕였다.

"당연한 일입니다. 난임은 결코 작은 문제가 아니거든요."

목사님이 말했다. 그는 내가 느끼는 슬픔이 결코 지나친 것이 아니라고 알려주었다. 성경 속 아브라함과 사라, 야곱과 라헬, 스가랴와 엘리사벳도 나와 같은 아픔을 겪고 힘겨워했다고 말해주었다. 목사님은 신이 우리가 겪는 고난의 깊이를 알고 있고, 이를 통해 우리가 슬픔에 빠지지 않길 바라는 것이 아니라고 했다. 나도 남편을 혹은 나 자신을 위로하기 위해 이런 말들을 이미 했다. 하지만 목사님의 입을 통해 듣자 마음껏 고통스러워해도 된다는 허락을 받은 것 같았다. 고통에 맞서되 쓰러지지 않는다. 담요를 덮은 듯한 안도감이 찾아왔다. 내가 해야 할 일은 슬픔에 휘둘리지 않는 일이 아니었다. 언제나 그랬듯, 더 나은 사람이 되는 것이었다. 난임이란 사실을 몰랐을 때 그랬듯이, 예전의 내가 그랬듯이 말이다.

목사님과의 대화 후에도 슬픔은 사라지지 않았다. 나는 지금도 이룰 수 없는 꿈을 향해 안타까운 슬픔을 느낀다. 내가 갑자기 성자와도 같은 깨달음을 얻기를 신이 바랐다고 생각지 않는다. 성자들은 오랜 시간 동안 고난을 겪으며 태어난다. 내가 가눌 수 없는 절망에 빠져 있을 때조차 믿음이 없어서 슬픔을 느끼는 거라고는 생각하지 않았지만, 너무 오래 비탄에 빠진다면 그것은 믿음과 관련이 있는 게 아닐까 의심했다.

이제 나는 아무런 죄책감 없이 슬퍼하기로 했다. 내 몸에 대한 죄책감 없이. 바꿀 수 있는 일이 아무것도 없음에 대한 죄책감 없이. 충분히 슬퍼할 시간이 필요한 나약한 인간이라는 죄책감 없이. 죄책감이 덜어지자 작게나마 구원이 찾아 들었다. 마음의 파상풍이 치료되는 것처럼 근육 내 마비증상도 조금씩 나아졌다.

나는 여전히 슬픔과 싸우고, 싸움을 통해 평정을 유지한다. 모든 것을 무조건 아름답고 긍정적으로 바라보려고 억지로 노력하기보다는, 슬픔은 단지 슬픔이고 실패가 아니라는 사실을 되뇌었다. 나 자신을 우는 소리 해대는 사람으로 보지 않고 육체적, 정서적 상처에서 회복하는 사람으로 생각한다. 아직 힘든 순간도 있다. 도대체 뭐가 어떻게 괜찮아질지 도무지 가늠할 수 없는 순간도 있다. 세제 거품이 가득한 싱크대 앞에서 눈물이 터져 설거지를 미처 끝내지 못할 때도 있다. 하지만 괜찮다.

가슴이 미어지는 고통은 죄가 아니다.

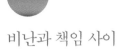

비난과 책임 사이

원인과 결과가 공존하는 한, 왜 어떤 일이 일어났는지 되짚어 볼 수 있다. 역사학자들은 전쟁의 원인을 파헤친다. 식품의약국에서는 살모넬라균이 출현했을 때 그 소재를 추적한다. 우리 부부를 담당했던 의사들도 우리에게 왜 아이가 생기지 않는지 원인을 찾았다.

몸에 어떤 이상이 있는지, 문제의 원인을 정확히 알 수 있는 행운을 누리는 부부는 많지 않다. 과학은 아직 모든 질문에 답을 찾아줄 만큼 완벽하지 않다. 그럼에도 많은 사람들은 확실한 증거 없이 상대방에게 책임을 돌린다. 하긴, 사람을 비난하는 데 구체적인 이유가 필요하긴 할까? 우리 부부는 왜, 누구 때문에 임신이 불가능하게 된 건지를 파헤치기보다는, 누가 어떤 문제를 겪는지 발견하고 알아가는 과정을 거쳤다.

진단이 나오기 전 우리 둘 다 자신이 문제라고 생각했다. 나는 남편에게 내게 문제가 있는 게 확실하다고 말했다. 남편은 자신에게 원인이 있을까봐 두렵다고 털어놓았다. 아무도 자기 때문에 이런 고통과 고난이 찾아왔다고 생각하고 싶지 않았다. 어느 날인가 나는 남편의 품에 기대 울며 내가 아이를 갖지 못하더라도 똑같이 사랑할 수 있겠는지 물었다. 또 다른 날은 그가 나를 꼭 껴안은 채 같은 질문을 했다.

우리는 정확한 원인을 알고 싶었다. 만약 무엇이 문제인지 조차 모른다면 바로잡을 수도 없으니까. 한편으로는, 우리는 정확한 원인이 드러나지 않길 바랐다. 상대방을 비난하고 싶지 않았고, 비난의 대상이 되고 싶지도 않았기 때문이다. 남편도 나도 항상 부모가 되길 간절히 바랐기 때문에 자신의 신체적 결함으로 타인의 꿈을 짓밟게 될까 두려워했다.

이런 감정들이 더욱 커지고 깊어질수록 우리에게는 또 다른 먹구름이 드리워졌다. 지금 그리고 앞으로도 비단 난임만이 우리에게 닥친 위험이 아닐 수도 있다는 현실이었다. 난임이란 문제가 발생하면 결혼 생활도 위기에 처한다. 우리 부부의 결혼 생활은 어느 누구보다 굳건했다. 몇 년 동안 경제적으로 어려웠지만 서로 힘이 되어 버텼고, 부부 싸움을 해도 결국 서로 화해하고 용서했으며, 학업과 실직으로 지쳤을 때도 서로 의지하며 어려운 시기를 견뎠다. 고통스럽고 힘든 시기를 겪을 때도 우리는 상대방을 향한 사랑을 의심하지 않았다. 그러나 난임에서 오는 고통은 느닷없이, 그리고 강하게 우리를 뒤흔들었다. 어쩌면, 혹시나 나 때문일지도 모른다는 두려움은 무정하고 자비 없이 우리를 강타했다. 제 아무리 견고한 사랑이라 해도 책임감과 자책에 오랫동안 짓눌리면 위태로워지게 마련이다.

문제의 원인이 밝혀진 후 서로 비난하지 말자고, 비난받지 말자고 다짐했다. 그렇게 단단히 마음먹었음에도 자신 안의 감정을 어떻게 외면해야 할지 혼란스러웠다. 의사의 진단이 내려지면 마치 중력처럼 우리 안의 가장 무거운 감정이 툭하고 떨어진다. 곧이어 이 감정은 자석에 이끌리듯 우리 안으로 다시 돌아온다. 부정적인 감정들은 가슴을 갈기갈기 짓이길 뿐 아니라 영혼을 완전히 잠식해버린다. 몸과 마음은 폭동을 일으킨다. 중력과 자석의 힘으로 인해 고통은 피부에 앉은 멍처럼 온몸과 마음에 자리 잡는다. 작은 스침에도 쉽게 자극받아 아픔을 느낀다. 우리는 이 같은 현실에 대항할 계획을 세워야 했다. 그러나 우리가 미처 준비할 새도 없이 끔찍한 진단이 내려졌다. 제대로 된 전략도 없이 비난과의 전쟁에 내던져졌다.

이미 머리로는 모두 이해했다. 우리에게 내려진 진단이 무엇인지, 논쟁이 무의미할 정도로 명확했다. 종이 한 장에 담긴 핵폭탄이었다. 그러나 우리는 무엇을 어떻게 해야 할지 몰랐다. 난임 판정 이후의 몇 달을 되돌아보면 흑백 세상 같았다. 기쁨도, 빛도, 행복의 순간도 온전한 의미를 다하기엔 중요한 무언가가 빠진 것처럼 느껴졌다.

이전처럼 사랑이 넘치는 부부 관계를 유지하기 위해 노력했다. 상대를 탓하거나 자책하는 마음을 경계했음에도 우리 관계는 불편해졌다. 우리의 사랑은 조금도 변하지 않을 거라고 서로 안심시켰다. 항상 해오던 것처럼 데이트를 했다. 여전히 자신이 아닌 상대방이 원하는 것을 우선시하며 서로 행복하게 해주려고 노력했다. 하지만 어떤 노력도 우리에게 닥친 끔찍한 현실, 그러니까 누구에게 어떤 문제가 있는지 우리가 알게 되었다는 사실을 없던 일로 돌릴 수 없었다. 누구의 잘못도 아니었다. 그저 현실이었고, 현실을 알게 되어 다쳤을 뿐이었다.

위로의 말과 따뜻한 손길을 나누고 분노를 지워가며 상황이 악화되지 않도록 노력했지만, 사실 더 깊이 자리한 진짜 문제를 해결할 수는 없었다. 결국 문제를 직시해야 할 때가 왔다. 상대방에 대한 비난과 책임을 거두려고 애썼던 모든 노력은 앙상한 나무처럼 아무런 결실을 맺지 못했다. 상대방의 책임을 묻지 않는다는 확신이 필요했고, 무엇보다 상대방을 향한 수용과 사랑, 이해심이 상대방에게 닿을 수 있는 장치가 필요했다.

신혼 때부터 우리가 무거운 이야기를 나누는 장소는 침대였다. 이러한 전통은 첫 아파트에서 시작되었는데, 그곳에는 가구라고 할 만한 것이 거의 없었다. 지금도 중요한 문제를 상의해야 할 일이 생기면 우리는 침실로 가서 침대 위에 앉아 포옹한 채로 대화를 나눈다. 서로 보호하듯 안아주는 신체적 친밀감과 따뜻하고 안전한 편안함은, 눈앞이 깜깜하고 대책이 없는 문제를 상의하는 데 더 없이 완벽한 환경을 만들어주었다. 비록 힘든 상황이지만 그래도 우리는 한 팀이라는 의식을 심어주었다.

마음 속 상처받은 감정을 인정하고 고백하기란 쉽지 않다. 상대방에게 상처 주지 않으려고 노력하는 일보다 더욱 어렵다. 그래도 우리는 우리 사이에 가로놓인 긴장감에 대해 인정하기로 했다.

난임 진단을 받은 배우자 1은 상황에 대한 책임감을 느꼈고, 심각한 죄의식은 물론 치욕스러움을 느낀다. 배우자 1은 치료 과정에서 든 비용과 감정적 소모로 인한 고통이 모두 부질없다고 생각했다. 난임 진단으로 인해 앞으로 경제적, 감정적 소비가 더욱 커지기만 할 거라고 확신했다.

임신이 가능하다는 판정을 받은 배우자 2는 배우자 1이 감정적, 경제적 어려움에 대한 책임을 지나치게 자신의 탓으로 돌린다고 생각했다. 배우자 2는 현재의 상황을 개선할 수 없음에 무력함을 느꼈다. 배우자 2가 수많은 노력을 다했음에도 배우자 1의 자책을 막기엔 역부족이었다. 배우자 2는 부부가 지켜온 사랑이 상대방의 아픔을 치유하기에는 부족했던 건 아닐까 걱정했다.

위의 이야기에서 두 가지 사실이 드러났다. 먼저 우리 둘 중 한 명은 난임이고 다른 한 명은 노력하면 임신이 가능하다는 사실이다. 그러나 다른 한 명도 아주 이상적인 몸 상태는 아니다. 요즘에는 부부 중 한 명이 임신에 어려움을 겪는 경우가 많다. 보통 이런 경우에는 문제가 되지 않는다. 만약 남편과 아내 둘 다 임신을 하기에 완벽하진 않지만 노력해서 아이를 가질 수 있는 상태라면, 큰 문제로 발전하지 않을 수도 있다. 그러나 둘 중 한 명이 심각한 난임인 경우에는 부부에게 불행이 닥쳐온다(우리의 경우에는 그러했다). 위의 글을 통해 드러난 또 다른 사실은 우리 중에 누구에게 난임 진단이 떨어졌는지 밝히지 않았다는 점이다. 우리는 부부가 함께 난임 판정을 받았다. 이렇게 말하는 데는 이유가 있다.

우리는 침대에 누워 마음에 담아둔 아픔을 털어놓았다. 또 서로 얼마나 사랑하는지도 이야기했다. 우리 둘 다 결혼을 후회하지 않았다. 우리 앞에 닥칠 고난에 대해 미리 알았더라도 상대방을 배우자로 맞겠다는 결심은 변하지 않았을 거라고 확신했다. 우리

는 난임이다. 둘 중 한 사람이 아니라 '우리'가 난임 부부다. 우리
는 하나다. 돈이든, 가구든, 책이든, 차든 모든 것을 함께 공유하기
로 이미 오래 전에 약속했다. 우리가 가진 것은 모두 공동 소유다.
그날 침대 위에서 우리는 난임이라는 짐을 함께 나누기로 약속했
다. 새로운 동반자를 찾지도, 부모가 되는 일에 집착하지도 않기
로 했다. 우리는 배우자에게 헌신하겠다는 다짐을 했다. 계속 함
께하겠다는 약속은 곧 우리가 아이를 가질 확률이 거의 없음을 의
미했다.

눈앞에는 처리해야 할 현실이 놓여 있다. 우리 둘 중 한 명은
다른 한 명에 비해 더 자주 병원에 가서 치료를 받아야 했다. 우리
둘 중 한 명은 난임 진단에 대한 보험 양식을 작성해야 했다. 난임
이라고 해서 상대방이 마땅히 정해진 성惟 역할을 수행하지 못한
다고 생각해선 안 되었다. 남성과 여성 누구도 난임으로 인해 자
신이 덜 남성적이거나 덜 여성적이라고 받아들여서는 안 되고, 상
대방이 그렇게 생각하도록 두어서도 안 된다.

의사는 우리의 몸 상태에 따라 각각 치료를 진행했다. 그건 의
사의 일이다. 우리가 신경 써야 할 일은 상대방을 돌보고 하나로
힘을 합치는 것이다. 우리는 난임을 부부가 함께 겪는 하나의 가
벼운 병으로 받아들였다.

이 책에는 '우리의 난임'과 '나의 난임'이라는 표현이 섞여 나

온다. 내가 이렇게 상황을 표현하는 이유는 내가 난임 진단을 받은 사람이라서도 아니고, 그렇지 않아서도 아니다. '우리의 난임'은 우리 부부가 아이를 갖기 무척 어렵다는 사실을 표현한 것이다. '나의 난임'은 '우리의 난임'을 겪으며 내가 느끼는 생각과 감정을 떠올릴 때 쓰는 말이다. 트렌트와 나, 누구든 현재도 앞으로도 상대방에게 비난의 칼날을 들이밀지 않을 것이고 이 책에서도 마찬가지다.

우리 모두의 책임이다. 우리는 난임이란 상황도 다른 여타 공동 소유물처럼 공유한다. 치료도 함께 받는다. 함께 검사를 받을 필요가 없어도, 둘이 반드시 함께해야 할 경우가 아니라도 우리는 병원에 늘 같이 가려고 한다. 우리는 남편과 아내로 살기로 서로 약속했다. 상대방이 내 아이의 엄마, 아빠가 되어주길 바라는 마음으로 선택했다. 언젠가는, 어떤 방법으로든 부모가 될 것이다. 만약 그렇게 될 거라면 우리가 서로 비난하고 상대방에게 책임을 돌릴 이유가 조금도 없다.

엄마가 되지 못한
여자의 기도

Psalm of Not a Mother

◇◇◇◇◇◇

신이시여,
실망감에 휩싸인 침묵 속에서
저를 구원해주세요.
자꾸만 귓가에 울려대는 나쁜 소식들, 의사의 말, 불편한 침묵.
따뜻한 위로의 말조차 무의미하게 만드는 어둠의 시간 속에서
저를 구원해주세요.
약을 삼키고, 테스트기를 사고, 체온을 재며
앞으로 어떻게 해야 할지 고민하는 시간 속에서
저를 구원해주세요.

TV에서 나오는 불협화음, 자동차 소음,
하우스 파티의 분주함, 유리잔이 깨지는 소리,
잔디 깎는 기계에서 울리는 구릉거림,
일상생활 속 소음을 제게 허락해주세요.
삶의 소음으로 제 귀를 가득 채워주세요.

아이를 원했던 시간, 채워지지 않은 욕망으로 고통 받는 시간에서
저를 구원해주세요.
아이가 없는 집 안에서 흐르는 정적에서
저를 구원해주세요.
무언가 지독하게 잘못되었다는 생각이 깃드는 하릴없는 시간에서
저를 구원해주세요.

2
오래된 계획

"사람들이 작은방에 대해서 뭐라고 말하는지 알아?"

"아니, 뭐라는데?"

"작은방에서 임신이 잘 된대."

작은방

특정한 방이 지닌 의미에 대해 종종 생각해본다. 내가 어렸을 때 살던 집 현관 바로 가까운 곳에 방이 하나 있었다. 우리는 그곳을 '앞방'이라고 불렀다. 아주 창의적인 이름은 아니었다. 그곳에는 아름답지만 튜닝이 제대로 안 된 업라이트 피아노가 놓여 있었고, 영화 컬렉션, 접이식 침대 겸 소파, 수많은 가족사진이 진열되어 있었다.

현관 입구에서 주방으로 가거나 주방에서 입구 반대쪽으로 난 복도로 나가기 위해서는 그곳을 거쳐야 했다. 집에 손님이 방문하면 그곳으로 안내하기도 했다. 내가 기억하는 그 방은 영화를 보거나 친척들과 이야기를 나누던 시간이 아니다. 그 방은 내게 아빠와 나누던 시간, 아빠와의 기억이었다.

한 달에 한 번, 일요일마다 아빠는 우리들과 소위 인터뷰 시간을 갖곤 했다. 인터뷰 동안 우리는 아빠에게 고민과 걱정, 희망과 꿈을 털어놓았다. 성인 남성 가운데 여섯 살 난 여자아이의 걱정거리에 대해 진지하게 경청할 수 있는 사람이 얼마나 될까. 하지만 아빠는 그런 사람이었다. 아빠에게 이가 흔들린다고, 어두운 게 무섭다고 이야기한 것이 기억난다. 내가 커갈수록 내 걱정거리는 친구관계, 정치와 종교에 대한 질문, 전공과 진로에 관한 것으로 변했다. 이 전통은 내가 대학생 때까지 지속되었고, 가끔 집에 들를 때면 소파 위 아빠 옆자리에 앉아 몇 시간 동안이나 대학 수업과 친구들, 남자친구와의 데이트에 대해 대화를 나누었다.

이제는 그 방에 들어서면 내가 어렸을 때 원했던 일들과 아빠에게만 털어놓았던 비밀들에 대한 기억이 가득 차오른다. 철없던 시절의 희망과 두려움이 보관된 박물관이다. 내 형제 자매의 꿈과 아빠가 우리에게 가졌던 희망도 밀려온다. 그곳은 과거의 기록이 가득 차 있어서, 집이 사라진대도 나는 공기에 떠다니는 느낌만으로도 그 방의 위치를 짚어낼 수 있을 것 같다.

특별한 의미와 목적이 스민 또 다른 장소를 발견하기까지 수년이 걸렸다. 대학생 시절 내 삶은 방랑과도 같았다. 나는 매년 집을 옮겨 다녔다. 어떤 의미를 부여하기에는 각 아파트에서 머문 기간이 너무 짧았다. 더욱이 당시에는 집에서 생활이라고 할 만한 것을 할 여유가 없었다. 잠을 자고 요리를 하기도 했지만 진짜 생활은 교실이나 내가 룸메이트와 함께 참여했던 다양한 활동, 캠퍼스를 오가던 길에서 벌어졌다. 나는 여러 아파트를 옮겨 다닐 때마다 별 것 없는 내 소유의 장식을 벽에서 떼고, 찬장을 비우며 작은 공간에서의 8개월 남짓 지속된 생활의 흔적을 지웠다.

젊은 시절을 철새처럼 옮겨 다니며 보냈던 내게 유독 의미 있는 장소는 내가 다니던 대학이 있는 도시의 중심부에 위치한 건물이었다. 열다섯 채의 거주지가 있는 작은 벽돌 건물이었다. 나는 사촌과 함께 그곳으로 이사했다. 오래된 장모 카펫과 단단한 떡갈나무로 만들어진 서랍장은 우리 할머니 집 같은 느낌을 주었다. 그곳에 지낼 때, 나는 지금의 남편과 사귀었다.

아직까지도 그 집을 떠올리면 아련한 기분에 젖는다. 좋은 향기처럼 벽돌에서 은은하게 퍼지는 기억에 사로잡힌다. 기억 속 장면에서 우러나오는 향기다. 갈색 깊은 소파에서 키스를 나누던 장면, 카펫 위에서 맨발로 춤을 추던 장면, 매일 밤 문 밖에서 헤어지기 싫어 길고 긴 작별 인사를 나누던 장면. 그 아파트는 우리 사랑의 시작점이었다.

결혼한 후 14평짜리 낡은 집으로 이사했다. 창문과 문 틈으로 바람이 새고 벽에는 흰 곰팡이 얼룩으로 가득했다. 주방에 있는 낡은 우유 투입구는 바깥으로 나 있었다. 우리는 그곳에 여분의 집 열쇠를 보관했다. 한때는 새것이었을 마룻바닥은 소파와 책상, 테이블이 끌린 자국 때문에 여기저기 구멍이 움푹 패여 있었다. 침실은 퀸 사이즈 침대와 옷장, 그리고 까치발을 든다면 우리 둘까지는 어떻게 수용할 수 있는 정도의 크기였다. 욕조는 20년은 족히 되어 보였고 배관은 그보다 10년은 더 되어 보였다.

그 아파트에서 겨우 넉 달을 살았지만 그곳에는 아직 우리의 흔적과 기억이 머물러 있을 것이다. 만약 누군가 그 아파트에 유령이 사는 것 같다고 한다면, 그건 아마 거실에서 울려퍼지는 젊은 부부의 웃음소리, 우유 투입구 열리는 소리, 우유가 아닌 열쇠가 땡그랑거리는 소리 때문일 거다. 그곳에서 부부로서의 수많은 생활이 시작되었고, 상대방에 대해 새로운 점을 알아갔고, 두 명의 성인이 아닌 하나의 가족으로 성장하며 나눈 수많은 시간이 담겨 있기 때문이다.

이사를 준비하며 조금 세련된, 아니 최소한 지금 사는 집보다는 곰팡이가 덜 핀 집을 찾아보려고 했다. 이전 아파트가 학교 근처에 있었던 덕분에 몇 가지 혜택을 누렸다. 대학에서 제공하는 다양한 행사에 참여하며 돈이 적게 드는 데이트를 즐길 수 있었다. 수업을 함께 듣고, 음악회나 댄스파티에도 참가했다. 우리가 필요한 것들은 모두 가까이 있었고 마트와 교회는 걸어갈 수 있는 거리였다. 눈에 띄는 단점도 있었다. 집주인에게는 부부가 세 들어 사는 것보다 싱글에게 집을 세 주는 것이 세 배나 이득이었다. 아파트를 소유한 임대인의 경우 가구 수로 집세를 부과하지 않고 거주자 수에 따라 집세를 부과할 수 있기 때문이다. 몇 주 간 알아본 결과 대학에서 제공하는 부부 기숙사는 너무 비싸고, 학교에서 너무 멀리 있었으며 무엇보다 입주할 수 있는 자리가 남아 있지 않았다.

나는 자포자기 상태로 트렌트와 연애하던 시절 살던 건물의 임대인 랜디에게 연락했다. 랜디는 우리 아빠보다 10년은 더 젊었지만 아빠와 느낌이 비슷한 사람이었다. 옷 스타일도 비슷했고 말투는 물론 눈 색깔도 흡사했다. 내게는 집주인이기도 했지만 친구 같은 사이였다. 내 사정을 설명하자 그는 상당한 수익을 포기하면서까지 나와 남편에게 집을 내어주겠다고 했다. 랜디는 우리에게 방 두 칸짜리 아파트를 빌려주었다. 임대차 계약을 작성할 당시 랜디는 내게 한 가지 물었다.

"침실이 하나 더 있는 건 알죠? 그 방도 쓸 계획인가요?"

랜디가 가구나 방을 걱정해서 한 말이 아니라는 걸 알았다. 나는 속내를 파악하고는 웃으며 완곡하게 대답했다.

"조만간 필요한 일이 생기면 좋겠어요."

이렇게 말은 했지만 우리 부부는 6개월은 더 신혼을 즐긴 뒤 아이를 가질 생각이었다.

작은 침실은 안방의 반 정도 크기였다. 결혼하기 전 이 아파트에 살았을 때는 작은방에서 머문 적이 거의 없다. 나와 사촌은 큰 방에서 지냈고 친구들이 올 때는 거실이나 주방에서 어울렸다. 미혼 여성이었던 나는 작은 침실에 정서적 유대감이나 추억을 만들 계기가 거의 없었다. 이제 한 사람의 아내로 이 집에 살게 된 이상 작은방에 가득 퍼질 베이비파우더 향기와 분유, 기저귀를 떠올리자니 기대감으로 정신이 아찔해질 정도였다.

우리는 여름 동안 시부모님 댁에서 지낸 후 이 집에 입주했다. 새 집으로 가구를 옮기며 아주 작은 문제가 생겼다. 아파트 내부에는 이미 싱글 성인 세 명이 지낼 만한 가구들이 어느 정도 구비되어 있었다. 그래서 우리는 당분간은 쓸 일이 없을 작은방에 자리를 못 찾은 가구들을 보관해두기로 했다. 작은방에 있는 문 없는 옷장에 트윈 사이즈 매트리스 3개를 넣고 임시방편으로 긴 커튼을 달아 가려두었다. 제 용도와 다른 방을 창고 비슷하게 쓰며 커튼도 용도와는 다르게 사용되었던 것이다. 그 후 신혼부부의 첫 아파트에서 사용하기 애매한 물건을 작은방에 넣어두었다. 조립식 책상, 꽃무늬 벨벳 의자, 버리자니 아깝고 벽에 걸자니 소파와 어울리지 않는 예쁜 그림 같은 것들 말이다.

가구를 정리하는 일로 기진맥진했지만(옷장에 매트리스 3개를 넣으려고 끌탕을 하느라 애를 먹었다) 작은방을 두고 기대감에 찬 농담을 주고받을 여유는 있었다.

"나중에 아이들이 학교 갈 정도로 크면 우리가 연애하던 시절 엄마가 살던 곳이라고 이야기해주자."

트렌트가 말했다.

"이 아파트에서 너희가 생겼다고도 말이야."

내가 대꾸했다.

"사람들이 작은방에 대해서 뭐라고 말하는지 알아?"

"아니, 뭐라는데?"

"작은방에서 임신이 잘 된대."

정말 그랬더라면…….

내가 소망하는 것이 실제로 이뤄지기도 전에 그 방은 이미 결실과 미래로 가득 채워졌다. 이런 적은 처음이었다. 보통 내게 어떤 공간이든 의미가 있으려면 먼저 사랑스러운 기억과 추억이 쌓여야 했다. 그렇다고 작은 침실을 바라보며 머릿속으로 아이가 그곳에서 지내는 모습을 상상하지는 않았다. 굳이 말하자면 가능한 작은방에는 다른 가구나 물건을 두지 않으려고 했다. 나도 모르는 새 금지했다고 할까. 작은 침실은 이미 용도가 정해졌다. 미래에 태어날 아이에 대한 생각으로 현재의 어떤 것도 그 방에 둘 수 없었다.

우리가 아파트에 입주한 후 1년 동안 작은 침실은 쓸쓸하게 놓여 있었다. 거의 그 방에 들어가지 않았다. 집 안의 다른 여러 공간에서 생활하기에 바빴다. 우리는 안방에 책상과 컴퓨터를 두고 그곳에서 과제를 했다. 주방에서 요리하고 식탁에서 식사를 했으며 지인들이 놀러올 때는 거실에서 지냈다.

이사한 뒤 몇 달이 지나서야 아이를 갖기 위해 노력했다. 그 기간 동안 우리의 희망은 안방에서 자라났다. 작은방을 떠올리는 일은 거의 없었다. 음성으로 나오는 임신테스트기가 쌓여갈 때도 나는 작은방을 뭘로 써야 하나 고민하지 않았다. 우리에게 다시 작은방이 각인된 때는 어쩌면 아이를 가질 수 없을 거라는 사실을 안 뒤였다. 그 후 우리는 책상과 컴퓨터를 작은방으로 옮겼다.

아기를 과제나 글쓰기 작업으로 대체하겠다는 의도를 갖고 경건한 의식을 치른 것은 아니었다. 난임 판정 이후 남편은 잠을 푹 자지 못하고 자주 깨어났다. 우리 둘 다 원인이 컴퓨터의 팬에서 나는 윙윙대는 소음 때문이라 생각했다. 그래서 컴퓨터를 옮긴 것이지 우울함 때문은 아니라고 밝히고 싶다. 그러나 내 안에 자리 잡았던, 작은방에 다른 물건을 두어선 안 된다는 생각은 조금씩 흔들렸다. 당분간은 저 방에 새로운 가구를 들일 일이 없겠지. 잠깐 동안은. 아기방이라는 용도가 무한으로 연장되었으므로 나는 내 컴퓨터를 저 방으로 옮길 수 있다.

여러 번의 난임 검사와 잡히지 않는 꿈과 함께 시간이 흘렀고 그렇게 몇 달이 지나 작은방은 잡동사니로 가득 찼다. 갈색 소파 일부를 옮겼고, 창고에서 재봉틀을 꺼내 조립식 책상 위에 올려두었다. 팔지 못했던 중고 책들을 모아 한쪽 구석에 쌓아두고는 반대편 벽에는 (벽 구석에 세워두기 딱 좋은) 스탠드형 선풍기를 놓았다. 소파 뒤에는 포장지를 보관했다. 안방을 정리하며 옷장도 작은방으로 옮겼다. 가득 자리한 잡동사니 때문에 컴퓨터까지 닿기 위해서는 한 발로 폴짝폴짝 춤추듯 움직여야만 했을 때 나는 작은방에 물건을 더 들이지 않기로 결심했다. 어차피 몸과 마음이 지쳐 더는 가구를 옮길 수도 없었다.

우리는 그곳에서 2년 반가량 살았다. 다른 집으로 이사를 하기 전, 아파트에 원래 구비되어 있던 가구와 우리가 들인 가구를 가려내고, 중요 문서와 메모 쪼가리를 솎아내고, 잡동사니 속에서 필요한 물건은 무엇인지 고르고, 아파트 구석구석을 청소하느라 2주나 걸렸다. 이사를 준비하던 마지막 며칠 동안에는 내 인내심이 바닥났다.

신경이 잔뜩 예민해진 나는 다시 작은방을 의식했다. 옷장, 소파, 그림, 책상, 컴퓨터와 재봉틀이 하나씩 자리를 비우자 먼지가 쌓인 자국과 날벌레의 사체만이 남았다. 청소까지 마친 텅 빈 방에 서서 1년 넘게 작업했던 공간을 되돌아보았다. 그러자, 글을 쓰고 책을 읽고 잡동사니들 사이로 춤을 추듯 뛰어 다니는 모습 대신 생생한 목소리가 귀에 울렸다.

"침실이 하나 더 있는 건 알죠? 그 방도 쓸 계획인가요?"

심호흡을 하고는 이어 들려올 다른 목소리를 막을 요량으로 숨을 참았다. 아무 소용없다는 듯 익숙한 목소리가 귓가에 울렸고, 그 중 하나는 내 자신의 것이었다.

'이 아파트에서 너희가 생겼다고도 말이야.'

'사람들이 작은방에 대해서 뭐라고 말하는지 알아?'

'아니, 뭐라는데?'

'작은방에서 임신이 잘 된대.'

나는 곧 방에서 나왔다. 욕실 청소도 해야 했다. 과거를 회상할 여유가 없었기에 나는 목소리들을 원래 있던 장소에 남겨두었다. 나는 목소리가 내 안에 새겨지는 것을 느꼈다. 다시 꺼내들어 생각하면 마음이 아플 것 같았다. 그래서 나는 싱크대와 샤워기, 화장실, 바닥을 문지르며 생각을 막았다. 청소를 마친 방은 문을 닫았다. 작은방의 문을 닫으며 추억과 희망, 실망감을 그 안에 가두었다. 아파트에서의 마지막 밤이 되자 기억들이 다시 모습을 드러냈다.

아파트에는 침대만 남았다. 휑한 침대 위에서 트렌트의 옆에

눕자 한숨이 나왔다. 트렌트도 느꼈는지 내 쪽으로 돌아누워 자신의 가슴 안으로 나를 당겨 안았다. 나는 그에게 기대며 숨을 내쉬었다.

"벌써 향수병에 걸린 거야?"

그가 물었다.

"그렇기도 하고, 아니기도 하고."

내가 답했다.

"뭐가 그리운데?"

실체가 있는 어떤 것이 그리운 것은 아니었다. 전혀 아니었다. 나는 소멸된 가능성이 슬펐다.

"기억나? 우리가 연애하던 시절에 내가 살던 아파트에서 너희가 생겼다고, 나중에 아이들에게 말해주기로 농담했던 거."

남편이 고개를 끄덕였다.

"그렇게 말 못 해주겠지, 이제는. 이사도 하고, 다시 이 집에서 살지 않을 테니까."

내가 말했다.

이런 작은 농담 하나가 이토록 마음을 아프게 할 줄이야. 나와 남편이 이 비밀스러운 탄생 스토리에 대해 신나서 이야기해줄 때 아이들 얼굴에 스칠 표정을 상상했다. 아이들과 함께인 미래 속 구체적인 장면 하나가 영영 사라진다고 생각하니 마음이 무거웠다. 나는 이 집에 있는 작은방을 채울 일이 없다. 작은방을 사용할 아기, 로맨틱한 우리만의 역사, 두 명이 아닌 세 명이 꾸릴 행복한 가정. 나는 내가 상실해버린 꿈 때문에 슬퍼졌다.

우리는 그곳을 떠났다. 이후로 다시 방문한 적이 없지만 이제 나는 내 마음 안쪽에 작은방을 마련했다. 그 방 안에는 조립식 책상과 꽃무늬 벨벳 의자가 놓여 있고 버리자니 아깝고 벽에 걸자니 소파와 어울리지 않는 예쁜 그림이 걸려 있다. 그 방 한쪽 벽면은 아기 침대를 위해 비워두었다. 아기 침대도 작은방도 비어 있는 것은 아니다. 둘 다 희망으로 가득 차 있다.

기다림
Waiting

◇◇◇◇◇◇

마침내 너를 오래도록 기다리던 장소에서 떠났다.
내가 머물던 땅에는 깊이 팬 발자국이 남았고,
사암 먼지 속 발꿈치와 발가락이 묻혔다.

아무런 말도 하지 않은 채 나는 일어나 걸어 나갔다.
나와 같은 아픔을 지닌 친구들은
나의 갑작스런 포기를 조롱했다.
나는 소금기둥이 되지 않으련다.
나를 부르는 소리에도 뒤를 돌아보지 않으련다.
잉크로 새겨진 글로 마음을 다잡는다.
너를 기다리는 동안 나는 새겼다.
너를 찾고야 만 누군가의 이야기,
그리고 아무도 찾지 못한 채 남겨진 누군가의 이야기를
읽고 또 읽었다.

다마스쿠스로 향한 길에서
에르푸르트로 가는 도로에서
월든 호수에 이르는 방향에서
그곳이 어디든 누군가 너를 찾았을 장소에서
너도 함께 여행할 누군가를 만난 것이다.

3 슬픔이라는 감정을 떼어놓기로 했다

슬퍼서 아픈 것이 아니라
아픔을 느낄 때
슬픔이 찾아온다는 것을 안 뒤,
완벽히 준비된 엄마만
임신을 할 수 있는 것은
아니라는 것을 깨달은 뒤,
더는 시기심과 질투로
마음이 들끓지 않게 되었다.

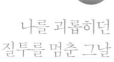

나를 괴롭히던
질투를 멈춘 그날

아이를 갖고 싶다는 열망은 채워지지 않는 허기와도 같다. 배고픔을 느낄 때 배가 울리듯, 나는 내 영혼이 구룽대는 소리를 감지할 수 있다. 내 몸이 알람시계로 변하지 않는 것이 이상할 정도로 몸속 세포 하나하나가 울어대며 아이를 원했다. 염원이 간절해져 고통스러울 지경이 되면 사람은 비뚤어지고 왜곡된 방식으로 세상을 바라보게 된다. 그뿐 아니라, 내가 세상에 반응하는 방법도 바뀐다. 마음에 녹이 슬 때면 치유해주던 내 안의 능력마저 사라져버린다.

부모님은 내가 어렸을 때 행복한 삶을 살기 위해 꼭 필요한 태도 한 가지를 가르쳐주었다. 바로 타인의 성공에 진심으로 기뻐하는 일, 비록 내 자신의 성공과 맞바꾼 것이라 할지라도 말이다. 이런 마음가짐은 많은 사람들이 '좋은 사람'이 갖춘 덕목이라고 말한다. 나는 스포츠를 통해 이 가르침을 얻었다.

다섯 살이 되던 해 처음으로 축구팀에 가입했다. 어린 나이에도 모두가 승자가 될 수 없다는 사실을 어렴풋이 알았다. 경기가 끝난 뒤 나는 스스럼없이 누가 이겼는지 물었다. 어른들은 내게 손을 내저으며 이기는 것이 중요한 건 아니라고 강조했다.

"열심히 했다는 게 가장 중요한 거란다."

"두 팀 모두 훌륭했어."

내가 패배에 마음을 다치거나 승리에 도취되어 자만할까봐 우려했던 것 같다. 고작 다섯 살이었으니 어른들의 우려가 터무니없는 것은 아니었다. 이후 나는, 다섯 살보다 훨씬 긴 세월을 살아가며 세상을 이해하고 통제하는 법을 배워갔다. 그러나 아직 감정이라는 형이상학적 세계는 내가 다섯 살 때 이해했던 딱 그 정도로 통제되지 않은 채 남아 있다.

사람들은 누구나 성공과 승리를 향한 열망이 있고, 한 사람의 성공이 다른 사람의 실패를 제물로 삼아야만 가능하다는 잘못된 생각도 한다. 다섯 살의 나는 승리에 취하지 않는 법도, 패배를 받아들이는 법도 몰랐다. 나는 다른 사람의 성공에 기뻐하는 법을 몰랐고, 특히 내가 실패했기 때문에 그들이 성공했다는 생각이 들 때 어떻게 기뻐하고 축하해야 하는지 몰랐다.

여타 어른들과는 다르게 우리 부모님은 가감 없이 경기 점수를 알려주었다. 내가 지더라도 실망하지 않고, 이겨도 성취감을 느끼지 않는 아이여서는 아니었다. 다만, 부모님은 내가 이 두 가지 상충하는 감정들을 어린 시절부터 잘 받아들이는 법을 배우길 바라셨다. 승패와 관계없이 부모님은 나를 팀원들 사이에 세워 상대 팀을 축하하고 노력을 치하하게 했다. '굿 게임, 굿 게임, 굿 게임' 기계처럼 반복하며 하이파이브를 하던 기억이 아직 또렷하다. 게임에 져서 실망할 때면 내게 매번 이길 수만은 없다고 조언해주었다. 다음에 더욱 열심히 노력하면 되지만 지금 화내는 것은 경기 결과를 바꿀 수도 없고, 나에게도 도움이 되지 않을 거라고 말했다. 이긴 날에는 겸손해지는 법을 배워야 했다. 노래 경연 대회에서도, 토론 경연에서도, 춤 발표회 때도 이 가르침은 한결 같았다.

동생들이 자라 승패가 갈리는 대회에 참여하면서 상황은 조금 더 복잡해졌다. 우리는 자라면서 다양한 재능을 싹틔웠다. 물론 각자 가진 재능이 모두 달랐고, 어떤 면에서는 내가 동생들에 비해 뒤처지는 부분도 있었다. 여동생 한 명은 발레부터 힙합까지 모든 분야의 춤을 섭렵했다. 또 다른 동생은 체조를 굉장히 잘했다. 남동생은 훌륭한 전략가 기질을 타고났다. 나는 춤도 그저 그렇고 재주넘기를 성공하는 데 몇 년이나 걸렸다. 체스 말을 단 세 번만 움직여 이겨본 적은 한 번도 없었다.

타인의 일이라면 축하해줄 수 있다. 그러나 나와 함께 사는 사람들이 항상 나보다 어떤 것을 더 잘한다면 그건 다른 이야기다. 물론 나는 동생들을 사랑했기에 견딜 수 있었다. 또 동생들의 성공이 나의 실패와 맞바꾸어 이뤄낸 것이 아니라는 점을 깨닫자 마음이 편해졌다. 그들의 재능과 성공, 약점과 실패는 내 것과는 무관했다. 질투심이란 감정은 내게 기쁨도 주지 않고, 내 자신에게 조금도 도움이 되지 않는다는 것을 배우며 나는 의식적으로 조금 더 포용력 있게 생각하기로 마음먹었다.

성인이 되어 갈수록 나는 오히려 시기심이 적은 편에 가까웠다. 무리 중 누군가에게 기쁜 일이 생기면 그곳에 함께 한 사람들 모두가 행복한 거라고 믿으며 살았다. 나는 타인의 행복에서 나의 행복을 찾아나갔다. 친구가 새로운 직장을 얻을 때는 나도 약간의 짜릿함을 느꼈다. 핑크빛 약혼 발표는 나를 미소 짓게 했다. 지인이 출연하는 공연이라면 주인공 역할이든 백댄서 역할이든 보러 가고는 했다. 그러나 누군가 임신 소식을 전해오면 나는…….

친구가 임신했다는 소식을 들으며 내가 처음으로 상처받았던 때가 떠오른다. 당시 친구는 분홍빛 드레스를 입고 있었다. 드레스로 가린 배는 아직 납작했지만 친구는 내내 배에 손을 지긋이

대고 있었다. 만약 내가 조각을 하는 사람이라면 그녀의 모습을 조각하여 '가장 큰 행복'이라는 이름을 붙일 것 같았다. 당시 나는 아이를 갖기 위해 1년 넘게 노력하던 중이었다. 그 친구는 몇 달 전 내게 아이를 가지려고 시도해볼 참이라고 말했다.

친구가 임신 소식을 전할 당시 나는 미소를 지었지만 얼굴 근육이 뻣뻣해지는 것을 느꼈다. 내 입술 양 끝에 줄을 묶어 옆으로 당기는 것 같았다. 나는 그녀에게 축하 인사를 건넸다. 친구의 행복에 조금도 나쁜 마음 없이, 나도 임신을 하고 싶다는 간절한 소망을 다시 한 번 되새겼다. 지금도 분홍빛 드레스를 볼 때면 그때가 생각난다. 친구와 내가 같은 일을 두고 서로 다른 기억을 갖고 있다고 생각할 때면 손끝이 서늘해진다. 아주 행복한 친구. 외롭고 불행한 나.

나는 인사를 건네고 얼른 자리에 앉았다. 그녀에게서 멀어져 뱃속을 휘젓는 기분 나쁜 감정들을 털어버리고 싶었다. 타인의 임신 소식을 듣고 마음이 아팠던 적은 그때가 처음이었고, 그 첫 아픔은 내 심장을 무겁게 짓눌렀다.

나는 다시는 그런 기분을 느끼고 싶지 않았다. 정말 다시는. 그런 일에 슬픔을 느끼는 것도 나쁘지만 죄책감을 느끼는 것은 더욱 나쁘다. 질투는 사람을 피폐하게 만든다. 질투라는 화살은 타인의 행복을 보며 내가 느끼는 기쁨을 산산조각 내고 다시 그 화살을 내 안으로 돌려 자신의 초라함을 겨눈다. 친구가 내 얼굴에 스치는 고통과 부러움을 읽었을까봐 마음이 쓰였다. 자신의 행복한 순간을 나를 위로하며 낭비할 수는 없었다.

그 일 이후 몇 년이 지났다. 나는 그 친구와 연락을 않고 지낸 지 오래되었다. 내 눈빛에서 질투심을 읽지 못했을 수도 있다. 내가 행복할 때 타인에게서 슬픔을 읽는 일이 얼마나 힘든지 나도 겪어봐서 안다. 친구가 그날 내 속을 읽었을 수도, 아닐 수도 있지만 우리는 서로 언짢은 말을 하지 않은 채 그 순간을 넘겼다.

돌이켜보면 내가 당시 느꼈던 감정은 슬픔이지, 질투심은 아니었던 것 같다. 타인의 모습에서 내 실패가 떠오른다면 슬픔을 느끼는 것이 오히려 당연한 일이다. 타인의 성공과 내 실패가 아무런 연관성이 없을 때도 말이다. 슬픔이 문제는 아니다. '저 아이는 가졌지만 나는 갖지 못했다'라는 생각이 드는 것도 잘못은 아니다. 그러나 내가 타인보다 그것을 가질 자격이 더 있다는 생각이 들 때 진짜 문제가 시작된다.

친구의 임신 이후 몇 달, 어쩌면 1년이 지났을까. 나는 지긋지긋한 감정들이 다시 밀려오는 것을 느꼈다. 독립기념일을 맞아 우리 부부는 친정 식구들과 함께 공원에서 열리는 불꽃놀이를 보러 갔다. 불꽃놀이가 시작되기 전 우리는 카드게임을 하고 맛있는 음식을 먹으며 피크닉을 즐겼다. 우리가 공원에 도착하기 전부터 사람들이 제법 모여 있었으나 불꽃놀이 시간이 다가오자 인파가 밀려들었다. 너무 정신이 없는 나머지 모르는 사람들이 우리와 무척 가까이 앉아 있다는 사실도 뒤늦게 알았다. 인파 속이라 누가 누군지 알아보기가 힘들 지경이었다.

조금 여유가 생기자 가족 중 딸로 보이는 아이에게 시선이 갔다. 아이는 열여덟 살쯤으로 보였다. 다른 대부분의 사람들처럼 짧은 반바지에 민소매 차림이었으나 다른 대부분의 사람들과 다른 점은 임신으로 부푼 배가 드러났다는 점이었다. 짧은 바지 위로 배가 볼록하게 도드라졌다. 그 아이를 바라보며 나는 위가 꽉 조여드는 느낌을 받았다. 나는 불쾌한 감정과 싸우며 카드 게임에 집중하려 했다. 여학생에게서 시선은 거두었지만 목소리가 들렸다. 그녀는 고등학교 졸업 문제로 고민하는 듯 했다.

"남친이 이제 직장도 구했어. 돈도 충분히 마련했고. 그런데 굳이 학교 계속 다녀야 하나?"

그 애는 금주와 금연이 너무 어렵다고 토로했다.

"맥주를 못 마시니 힘들어 죽겠어. 그 담배 피울 거면 나 한 모금만 줘."

끔찍했다. 카드게임에 집중할 수도 없었고 기분이 나아지지 않았다. 여학생의 남동생은 얼마 전까지 복역했던 교도소 이야기를 했다. 그들은 흡연, 음주, 마약에 대해서 얘기했고, 나는 치밀어

오르는 화를 가눌 수 없었다. 무책임이 무엇인지 온몸으로 보여주는 여학생은, 마치 누가 나를 괴롭히려고 일부러 내 앞에 앉혀놓은 배우 같았다.

나도 몸에 좋은 음식만 섭취해왔다고 자부할 수는 없다. 그래도 내가 좋아하는 다이어트 음료와 프렌치프라이 같은 음식을 최대한 피했다. 기분 전환용 마약은 물론 담배나 술은 입에 대지도 않았다. 나는 돈이 굉장히 많지도 않고, 세상에 모든 질문에 답해줄 만큼 똑똑하지도 않다. 나도 완벽함의 기준에서는 부족한 점은 알고 있다. 그럼에도, 나에게는 기댈 수 있는 남편이 있다. 우리 부부는 모두 좋은 교육을 받았다. 우리가 선택한 직업은 장래성이 있고 탄탄했다. 나와 남편의 가족 모두 훌륭한 사람들이다. 부유하진 않지만 아이에게 훌륭한 가정을 제공할 수 있었다. 내 옆에 앉은 아이는 내가 보기에는 아무것도 갖추지 못했다.

'이 아이는 그걸 가질 자격이 없어.'

내 안에서 목소리가 울렸다.

그것.

그것이 뭘까? 임신, 행복한 기대감, 아기, 엄마가 될 수 있는 기회. 잔인하고 끔찍하고 편협한 목소리였다. 나에게는 남을 비판할 권리가 없다. 그저 그 아이 옆에서 단 몇 시간을 함께 했을 뿐이었다. 전에 그 아이를 한 번도 만난 적이 없다. 집에서 어떻게 생활하는지도 모른다. 그녀의 진심을 본 적도 없다. 그녀에게 어떠한 비난과 판단을 할 자격이 없다는 거, 안다. 내가 하는 생각이 잘못되었다는 것도 알고 있었다. 그럼에도 그 몇 시간 동안 '그것'을 머리에서 떨칠 수가 없었다.

아이를 갖기 위해 그간 해온 고생이 머릿속을 스쳤다. 막대한 비용, 간호사가 찌르던 수많은 주삿바늘, 침대 발걸이에 발을 걸치고 앉아서는 얼마나 악을 쓰고 싶었던가. 나는 너무 힘든 시간을 보냈고, 아직 태어나지 않은 아이를 위해 희망과, 에너지, 사랑을 쏟아부었다. 그런데 내 맞은편에 앉은 이 아이가 곧 엄마가 된다. 내가 아니고.

그 순간 질투가 내 마음속에 단단히 뿌리를 내렸다. 예전, 친구의 행복 앞에서 슬픔을 느꼈다면, 이번에는 달랐다. 슬픔 대신 비통한 분노가 자리 잡았다. 내가 갖지 못한 것을 되새기자 이제 막 아문 상처 아래가 곪아갔다. 그러다 내 안의 강력한 어떤 것이 분노에 휩싸인 나를 깨웠다.

'그래, 나는 가족과 시간을 보내고 불꽃놀이를 보고 싶었어.'

분노를 한쪽에 밀어두었다. 얼마 후에 다시 들여다보고 정리해야 할 감정이었기에 우선은 함께한 가족에게 집중하기로 했다.

내가 느끼는 수많은 감정에 이름을 붙이기가 어려웠다. 여학생이 곧 낳게 될 아이의 행복에 대한 걱정, 이 걱정은 당연한 것이었다. 내가 들은 대로라면, 아이가 자랄 가정은 누구도 교육을 최우선 가치로 생각하지 않았고, 윤리의식이 결여되어 훗날 아이가 위험한 삶을 살게 될 수도 있었다. 아이에 대한 염려가 컸지만 그렇다고 내 마음에 가장 크게 자리한 감정은 아니었다. 가장 먼저 떠오른 생각은 '과연 이 여학생이 엄마가 될 자격이 있는가'였다.

과연 누가 가장 완벽하고 이상적인 엄마의 모습을 갖추었는지, 가장 대표적인 인물 한 명을 떠올리려 했지만 실패했다. 훌륭한 어머니란 무엇인지 보여준 사람은 많았다. 심지어 수많은 여성들 가운데 간택되어 천사들에게 임신 소식을 들었던 인물들도 있었으니. 그러나 이런 성스러운 경우마저도 단 한 명의 완벽한 엄마만 경험한 것이 아닌, 몇 차례 있었던 일이었다.

만약 임신에 자격이 필요하다면 다른 사람들은 내가 자격이 있다고 생각할까? 내가 아직 아이를 갖지 못한 것이 엄마가 될 자격이 없음을 반증하는 거라고 누군가 말한다면 상처받지 않았을까? 나는 누구에게도 나의 자격을 평가받고 싶지 않았다. 그렇다면 나도 이 여학생에게 같은 규칙을 적용해야 하는 게 아닐까?

나는 이 모순을 반복했다. 내가 느끼는 시기심을 정당화하고 싶은 마음이 고개를 들었다. 이 여학생 외에는 그 어떤 누구에게도 아이를 가질 자격을 논하거나 의심한 적이 없었다. 이 일은 하나의 전환점이 될 수도 있겠다는 생각이 들었다. 단 한 번의 해프

닝으로 남길 것인지, 아니면 앞으로도 계속 이런 생각을 고수하며 살 것인지 지금 여기서 결정해야 했다. 이 감정을 제대로 처리하지 않고 둔다면 언젠가 내 중심은 흉측하게 변할 수도 있다. 나 자신은 슬플지언정 친구들의 행복에 기뻐해주는 대신, 항상 화가 나 있고 냉소적인 흉측한 모습에 갇힐 수도 있다.

내 안의 감정들을 다잡아야만 한다고 생각했다. 시기심은 영혼을 갉아먹는다. 문제는, 엄마가 되고 싶은 욕망을 해소할 길이 없다는 것이다. 이 욕망은 나의 일부다. 엄마가 되고 싶다는 욕구는 내 영혼에 뿌리박혀 제거할 수 없다. 이 욕구를 억누른다면 어린 시절부터 내 삶을 이끌어온 중요한 목적을 배신하는 것과 다르지 않을 것이다. 더욱이 내가 선택하여 아이를 갖지 않겠다고 마음을 바꿔 먹어도 진정한 행복을 얻을 수 없을 것 같았다.

아이에 대한 열망을 억누른 채 어찌 발버둥 쳐 간신히 행복해졌다 해도, 결국 열정도, 꿈도 없는 삶을 살게 될 것 같았다. 질투와 시기심이 없는 성숙한 한 여성이 아니라 껍데기만 뒤집어쓴 텅 빈 인간으로 살게 될 것 같았다. 내가 억압해야 하는 것은 아이를 원하는 나의 욕구가 아니다. 내가 억압해야 하는 것은 아이를 가진 사람들을 대상으로 홀몸인 내가 느끼는 부정적 감정이다.

내가 질투를 느낄 만한 상황을 피해보는 것도 한 가지 방법이 될 수 있다. 베이비 샤워(출산을 앞둔 여성과 곧 태어날 아기를 축하하기 위해 선물을 주고받고 이야기를 나누는 모임 - 옮긴이)에 가지 않고, 아이가 있는 가족과 어울리는 시간을 제한할 수도 있다. 이러한 상황들을 의도적으로 피하면 지냈던 때가 있었다. 내가 밀려오는 슬픔에 당당히 맞설 만큼 강한 사람이 아니라는 것을 느끼게 해준 계기가 몇 번 있었다. 감당할 수 없는 상황을 피하는 것이 나쁘다고 생각지 않는다. 다만, 매번 피해 다니는 것이 불가능해졌고, 내 정서적 안정에 오히려 해가 되는 것 같았다.

아이가 있는 사람들을 외면하기로 결정한다면 문제를 어느 정도 피할 수 있었다. 그러나 내가 사랑하는 사람들도 피해야 했다. 내 친구들은 대부분 아이가 있다. 어떤 친구는 자녀가 다섯 명이나 된다. 남편은 여섯 남매 중 다섯째로 태어났고 형과 누나들은 대부분 결혼해서 자녀를 두었다. 나는 조카들과 알고 지낸 시간이 길었고 깊은 정을 나눠왔다. 태어날 때부터 지켜본 조카도 있었다. 내 여동생 하나도 출산을 앞두고 있다. 나는 사랑하는 사람들에게서 멀어지고 싶지 않았다. 힘들 때도 있었고 지독한 외로움을 느꼈던 적도 있다. 그럼에도 나는 항상 내 편에 서서 힘이 되어준 사람들에게서 멀어지고 싶지 않았다.

그래서 나는 내 슬픔이 다른 이들의 행복과 무관한 감정이라는 것을 계속 상기하기로 했다. 예전에는 누군가 임신 소식을 알려왔을 때, 자신에 대한 슬픔과 타인을 위한 행복을 동시에 느꼈다. 그러나 이제는 슬픔이라는 감정을 떼어놓기로 했다. 가장 먼저 떠오르는 슬픔을 옆에 미뤄두고, 나중에 시간이 있을 때 다시 제대로 들여다보는 것이다. 우선 친구를 위해 마음껏 행복해한다. 거짓된 감정이나 과장이 아닌 진짜 기쁨 말이다. 모든 상황이 종료된 뒤에는 미뤄둔 슬픔을 돌봐주면 된다.

슬픔과 기쁨을 시간차로 느끼게 됨에 따라, 친구의 기쁨은 내 슬픔과 전혀 관련이 없다는 것을 명확히 이해하게 되었다. 친구들이 아이를 갖는 일은 나와 상관없이 벌어진다. 슬퍼서 아픈 것이 아니라 아픔을 느낄 때 슬픔이 찾아온다는 것을 안 뒤, 완벽히 준비된 엄마만 임신을 할 수 있는 것은 아니라는 것을 깨달은 뒤, 더는 시기심과 질투로 마음이 들끓지 않게 되었다.

치유의 기도

Healing Prayer

◇◇◇◇◇◇

나아지는 날들을
치유되는 날들을
제게 허락해주세요.
변화를 긍정적으로 바라볼 수 있는 눈을
뒷걸음질 치던 날들을 이겨내는 용기를
제게 허락해주세요.
움츠러든 만큼 더 멀리 발을 내딛을 수 있도록
도와주세요.
항복해야 하는 운명이라면,
앞으로 나아갈 수 없는 운명이라면,
제가 새로운 세상에서 사는 법을 배울 수 있도록
도와주세요.

4
아직 받아들이지 못한 순간들

매 순간 슬픔을 느낄 시간도 없고

그러고 싶지도 않다.

분노와 부담, 불행과는 이제 끝났다고 생각한다.

내가 행복해지면 삶은 훨씬 나아진다.

그래서 행복해지기로 한다.

힘겨운 현실을
마주하는 순간

몇 년 동안이나 나쁜 소식을 듣다 보면 어느새 익숙해질 거라 생각할 수도 있다. 혹은 덜 나쁘게 받아들일 수 있을 거라 생각할 수도 있다. 하지만 불편한 마비의 순간은 매번 똑같이 찾아온다. 몸에 심한 상처를 입은 직후 몇 초 동안 찾아오는 그 느낌과 비슷하다. 고통스럽지는 않지만 몸은 지금 심각한 일이 벌어지고 있음을 직감한다.

나쁜 소식을 들은 뒤에는 멍한 충격을 견뎌보려고 몇 초쯤 할 애한다. 내가 견딜 수 있기 때문이 아니라 결국 내가 받아들여야 만 한다는 사실을 알기 때문이다. 고통을 느끼는 순간을 단 몇 초나마 미루고 싶다. 나는 아직 젊다. 슬퍼할 시간은 앞으로 수십 년이나 더 있다. 안타깝게도 나는 반응적 성향의 사람이다. 따라서 내 감정들은 뜨겁게, 깊게, 빠르게 휘몰아친다.

다른 사람들도 그런지는 모르지만, 내 경우 마비 상태 뒤에는 곧 분노가 찾아온다. 특정 인물이나 특정 대상이 없는 막연한 분노다. 그저 화가 난 상태다. 그러나 곧 얼굴 표정을 차분하게 유지하려고 노력한다. 내가 원하는 감정을 머릿속으로 떠올리며 억지로라도 표정을 짓는다면 될 것도 같았다. 아직 한 번도 성공한 적은 없지만. 왜 매번 시도하는지 모를 일이다. 화가 치민 상태로 거칠고 아픈 말들을 쏟아낼 때도 간혹 있다.

분노가 썰물처럼 빠져나가면 다음에는 무력감이 온다. 나쁜 소식은 바꿀 수 없다. 잘 안다. 분노는 난임이라는 진단도 결과도 바꾸지 못한다. 그 점이 정말 싫다. 내 운명을 스스로 바꿀 수 없는 현실은 나를 어리고 유치하게 만든다. 그래서 나는 웅크리고 앉아 울기 시작한다. 울음은 도움이 되기는커녕 코를 막히게 만들고 지끈거리는 두통을 준다. 그래서 내게 두통은 곧 슬픔이다.

그러고 나면 수다를 시작한다. 말을 하면 지금 나를 점령한 감정을 어느 정도 완화할 수 있기 때문에 무슨 말이든 떠들어댄다. 지금 내가 경험한 감정을 잘 전달하기 위해 항상 무엇엔가 빗대어 설명한다. 불쌍한 남편은 내가 무너진 가슴을 주체하지 못해 흐느끼며 떠들어댄 수많은 이야기를 다 들어주었다. 난임 확진을 받은 지 몇 년이나 흘렀지만 나는 아직 무슨 일이 벌어졌는지 확실히 이해하지 못했다. 이성적으로는 이해한다. 우리 문제에 대해 잘 인지하고 있다. 그러나 입 밖으로 말해서 자신에게 설명해주지 않고서는 머리로 이해하기가 어렵다. 지금까지도 내가 너무도 현실 같은 긴 악몽에서 깨지 못한 건 아닌지 헷갈릴 때가 있다.

거대한 슬픔이 찾아올 때 내가 처음에 느끼는 감정은 다른 사람들과 비슷하다. 그러나 내 경우에는 그 이후가 정말 끔찍하다. 내가 정말 바닥까지 추락하는 순간에 대해 말하고 싶지 않다. 나는 결코 바닥을 드러내는 사람이 아니어서가 아니다. 누구도 알아서는 안 되기 때문도 아니다. 사실은 아무 일도 벌어지지 않기 때문이다.

나쁜 소식을 들으면 내가 슬픔을 느끼는 일반적인 단계를 거친다. 충격과 분노, 울음, 수다를 차례로 마치고 나면 보통은 잠자리에 들 시간이다. 난임 확진을 받았던 때는 늦은 오후였다. 그날은 도저히 잠이 들 수 없을 것 같았다. 너무 지쳐버려 머리가 아팠고 팔 다리에 감각이 무뎌졌지만 머릿속은 쉬지 않고 분주하게 돌아갔다. 나는 아침에 샤워를 하는 사람이지만 그날은 내일 아침에 할 샤워를 미리 해야겠다는 생각이 들었다. 트렌트는 침대 안으로 들어갔다. 나는 끔찍한 기분을 안고서 샤워를 시작했다. 낮에 느낀 온갖 감정들이 온몸을 돌아다니며 뜨겁게 만들었다. 내 몸을 짓누르는 현실의 무게에 결국 나는 꼼짝도 할 수가 없었다. 그래서 나는 샤워를 하다 말고 주저앉았다. 울고 싶어서가 아니라 그저 주저앉고 싶었다. 침대까지 갈 기운이 생길 때까지 앉아 있었다. 내가 나락까지 추락할 때 하는 행동이다. 나는 움직일 여력이 생길 때까지 가만히 앉아 있었다.

내가 힘겨운 현실을 드디어 마주하는 순간이었다. 그 순간에는 눈물도, 통곡도, 분해서 이를 가는 상황도 없다. 무無의 상황이다. 아무 일도 일어나지 않는다. 굳이 설명하면, 뜨거운 물이 내 머리 위로 쏟아지고, 어느 순간에인가 시간이 공기의 흐름처럼 지나가며, 내 자신이 낯설어지는 순간. 할 일은 앞으로 더욱 많아질 테지만 시간은 더 부족해진다는 사실을 자각하는 순간이다. 이것 외에는 아무것도 변하는 것이 없다. 더 자세히 설명하기 어렵다. 고요하고 텅 빈 공간이다.

그래서 행복해지기로 했다

나는 괜찮다. 괜찮지 않을 때만 빼고.

내가 괜찮지 않을 때는 난임 초기에 느꼈던 정서적 마비와 비슷한 후폭풍이 몰려온다. 이런 날이면 손 놓고 아무것도 하지 않는 지지부진한 시간이 다시 반복된다. 밀린 일과 제때 납부하지 못한 고지서가 쌓인다. 내가 마무리 짓고 싶었던 여러 프로젝트에 대해선 말할 것도 없다. 나는 다양한 활동과 프로젝트, 의무로 하루하루를 채우며 충만함을 느끼고 싶을 뿐이다. 또, 내가 좋아하는 일들은 지켜야 할 마감기한도 있다.

내가 괜찮아진 후의 세상은 완벽하게 돌아간다. 아침에 눈을 떠야 하는 이유가 있는 세상이다. 아침에 일어나 나는 홀로 동떨어진 기분을 느끼지도 않고 불행하지도 않다. 내 주변의 세상이나 친구들에게서 멀어진 느낌도 없다. 매 순간 슬픔을 느낄 시간도 없고 그리고 싶지도 않다. 분노와 부담, 불행과는 이제 끝났다고 생각한다. 내가 행복해지면 삶은 훨씬 나아진다. 그래서 행복해지기로 한다. 보통 때는 그렇게 마음먹는다.

얼마 전에 또 눈물을 쏟았다. 그간 괜찮았다. 정말 괜찮았다. 그날도 무슨 일이 있었던 것은 아니었다. 트렌트와 나는 가족과 함께 저녁을 먹고 영화를 보았다. 영화를 보고 나서 가족과 담소를 나누고 우리 부부는 집으로 향했다. 우리는 괜찮았다. 오히려 행복할 지경이었다.

잠자리에 들기 전 일상처럼 세안과 양치질을 마치고 침대에 올랐다. 그리고 나는 울음을 터뜨렸다. 난임 때문에 울지 않았던 게 벌써 몇 달인데 다시 남편의 품 안에서 눈물을 흘렸다. 트렌트는 영문을 몰라 놀란 상태로 나를 꼭 안아주었다.

다음 날 아침, 낯선 두통이, 내 눈썹에서 시작해서 전신을 훑어 내려가는 두통과도 비슷한 불쾌함이 엄습했다. 몇 년 전 내게 처음으로 찾아왔던 기분, 모든 게 다 싫어지던 그 기분이 그대로 재현되었다. 나는 그날 깨고 싶지 않았다. 그러나 다시 잠들지 않고 침대에서 몸을 일으켰다.

나는 여전히 싸우고 있다. 난임 진단 이후 몇 달간 우리 부부는 어두운 터널에서 헤어나오지 못했다. 나를 꽉 붙들고 놓아주지 않던 짙은 슬픔이었다. 잔뜩 예민해져 펄펄 뛰던 날들이었고, 아무런 생활을 할 수 없던 날들이었으며, 불면의 밤, 저려오는 가슴, 위염으로 점철된 나날이었다.

나는 그 터널에서 가능한 멀리 빠져나와 진짜 세계에 발을 들이기 위한 싸움을 계속하고 있다. 다시 그곳으로 돌아가고 싶지 않다. 적어도 그렇게 마음먹는다. 터널에서 나오기까지 막대한 노력과 에너지, 시간이 들었다. 앞으로 나아가야 할 시간을 어둠에서 빠져나오는 데 쓰고 말았던 것이다. 미래에 대한 불안함에 빠져 있는 모습이 내 안에 남아 있다. 내 앞에 무엇이 펼쳐질지 몰라 두려워하기도 한다. 발 앞에 놓인 어둠을 헤치는 데 노력이 필요하다. 안개 속에서 나는 진료용 침대의 발걸이와 막대한 비용과 피검사와, 이 모든 것에도 불구하고 내가 느낄 실망감이 보인다. 그러나 희망처럼 보이는 작은 불빛도 안개 속에서 희미하게 반짝인다.

터널 속에 다시 갇히느니 동트기 전에 내려앉는 깊은 어둠을 헤치고 앞으로 나아가고 싶다.

괜찮다
Okay

◇◇◇◇◇◇

하나도 다치지 않고 조금도 변하지 않은 게 아니다.
어찌할 도리 없음에 괜찮다고 털어내는 과정이다.
추슬러 받아들이는 과정이다.
남과 다를지라도 가치 있는 사람이 되는 과정이다.
남과 다른 삶의 기준일지라도
삶의 정상적인 궤도 안에 머무는 과정이다.

5
꿈 속 에 서 만 난 나 의 꿈

감기는 충분히 앓고 나면
결국 낫지만
난임은 다르다.
난임이란 병이
결국 치유될 수 없더라도
괜찮아지는 법을
스스로 깨우쳐야만 한다.

조각조각 깨져버린 꿈

내가 꾸는 꿈은 항상 실제처럼 선명했고 오래도록 여운이 남았다. 어렸을 때 악몽을 꾸고 난 뒤에는 나쁜 기분이 얇은 기름막처럼 나를 뒤덮었다. 그러면 나는 안방으로 내달려 부모님 침대로 기어들어갔다. 내가 너무 자주 찾아오자 엄마는 나 혼자서도 악몽을 이겨낼 수 있는 방법을 알려주었다. 부모님의 다정해야 할 밤이 불면으로 이어지자 엄마가 묘책을 낸 것이다.

"악몽을 꾸다가 잠이 깨면, 다시 잠들어보렴. 그러고는 꿈 뒷부분을 바꿔버리는 거야."

땀에 흠뻑 젖은 채 가쁜 숨을 몰아쉬며 잠에서 깨면 그래도 머릿속에 남은 꿈의 잔상으로 기분이 나빴다. 나는 다시 잠에 빠져 내 의지대로 꿈을 조정하려 했다. 항상 성공했던 건 아니지만, 보통은 내가 부모님 방으로 달려가기 전에 아침을 맞이할 수 있을 만큼 푹 잘 수 있었다.

아이들은 악몽이 덮치는 속도보다 빠르게 성장한다. 어떤 사람들은 성인이 되자 간밤에 꾼 꿈이 하나도 기억나지 않는다고 한다. 그러나 내 꿈은 어렸을 때보다 더욱 복잡하고 어지러워졌다. 아무런 줄거리도 없이 너무나 뚜렷한 잔상만을 남기는 꿈을 꾼다. 해가 쨍쨍한 날 바닷가, 짙은 색 고래가 파도 아래서 수영을 하는 꿈. 땅에 생긴 수많은 구멍에서 뱀들이 계속 나오고, 나는 뱀 무더기 사이를 구르는 꿈을 꾼다.

악몽이 내게 오랜 잔상을 남기기 때문에 먼저 이야기를 꺼낸 것 뿐, 행복한 꿈을 꿀 때도 있다. 결혼 전 남편은 2년 간 봉사활동을 하느라 내 곁을 떠나 있었는데, 당시 나는 남편이 학교에 돌아오는 꿈을 꿨다. 남편이 떠나던 때 우리는 그리 진지한 사이도 아니었다. 그럼에도 남편과 소소한 일상을 누리는 꿈을 꿨다. 대부분 함께 장을 보는 꿈이었다. 꿈속에서 남편과 함께 상추와 호박을 골랐다. 꿈에서 깨면 트렌트는 외국이 아닌 이곳에 있을 것 같았고, 함께 장을 본 물품은 냉장고 안에 정리되어 있을 것만 같았다. 꿈의 잔상은 10분 정도 머무르다 사라졌다.

남편의 꿈은 조금 다르다. 잠에서 깨면 그의 꿈도 비눗방울처럼 터져 사라진다. 그가 악몽에 시달릴 때면 나는 남편의 팔을 살짝 잡아주거나 가슴을 쓰다듬으며 그를 깨웠다. 가끔은 눈꺼풀이 파르르 떨리며 잠시 열렸다가 다시 잠든다. 내가 끔찍한 꿈을 꾸었을 때 남편은 내 머리카락을 어루만지고 귓가에 속삭이며 15분 정도 나를 안심시킨다.

악몽으로 깬 뒤에는 남편까지 깨우고 싶지 않다. 남편은 중간에 깨면 다시 잠을 청하기 어려운 사람이다. 결혼한 뒤에는 꿈에서 깨어 내 스스로 현실 감각을 최대한 빨리 찾기 위해 더욱 노력했다. 어렸을 때 했던 것처럼 다시 꿈으로 돌아가 내 의지대로 결말을 바꾸려고 할 때도 있다. 아니면 잠에서 깬 채 누워 내가 누군지, 이곳이 어딘지 중얼거리며 꿈이 남긴 혼란스러운 장면을 벗어나려고 애쓴다. 나는 괜찮아질 때까지 가만히 누워 있는다. 효과가 좋은 방법이다. 단지 내가 현실로 돌아오고 싶지 않을 때, 그때만 빼고.

하루는 꿈속에서 아이를 안고 있었다. 아이의 이름은 매리 쿡이었고 쌍둥이 중 하나였다. 출생신고서에 그렇게 적혀 있어서 쌍둥이인 줄 알았다. 18개월쯤 되었을까. 아이의 머리카락은 호박빛을 띤 금발이었고, 크면서 갈색으로 점점 변할 것 같았다. 아기를 내 허리쯤에 기대 안고 있었다. 아이는 나를 믿어도 되는 사람인지 의심했다. 상대를 가늠하는 듯한 아기 특유의 눈빛으로 나를 올려다보았다. 검지를 입에 문 채 눈썹을 아래로 내린 표정에서 아이의 경계심을 읽을 수 있었다. 아이를 하염없이 바라보았다. 자세히 보니 아이의 코끝은 귀엽게 들려 있었다.

"곰돌이 푸의 코랑 닮았구나."

아이는 이름이 마음에 들지 않는 듯 얼굴을 찌푸렸다.

"곰돌이 푸!"

이번엔 바람소리를 넣어 "푸!"라고 말하자 아이의 솜털 같은 머리카락이 들썩였다.

아기는 입술 끝을 손가락으로 잡아당긴 것처럼 어색하게 웃었다. 그 순간 나는 머지않아 이 아이가 나를 사랑하게 될 거라고 확신했다. 나는 이미 아이를 사랑하고 있었다. 내 뒤편에서는 트렌트가 쌍둥이 남자아기와 노는 소리가 들렸다. 남자아기가 크게 웃었다. 그리 놀랄 일은 아니었다. 아이들은 트렌트와 순식간에 사랑에 빠지니까.

우리 부부의 아이들이었다. 혹은 곧 그렇게 될 아이들이었다. 완벽히 작성된 서류가 우리의 서명을 기다리며 앞에 놓여 있었다. 우리는 미처 펜을 가져오는 것을 잊었고, 입양기관 관계자에게 하나만 가져다 달라고 부탁한 상태였다. 매리의 눈빛에는 다시금 불신이 스쳤다. 나는 아이를 품에 안은 채 몸을 이리저리 흔들어 얼렀다.

"푸!"

바람소리를 냈다. 아이는 다시 미소 지었다. 한 번만 더 하면 남자아이처럼 크게 웃을 수도 있겠다는 생각이 들었다. 나는 눈을 감고 다시 한 번 '후' 하고 바람을 불었다. 웃음소리 대신 아이가 내게 기대오는 게 느껴졌고, 눈을 뜨지 않은 상태임에도 아이가 내 품을 원한다는 걸 알았다. 나는 아이를 조금 더 가까이 당기며 안았다. 내 양팔이 내 가슴에 닿았다. 그렇게 나는 잠에서 깼다.

눈을 떠보니 어두운 방 안이었고 나는 혼란스러웠다. 조금 전까지만 해도 따뜻한 빛이 가득한 방에 있었는데. 여기가 아니고. 매리의 오빠를 안고 있을 트렌트를 상상하며 돌아보았다. 남편은 내 옆에 잠들어 있었다. 가슴에서 시작된 불안함이 팔까지 전해졌다. 난 아이를 잃었다. 현실 감각을 찾을 새도 없이 다시 꿈속으로 빠져들었다. 그게 꿈이었음을 깨닫지 못한 채 그저 꿈의 결말을 바꾸고 싶다는 생각뿐이었다.

나와 남편은 아기들을 찾으러 뛰어다녔다. 꿈속에서 쏟아지던 빛은 내가 기억하는 것보다 훨씬 밝았다. 배경이 왜곡된 이미지로 펼쳐졌다. 거리 감각이 상실되고 배경은 요동치며 바뀌었다. 주변 배경이 변하며 두 아이가 아장아장 걸어가는 것이 보였다. 나는 속도를 내며 매리를 다시 품 안에 안으려고 손을 뻗었다. 아이를 안은 대신 나는 꿈에서 깨었다. 갈비뼈가 울릴 정도로 심장이 세게 뛰었고, 나는 다시 잠들 수 없었다.

자리에서 앉아 침실을 둘러보았다. 무너지고 여려진 가슴 한편으로 이 모든 것이 꿈이었다는 자각이 왔다. 그럼에도 극심한 공황상태에 헤어나오지 못했다. 지금 생각해보면 나는 가슴이 무너지는 현실보다 공황상태에 빠진 꿈속을 차라리 원했던 것 같다. 나는 침대에 누워 기억을 되짚어나갔다. 입양을 진지하게 생각했던 적은 없었다. 그러나 꿈속에서 나는 두 팔 가득 아이를 안고 있었다. 아이가 기대어 있던 오른쪽 허리께가 아직 따뜻했다. 우리는 입양을 고려하기 전에 우선 시험관 아기를 시도하려고 했다. 하지만 나는 이미 아이에게 '곰돌이 푸'라는 애칭까지 붙여주었는데 정말 꿈이었을까.

여름 내내 친정 부모님과 함께 지냈다. 두 달은 입양 자격 심사를 받기에는 짧은 기간이었다. 그러나 나는 분명 입양 서류를 내 눈으로 보았다. 내가 기억하는 한 서류를 작성한 적도, 신원조회에 동의한 적도, 심지어 입양기관에 찾아간 적도 없었다. 어찌 되었든 나는 아이를 홀로 두고 떠나왔다. 여전히 혼란스러운 상태로 일어나 옆방에 있는 컴퓨터 쪽으로 발걸음을 옮겼다.

입양기관과 주고받은 메일이 있는지 메일함을 뒤졌지만 아무것도 없었다. 인터넷으로 가까운 입양기관을 검색했다. 눈에 익은 건물이 없었다. 단 하나도 말이다. 나는 아이의 이름을 검색했지만 역시 아무것도 나오지 않았다. 사실 나는 아이를 찾아보려면 뭘 어떻게 해야 하는지조차 몰랐다. 내 안의 이성이 말했다.

'조금 전에 꾼 꿈 외에는 매리 쿡이란 아이가 이 세상에 존재한다는 실질적 근거가 하나도 없어. 현실이 아니고 꿈이야.'

그것 외에는 제대로 설명할 길이 없었다.

모니터를 바라보다 키보드 위의 손가락이 갈 길을 잃고 멈추었다. 이성 앞에 무릎을 꿇었다. 나는 메모지를 꺼내 '매리 쿡'이라는 이름을 써내려갔다. 이미 남자아기의 이름은 잊고 말았다. 그 생각이 미치자 다시금 헤매기 시작했다. 아직 잠에서 완전히 깨지 못한 내 안의 일부는 이렇게 생각했다.

'트렌트가 맡아 돌보고 있었잖아. 내가 아니라 남편이 아기를 안고 있었어. 트렌트가 아이의 이름을 기억하고 있을 거야.'

침대 옆 탁자에 메모지를 붙였다. 남편은 아직 잠든 상태였다. 아드레날린이 너무 많이 분비된 상태라 다시 잠들 수 없을 것 같았다. 남편을 깨우고 싶지도 않았지만 홀로 깨어 있고 싶지도 않아, 이불 밑으로 기어들어가 기다렸다.

마트에서 아이를 잃어버리고 패닉에 빠진 엄마들을 본 적이 있다. 아이를 놓친 엄마는 걸음을 옮기며 나직이 아이의 이름을 부른다. 곧 엄마는 급속도로 흥분한다. 목소리가 더욱 커지고 높아진다. 이제 나는 그 엄마들의 심정을 알 것 같다. 단지 내가 아이를 잃어버린 장소에 돌아갈 수 없다는 사실만 다를 뿐이다. 어느 곳을 찾아봐야 할지도 모르고 내가 부르는 소리에 대답할 아이도 없다. 나는 반쯤 패닉에 빠진 상태로 트렌트가 일어나길 기다렸다.

트렌트가 일어날 때까지도 꿈이 남긴 잔상이 희미하게 남아 있었다. 전부 다 꿈이었다고 나도 실감했다. 그럼에도 내 안의 아주 미약한 희망, 슬픔, 기쁨, 두려움 등이 '아니, 모두 실재했다'고 작게 속삭였다. 꿈에서 깬 지 어느덧 한 시간 넘게 지나 시계는 7시 30분을 가리켰다. 어떤 꿈도 나를 이토록 오랫동안 붙든 적이 없었다.

나는 남편에게 그간의 일을 털어놓았다. 이름이 기억나지 않는 남자 아기와 입양 서류들, 우리가 펜을 잊어 서명을 하지 못한 것까지 모두 다. 호박빛의 금발 머리카락과 곰돌이 푸에 대해서도 알려주었다. 잠에서 깬 뒤 다시 꿈속으로 돌아가 매리를 찾아 헤매던 일, 다시 깬 뒤에는 컴퓨터를 뒤져가며 아기의 흔적을 찾았던 일. 이 모두를. 당신이 깨기만을 기다렸다고 말했다. 쌍둥이에 대해서 이야기할 때 남편의 눈에서 어떤 낯익음도 읽을 수 없었다. 메모지에 휘갈겨 쓴 아이의 이름도 몰라보았다. 평소의 꿈과 다르게 이번에는 그저 꿈이 아니라 무언가에 씐 것 같았다. 그거다. 나는 정말 무언가에 홀린 것만 같았다.

"여기저기 찾아봤는데도, 도저히 아기를 찾을 수가 없었어."

"에밀리."

트렌트가 안타까운 듯 나를 불렀다. 나를 안아주는 남편을 느끼며 나는 매리를 안으려고 했던 게 떠올랐다. 견딜 수가 없었다. 남편을 살짝 밀어냈다.

"내가 아이를 버린 건가?"

"아니야. 당신은 아이를 버린 적 없어. 그 아이는 실제로 존재하지 않는 아이야."

남편은 나를 다독였다.

꿈이 조각조각 깨졌다. 괴로웠던 꿈에서 깨면 차라리 안심할 줄 알았다. 그러나 그렇지 않았다. 나는 오히려 가슴뼈 아래쪽이 무너지는 기분이 들었다. 울음이 터져 나왔다. 트렌트가 옳았다. 우리는 입양을 진행한 적이 없었다. 서명하지 못한 서류도 없었다. 매리는 진짜 존재한 적이 없었다. 그럼에도, 그 모든 사실에도 불구하고 아이는 그곳에 홀로 남았다.

내가 맞이하는 아침

알람에 맞춰 일어나지 않아도 되는 날의 아침이라면 나는 내 몸 구석구석을 확인하며 눈을 뜬다. 아침에 깰 때면 보통은 눈을 먼저 확인한다. 눈곱이 끼었는지, 눈이 뻑뻑하거나 무거운지 몸의 다른 부분보다 먼저 감지한다. 다음은 매트리스와 맞닿은 신체 부위다. 옆구리일 수도 있고 가슴, 배, 허벅지 혹은 어깨와 엉덩이, 종아리일 때도 있다. 나란 사람은 결국 눈과 몸, 이 이상도 이하도 아니다.

퍼즐조각을 맞추듯 내 몸을 하나하나 맞추고 확인한 뒤에야 비로소 의식이 맑아진다. 내가 해야 할 일을 모두 되짚어보기 전에는 침대에서 일어나지 않는다. 아침을 차리고, 화장실을 청소하고 글을 쓰거나 장을 보러 가는 일들. 소소한 일상이 주는 목적의식을 떠올리면 안락한 침대에서 일어나기가 한결 수월하다.

의식이 깨어나는 과정이 눈이 아닌 다른 데서 시작할 때도 있다. 아침에 눈을 떴을 때 양팔에 아무 감각이 없을 때가 가장 많다. 내 몸이 팔과 분리되어 있다는 소름끼치는 기분과 그로 인해 몸이 느낀 충격으로 순식간에 잠에서 깬다. 그럴 때면 침대에 누워 감각을 잃은 손가락을 깨물며 다시 피가 통하길 기다린다. 팔이 있어야 할 자리에 천으로 만든 이상한 것이 달려 있다는 생각이 들면, 팔이 다시 돌아왔다는 생각이 들 때까지 팔 다리를 마구 흔든다.

트렌트가 청혼한 다음 날 아침, 그 특별한 아침에 눈을 떴을 때는 내 몸 안의 모든 신경이 왼손 네 번째 손가락에 집중되는 신기한 체험을 했다. 나와 남편이 나눈 사랑의 약속, 반지를 중심으로 신체 모든 부위가 공전하는 기분이었다. 여동생들은 자기 침대에서 각자 잠들어 있었고(당시 우리는 부모님 집에 머물렀다) 나는 가만히 누워 있었다. 동생들이 일어나 화장실에 들락거리며 단장을 시작했을 때도 나는 미소를 지은 채 침대 안에 머물렀다.

난임 진단 이후 내 기상 패턴도 바뀌었다. 진단을 받고 난 바로 다음 날 아침이 또렷이 기억난다. 눈썹 부위가 묵직해지는 기분에 눈을 떴다. 눈썹이 심하게 당기는 느낌이었다. 다음으로 묵직한 감정 하나가 내 머릿속 중앙 깊숙한 곳에 자리한 것 같았다. 그 딱딱한 돌덩이 같은 감정에 맞춰 온몸이 반응했다. 몸을 동그랗게 말고 누웠다. 내 안에 무엇이 달라졌는지 생각조차 하고 싶지 않았다. 전날 겪은 일을 떠올리기 싫었다. 침대 밖으로 나오고 싶지 않았다.

결국 전날 병원에서의 일을 떠올렸을 때 나는 몸 안의 모든 균형이 깨져버린 것 같았다. 남편도 나도 변한 건 없었다. 우리의 몸이 늘 갖고 있던 어떤 상태에 대해 의학적 확진을 받은 것뿐이었다. 그럼에도 나는 진단으로 인해 내가 변한 것, 아니, 변형된 것 같았다. 지금의 내가, 새로운 내가 마음에 들지 않았다. 다시 잠이 든다고 아무것도 변하지 않는다는 사실을 잘 알고 있었다. 그래도 상관없었다. 아무리 그럴싸한 이유를 들이대도 나를 이불 밖으로 끌어낼 수는 없었다.

어떤 기적이 펼쳐진다 해도 내 눈을 뜨게 하고 나를 깨게 하지 못할 것 같았다. 병원을 다녀온 다음 날 아침 내 스스로가 절여진 피클처럼 느껴졌다. 내 안의 일부가 실망감에 절여지고 시큼해졌다. 기분이나 감정이 아닌, 그나마 처음으로 한 논리적인 생각은 이런 거였다.

'오늘도 우리는 난임 부부야. 오늘도 그러니 아마 내일도 그러겠지. 그리고 그 다음 날도. 앞으로 남은 평생 동안, 매일 아침마다 이 새로운 사실을 상기하며 눈을 뜰 수 있을까?'

난임의 몸으로 맞아야 할 수천 번의 아침이 머릿속에 그려졌다. 차곡차곡 쌓아올린 미래의 아침 풍경은 나를 매트리스로 내리눌렀다. 나는 그날 아무것도, 아무 일도 하지 않았다. 단지 그 아침들을 떠올리는 것만으로도 숨이 막힐 듯 무거워 충격과 고통만을 느낄 뿐이었다. 그나마 남은 의식은 내게 이 괴로움에서 벗어나려면 잠에 다시 빠져야 한다고 알려주었다. 내 몸은 들끓는 열과 싸우듯 슬픔과 싸웠다. 가장 좋은 방법은 잠을 자는 것이었다. 그러나 감기 몸살에 시달릴 때 밀려오는 노곤함과는 분명히 다른 무력감이었다. 나는 끙끙거리며 간신히 일어났다.

'충격은 곧 가실 거야. 지금은 힘들겠지만 곧 익숙해질 거야.'

일주일이 흐른 뒤에야 근육의 긴장이 풀리고 몸이 그나마 조금씩 편안해졌다. 눈썹은 그때까지도 제자리를 찾지 못하고 코와 부딪힐 만큼 아래로 당겨져 있는 것 같았다. 머리도 실망감이라는 똘똘 뭉친 감정에서 벗어나지 못했다. 그러나 몸은 내 얼굴처럼 구겨져 있지 않았다. 나는 다시 몸을 쭉 편 상태로 잘 수 있었다.

시간은 늘 그렇듯 자신만의 위엄을 갖고 흘러갔다. 현실을 어느 정도 받아들이자 잠을 자는 동안 몸이 혹사되지 않았다. 한밤중에 괴로움에 떨며 깨는 일이 줄어들었다. 그러나 시간 그 자체만으로 해결책이 될 수 없었다. 잠에서 깨면 가장 먼저 눈을 감지하던 예전의 일상 대신 제일 먼저 위를 확인하는 새로운 습관이 생겨났다. 오른쪽 갈비뼈 바로 아래에 둥글게 뭉쳐져 활활 타오르는 것이 느껴졌고, 아이 주먹만 한 쇠공이 배 속에 있는 것 같기도 했다. 몸을 둥글게 말고 그 불편하고 불쾌한 지점을 중심으로 이리저리 구르는 내 모습이 그려졌다. 위 속의 작은 점을 축으로 몸을 굴리는 소름끼치는 장면을 떠올린 후에는, 바짝 조여든 근육 때문에 귀에 붙어 있는 것만 같은 어깨의 감각을 되찾는 과정이 시작된다. 침대에서 몸을 일으킬 수 없었던(어쩌면 일으키고 싶지 않았던) 수많은 나날들, 그 아침마다 트렌트는 뻣뻣해진 내 어깨를 주물러주었다.

시간은 충격을 치료해준다. 그러나 부서진 꿈을 치유하지 못한다. 좌절된 꿈을 수습해주지 않는다. 내 몸은 새로 입력된 충격에 반응했다. 어깨에 쥐가 나고 뻣뻣해진 이유도 그것 때문이었다. 그러나 위통의 원인이 스트레스로 인한 소화 장애였음을 깨닫는 데는 1년이 넘게 걸렸다. 내내 지속되긴 했지만 상당히 미약한 통증이었다. 때에 따라 제산제와 진통제를 먹고 등을 문지르며 나름대로 해결했다. 어느 정도 효과가 있었다. 통증을 느끼던 부위가 조금씩 나아졌다. 어깨가 뒤틀리는 증상도 초반에 비해 많이 나아져갔다.

나는 억지로라도, 반드시 지켜야 하는 마감일이 있는 일을 하거나 시간을 지켜 참석해야 하는 일정에 참여하며 나를 지배하던 무기력함을 치료하기 위해 애썼다. 처음에는 그다지 많은 일을 하지 못했다. 난임 판정을 받은 뒤 얼마 동안은 그저 버티는 것만으로도 기진맥진했다. 어떤 일을 수행하는 능력 자체가 사라져버렸다. 무기력함과 압도적인 괴로움에서 벗어나기 위한 일을 찾는 데만도 시간과 노력이 들었다. 어떤 날은 나를 너무 몰아붙인 탓에 오히려 하고 싶었던 일들 가운데 아무것도 하지 못했다. 어떤 날은 원동력이 될 만한 일을 찾지 못해 아무것도 못 했다. 어느 정도 시간이 흐르자 나는 예전처럼 아침에 깨서 가장 먼저 눈을 의식했다. 일어나 침대 밖으로 나가라고 스스로 다그치기 전에 몸과 마음을 완전히 인식하게 된 날도 마침내 왔다.

일을 해야겠다는 의무감이 아니라, 깨어 있고 싶고 무언가를 하고 싶다는 바람으로 가뿐히 침대에서 일어나던 과거를 기억해내고 싶었다. 내 인생이 위기를 맞은 후 이런 날들은 아주 간헐적으로 찾아왔다. 어떤 날은 일을 마무리하고 싶다는 생각으로 몸을 일으켰다. 또 어떤 날은 일을 마무리 해야만 한다는 의무감으로 몸을 일으켰을 뿐이었다.

멍울이 사라진 것은 고작 몇 달밖에 되지 않는다. 아직까지 어깨가 굳은 채 깨는 날들이 있지만 이제 어깨 마사지 전문가가 된 남편이 곁에 있다. 오래전 아침에 일어날 때 느끼던 기분이 조금씩 되돌아왔다. 내가 눈을 떠서 하는 일들은 조금 달라졌다. 남편의 허리에 팔을 두르고 잔 탓에 팔을 먼저 의식하며 깰 때가 있다. 내 몸과 마음의 상태를 파악하며 일어나는 것보다 남편과 맞닿은 부분을 의식하며 깨는 것이 훨씬 건강하게 느껴진다.

이렇게 되기까지 시간과 행동, 또 다시 시간이 필요했다. 하지만 이제는 아침에 기쁘게 눈을 뜨던 예전의 내가 돌아오고 있다.

데우스 엑스 마키나

데우스 엑스 마키나deus ex machina라는 단어를 가끔 쓸 때가 있다. 그럴 때마다 내 자신이 교양 있는 사람처럼 느껴진다.

데우스 엑스 마키나는 간단히 말해 '기계적 신'으로 해석할 수 있다. 난관에 봉착했을 때 기적적으로 문제가 해결되는 상황을 뜻한다. 고대 그리스 문학에서 나온 용어다. 과거 극작가와 시인들은 갑자기 하늘에서 신이 내려와 죽음이나 절체절명의 상황, 불명예에서 영웅을 구해주는 이야기를 많이 다뤘다. 다양한 장르의 소설에서도 자주 쓰이는 비유다. 탐정 이야기에서는 베일에 싸인 증인이 등장해 반박할 수 없는 확실한 증거를 내민다. 판타지 소설에서는 아주 정확한 타이밍에 강력한 마법사가 나타나 아무도 깰 수 없는 주문을 외며 주인공에게 새로운 힘을 준다.

가끔 내게 데우스 엑스 마키나가 있다면 그건 미래에 생길 아기가 아닐까 하는 생각을 한다. 아이가 없다는 사실을 견딜 수 없을 때, 갑자기 임신을 하거나 입양 부모로 선택받는 기적 말이다. 이렇게 쓰겠지.

"아이가 생기자 온갖 고통은 따뜻한 찻잔 속 설탕처럼 녹아 사라졌다. 고통은 차 한 잔이 남긴 향처럼 내 주위에 오래 머물겠지만 내게 실재하지 않는 삶의 일부가 되었다."

다시 병원에 갈 일도, 난임 때문에 걱정할 일도 없을 것이다. 오래도록 염원하던 소원, 아기를 얻었으니.

그러나 아이는 기계도, 신도 아니다. 아이는 신의 따뜻한 사랑과 기계 같은 굳건함을 보여줄 보호자가 필요한 존재다. 그동안 모든 상황을 잘못된 방향에서 바라보았다는 생각이 든다. 나는 아이를 기다려왔다. 그건 사실이다. 그러나 내 아이도 엄마를 기다리지 않았을까. 그런 생각을 하며, 오랜 시간 아이를 바라온 나는 한 가지 결론에 닿았다. 내 아이는 나를 구원해줄 수 없다. 내가 아이를 구해줄 수 있는 사람이 되어야 한다. 나는 신과 같은 능력도, 기계 같은 강인함도 갖추지 못했지만, 내가 아이의 데우스 엑스 마키나가 되어주어야 한다.

괜찮아지는 법을
깨닫기까지

난임 치료에서 완치란 세상 무엇보다 간절한 바람이자 목표지만, 안타깝게도 다른 질병보다 치료 속도가 훨씬 느리다. 치료과정에서는 몸 상태를 엄밀하게 조율하며 갑작스러운 변화나 변수를 완벽히 차단한다. 의료진과 환자 모두 아무리 마음이 급해도 신체의 느린 리듬에 맞춰 따라갈 수밖에 없다.

완치와 치료는 하루 혹은 시간을 기점으로 알 수 있는 게 아니라 한 달의 주기를 통해 파악할 수 있다. 한 달이 지난 뒤 성공인지 실패인지 결과를 알게 된다. 실패라면, 다음 달 결과가 나오기 전까지는 당분간은 실패란 뜻이다. 성공이라면 아직 무사히 넘겨야 할 아홉 달이 남았다는 뜻이다.

난임으로 고통 받는 사람들에게 완치란 속임수와도 같다. 어떤 치료법을 받을 것인지 선택하기도 전에 난임에서 벗어나기도 한다. 생각지도 못한 날 몸은 주기를 어기고 아이를 품기도 한다. 어떤 때는 난임에서 해방되었다가 다시 붙잡히기도 한다. 아이가 생겼다 사라지는 일이다. 난임으로 이미 너덜너덜해진 가슴이 유산과 사산으로 다시 한 번 산산이 부서지는 경험을 한다. 몸은 우리의 통제를 벗어나 자신만의 비밀을 품은 채 우리를 조롱한다. 몸에는 아무런 이상이 없다. 그런데도 아이가 생기지 않는다. 특이한 경우 임신이 아님에도 임신을 한 것과 같은 반응을 보일 때도 있다. 입덧을 하고 텅 빈 배가 부풀어온다.

감기는 충분히 앓고 나면 결국 낫지만 난임은 다르다. 난임이란 병이 결국 치유될 수 없더라도 괜찮아지는 법을 스스로 깨우쳐야만 한다.

내가 기다리는 아이에게

내가 기다리는 아이야,
나는 너에게 붙여줄 이름을 이미 여러 개 만들었다.
다듬고 다듬어 네가 다가와 골라주길 기다리고 있다.

너를 처음 안게 될 손을 이미 깨끗하게 씻고
로션을 발라
따뜻하고 부드럽게 해두었다.

너의 따뜻한 이마에 입을 맞추게 될 내 입술은
이미 오래전부터 오므려져 펴질 줄 모른다.

너에게 둘러질 두 팔은 식지 않는
따뜻한 담요가 되기 위해 기다리고 있다.

네가 사랑받을 자리를 찾아 헤매지 않도록
내 심장에 너를 위한 자리를 마련해두었다.

내가 기다리는 아이야,
아주 오랫동안 너를 기다려야 할지라도
나는 항상 이 자리에 머물며
네가 온 순간 외롭지 않게 해주련다.

너를 만나는 그날까지
나는 항상 너의 엄마란다.

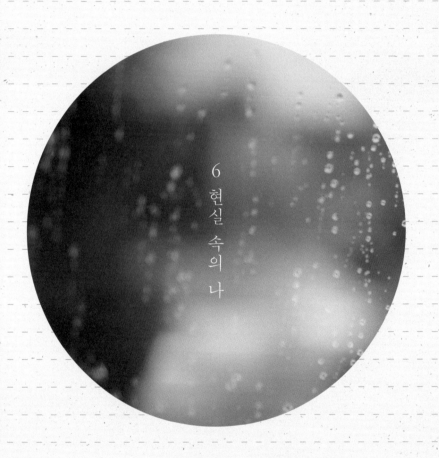

6

현실 속의 나

아이가 내게 언제, 어디서, 어떻게 와줄지
사람들에게 알려야 할 의무가
과거에도, 현재도, 미래에도 내게 없다.
그럼에도 사람들은, 아무것도 모르는 사람들은
내게 계속해서 묻는다.

쉽게 내뱉는 말, 말, 말

　나는 글을 소비하는 사람이 아니라 생산하는 사람이다. 삶이 힘겨울 때 글은 피부에 바르는 소독약이자 혈관으로 퍼지는 진통제이며 효과 좋은 항생제이다. 기쁜 순간에 글이란 아로마 테라피이자 따뜻한 허브차, 설탕에 졸인 생강이다. 감정이 격해질 때면 입에서 말이, 손가락 끝에서 글이 쏟아져나온다. 나는 말하고 쓰고 표현해야 하는 사람이다. 속으로 말을 꽤 오랫동안 삭힐 때도 있고, 머릿속에서 말과 생각이 뛰어 놀게 두기도 하고, 마음속으로 쉬지 않고 몇 주 동안이나 이리저리 다듬어보기도 하지만 결국 어느 시점에서 나는 내 안의 말과 글을 토해내야 한다.

보통, 사람들은 이야기를 만드는 사람, 소비하는 사람을 모두 좋아한다. 우리는 라디오와 TV를 통해 사람들의 목소리에 눈과 귀를 연다. 책을 읽고 연극과 오페라를 보러 간다. 수많은 종류의 다양한 이야기를 소비한다. 작사가, 시인, 극작가, 시나리오 작가, 소설가가 평생 소비해도 다 읽지 못할 양의 글을 생산하지만 지금 이 순간에도 멈추지 않고 새로운 이야기, 새로운 글이 끊임없이 만들어진다. 상업적인 글로는 더 만족하지 못하는 지점에서도 우리는 더 많은 글을 갈구한다. 그래서 우리는 질문을 한다.

결혼 피로연을 하던 날 밤, 여섯 살짜리 조카가 내게 물었다. 모두들 집으로 돌아갔고, 나는 웨딩드레스를 입은 채 의자에 앉아 트렌트를 기다렸다. 옷을 갈아입으려면 남편의 도움이 필요했다. 다른 가족은 차에서 결혼 선물을 내리느라 바빴다. 그때까지도 앙증맞은 턱시도에 나비넥타이 차림이었던 조카는 다른 이들을 대신해 축하 선물이 가득 쌓인 복도, 내 옆자리에 앉았다. 나는 아이들 특유의 정직함을 좋아한다. 직설적이고 솔직한 질문들도. 아이들이 하는 질문은 사실 다른 사람에게 함부로 묻기 거북한 내용이 대부분이지만 나는 늘 그 솔직함을 좋아했다.

결혼식이 끝나고 종일 신고 있던 웨딩 슈즈 때문에 발이 아픈 와중에 조카의 목소리가 날아들었다.

"이모, 같이 놀 사촌이 있으면 좋겠어."

커다랗고 천진난만한 눈을 하고는 제법 진지하게 나를 바라보았다. 순간 나는 뒤통수를 한 대 맞은 것 같았다. 그러곤 곧 웃음을 터뜨렸다. 속으로 참으며 웃느라 갈비뼈가 들썩이며 웨딩드레스 안에 받쳐 입은 코르셋에 부딪히던 느낌이 생생하다. 조카에게 내 웃음을 들키지 않으려 애쓰며 따뜻하게 대꾸했다.

"그럼 여동생이 좋아, 남동생이 좋아?"

아이가 잠시 생각했다.

"남동생이 좋겠어, 이모."

"노력해볼게."

우리가 임신을 하기로 마음먹기 1년 전 일이었다. 그때는 아이에 대한 준비조차 되지 않은 상태였음에도 언젠가 아기가 생길 거란 생각만으로 행복감에 젖어들었다. 내 조카들과 어울려 지낼 아이들의 모습을 상상하며, 아이들에게 함께 지낼 친구 같은 존재가 있을 거란 생각에 감사한 마음마저 들었다.

결혼 첫 해에는 우리에게 2세에 대해 질문하는 사람들이 거의 없었다. 통상 몇 달의 신혼생활이 필요하다고 여기는 듯했다. 임신을 했다 하더라도 5개월 정도는 지나야 티가 나게 마련이라 어쩌면 우리가 임신 소식을 직접 전하기 전에는 아는 체하지 않으려고 한 건지도 모르겠다. 이런저런 이유로 1년 동안 나를 떠보는 듯한 질문을 받지 않았다.

사실 임신에 관한 이야기는 누구보다 내가 먼저 했다. 동생 제시카는 나와 같은 대학을 다녔다. 생물학 수업을 마치고 영문학 수업을 들으려 이동하던 중 나는 동생에게 3개월 치 피임약이 남았는데 더 복용할 생각이 없다고 말했다.

대다수의 사람들은 글의 밀도가 분량과 관계가 있다고 생각한다. 가령 500쪽짜리 책은 100쪽짜리 책보다 더 가치 있다고 여기는 식이다. 물론 잘못된 생각이다. 말과 글은 자신만의 무게를 지니며, 그 가치는 분량이 아닌 내용에 따라 결정된다. 동생과 함께 자라며 우리는 수천, 어쩌면 수만 단어의 말을 나누었다. 그러나 대학 캠퍼스를 오가며 나누었던 5분 남짓의 대화가 우리가 나는 말들 중 가장 짧고도 가장 가치 있는 것이기도 했다. 이런 대화의 무게는 털 코트처럼 따뜻하고 밀도 있게 나를 감싸주었다. 동생에게 피임약에 대해 이야기했던 그해가 가기 전 더 진지하고 행복한 이야기를 전할 수 있길 바랐다.

하지만, 그런 일은 벌어지지 않았다. 대신 나와 트렌트는 의사에게 무거운 이야기를 전해 들었고, 그 말들은 가방 안에 넣은 쇳덩이 같았다. 품기 무거웠고 내 것이 아닌 듯 어색했다. 의사의 말을 들으며 이 세상 그 누구도 나와 남편이 이렇듯 무겁고 곤혹스런 짐을 지고 있다는 사실을 몰랐으면 좋겠다고 생각했다.

물론 아무도 몰랐던 건 아니다. 우리는 부모님께 사실을 털어놓았다. 그리고 가족 몇 명에게도 털어놓았다. 가족과의 대화가 이번처럼 즐겁지 않았던 적은 처음이었다. 우리는 가족과 대화를 나눈 것이 아니라 통계 자료를 읊어댄 것이었다. 우리 자신은 물론 우리를 아끼는 가족에게 희망적인 말들을 전해주기 위해 노력했다. 아무리 노력해도 우리 부부에게는 물론 가족에게 쇳덩이는 무겁고 불편한 존재였다.

내 속에 차오르는 불필요한 말들을 깊숙이 숨겼다. 아이들, 임신과 출산 같은 미래는 모르핀 같은 진통제는 고사하고 설탕에 졸인 생강도, 허브 차도 아니었다. 차라리 소금물을 삼키는 심정이었다. 그래서 나는 미래에 대해 이야기를 하지 않으려고 했다. 내가 뱉지 못한 말들과 남들이 내게 하지 못한 질문들은 여전히 넘쳐났다. 질문이 홍수처럼 쏟아지지는 않았다. 2세에 대한 질문을 삼가는 조심성은 방사능 반감기처럼 서서히 사라져갔다. 질문들은 대체로 짧고, 악의가 없으며 대답하기도 부담스럽지 않다.

"아이 있어요?"

"아뇨. 아직요."

결혼한 지 2년이 지나면 사람들은 이유를 묻기 시작한다.

처음에는, 아이를 갖는 시기를 언급하며 슬쩍 얼버무렸다. 그러나 내 답변은 사람들의 궁금증을 해소할 만큼 속 시원하지 않다. 곧이어 짧지만 쉴 새 없이 왔다 사라지는 호숫가의 잔잔한 물

결처럼 사람들은 질문을 하기 시작한다.

"애 키우려면 돈을 좀 모아야 하긴 하죠?"

"자리 좀 잡고 가질 생각인가 봐요?"

"아직 서로 알아가는 중인가요?"

"아이 갖기 전에 좀 더 신혼을 즐길 생각인 거죠?"

질문 공세에 나는 어깨를 으쓱하며 모호하게 대답하거나 화제를 교묘히 바꾸었고, 심지어 그냥 웃어넘길 때도 있었다. 얼마 후 나는 대답을 피하는 일이 지긋지긋하게 느껴졌다. 그래서 나는 모든 질문에 그렇다고 대답했다.

생각해보면 모든 것이 다 이유이기도 했다. 본격적인 난임 치료를 받으려면 어느 정도 자리를 잡고난 후가 나았다. 고가의 치료비용이 부담스럽기도 했다. 우리가 자리를 잡고 집을 구한다면 담당 의사 한 명을 골라 장기간 치료 받기에도 좋을 터였다. 트렌트와 나는 서로 이미 잘 알았지만 상대방의 몸에 어떤 문제가 있는지 배워가야 했다. 물론 우리는 가능할 때, 너무 많은 걱정이 밀려들어 삶이 무거워지기 전에 실컷 즐기고 싶었다. 이렇게 긴 설명이 한 가지로 결국 귀결되었다. 아이가 없다는 현실로.

이런 질문들은 대부분 약간의 불쾌함과 짜증을 유발하는데, 안타깝게도 내가 짜증을 내고 싶지 않은 사람들이 주로 묻는다. 이들은 그저 내 삶에 대해 조금 더 알고 싶을 뿐이다. 그동안 내 삶은 무탈했고, 나는 이들과 많은 것을 공유했으니까. 적어도 나는 그렇게 생각한다. 내가 언제 아이를 가질 것인지, 혹은 계획이 있는지 묻는 질문에 모두 대답할 의무는 없다. 계속되는 질문은 나는 물론 남편을 상당히 불편하게 하고 가끔은 짜증스럽게 한다. 사람들의 질문에 악의가 없다는 걸 잘 안다. 질문 때문에 당황스러울 때도, 속이 상할 때도, 화가 날 때도 있지만 어느 정도 털어버릴 수 있다. 보통은 그렇다.

우리 부부가 가족, 친구들과 함께 한자리에 참석할 일이 있었다. 파티 내내 우리는 둘이서 함께 사람들과 어울렸지만 트렌트가 레모네이드를 가지러 자리를 비운 적이 있다. 아이에 관한 질문들이 쏟아질 때 홀로 있는 것은 괴로운 일이고, 특히 질문하는 사람이 오래 알고 지낸 사이면 더 힘겹다. 우리 부부는 이미 비슷한 질문을 얼버무리며 넘겼다. 파티 내내 잘 받아넘겼지만 그래도 신경이 조금 곤두선 상태였다. 성공적으로 방어했다고 해서 고통이 사라지는 건 아니었다.

"그래서, 가족계획은 어떻게 되는 거야?"

그녀가 물었다. 처음 듣는 질문도 아니었고, 낯선 질문도 아니었다. 토씨 하나 틀리지 않고, 똑같은 질문을 전에도 받아봤다. 그러나 신경이 이미 날카로워져 더는 아무 질문도 듣고 싶지 않았다. 이미 예민해질 대로 예민해진 상태에서 등과 어깨에 힘이 들어가는 것이 느껴졌다. 아끼는 사람에게 화내고 싶지 않았다. 우리 부부의 문제를 알리고 싶은 마음도 없었다. 우리가 지닌 아픔의 크기가 새삼 더해지며 말을 삼가게 되었다. 입 밖으로 말한다면 나는 더욱 흐트러지고 말 거라는 생각이 들었다.

"글쎄요, 잘 모르겠어요."

가시덤불처럼 뾰족해진 목소리로 대답했다.

마침 트렌트가 레모네이드를 들고 자리로 돌아왔고, 자연스레 화제가 바뀌었다. 대화 내내 나는 단 한마디도 하지 않고 듣기만 했다. 짜증과 크게 다르진 않지만 내 감정이 약간 변했다. 신경이 거슬렸고, 불편했다. 내 머릿속에 감정을 자극하는 잡초가 꼼짝 않고 한자리에서 나를 계속 간지럽히는 것 같았다.

집으로 돌아오는 길에 나는 남편에게 내가 겪은 일을 털어놓았다. '가족'이란 단어를 말할 때는 목이 잠겨 가다듬어야 했다. 트렌트는 시선을 도로에 고정한 채 핸들을 잡은 한쪽 손을 내게 내밀어 꼭 잡아주었다. 신호를 받은 차가 정차하자 남편은 나를 바라보며 말했다.

"다음에 또 그런 질문을 받으면 결혼 날짜를 알려줘. 아직 아이는 없지만 우리는 이미 가족이 된 지 몇 년 됐다고 말이야."

가족계획에 대해 묻는 친구에게 우리를 비난할 의도가 전혀 없었다는 것을 안다. 만약 우리가 지금 어떤 문제를 겪고 있는지 말했다면 그런 질문을 하지 않았을 거다. 친구의 질문에 마음을 다칠 때마다 그렇게 이해하고 믿으며 넘겼다. 그러나 우리의 문제를 인정하고 공개하는 일은 가슴이 옥죄는 것처럼 괴로웠다. 최악의 상황을 두고 남편은 따뜻한 말로 나를 위로했다. 남편은 우리가 이미 가족이라고 생각했다. 우리는 가족이고, 가족이 된 지 이미 몇 년이나 지났다고.

잔인한 질문도 있었다. 남편과의 사랑을 새삼 느끼고 확인하는 계기로 차마 넘길 수 없는 질문도 있었다. 그런 질문은 하필 부모님과 함께했던 순간에 발생했다. 우리 가족은 함께 교회에 갔다. 교회에서 어렸을 때 함께 어울렸던 친구들을 만났다. 엄마는 나보다 나이가 몇 살 더 많은 젊은 남자와 이야기를 나누고 있었다. 그 남자가 누군지 한눈에 알아봤다. 나는 엄마에게 다가갔다.

남자는 웃으며 내게 악수를 청했다.

"오, 에밀리, 결혼했다는 소식 들었어."

나는 미소 지으며 그의 손을 맞잡았다.

"응. 나도 오빠 결혼 소식 들었어."

"결혼한 지 몇 년 되었는데, 아직 애가 없다는 소식도 들었어."

야구 경기를 보다 느닷없이 날아온 축구공에 얼굴을 맞은 기분이었다. 얼굴만 간신히 알고 지내던 사람에게서 이토록 직설적이고 노골적인 말을 들어본 적 없었다. 반박할 여지가 없었다. 그는 내가 일부러 아이를 갖지 않는다고 생각하는 것 같았다. 내가 원해서 아이를 갖지 않는 게 아니라고, 아이가 내게 오지 않는다고 말해주고 싶은 마음이 들었다.

이런 설명 대신 난 그저 "맞아." 하고 대답했다. 보다 못한 엄마가 나서 대화를 가로챘다. 두 사람이 대화를 마무리 짓고 자리를 뜰 때까지 나는 입을 꾹 닫고 서 있었다.

"나 이상해 보였어? 내 반응이 이상했어?"

엄마에게 물었다. 내가 무엇을 물어보는지 엄마는 알았다.

"이상하지 않았어."

딸을 안심시키고 싶은 마음에 엄마는 덧붙였다.

"그 아이는 좋은 뜻으로 한 말이야. 어린 나이에 결혼해서 너무 일찍 부모가 되는 사람들이 많잖니. 아마 그러지 않길 바라는 마음에서 한 말일 거야. 자기랑 생각이 같아서 너도 아이가 없는 줄 알고 그런 말을 한 거야."

시간을 갖고 천천히 아이를 갖는 게 나쁘다고 생각하지 않는다. 언제 무엇을 해야 할지 결정하는 것은 오로지 개인의 선택이다. 부모가 될 준비가 되지 않은 상태에서 아이를 가져야 한다는 부담감을 느껴서는 안 된다고 생각한다. 그런 맥락에서 그와 어느 정도 의견이 같기는 하다. 그럼에도 나에 대해 잘 모르는 사람치고는 너무 단정적으로 생각하고 던진 질문이었다.

나는 아이를 원한다. 나는 스물네 살이 되기 훨씬 전부터 아이를 원했다. 내가 아이를 원치 않는다고 생각하는 사람이 있다는 건 가슴 아픈 일이다. 내가 아직은 아이를 원하지 않는다고 생각했을지라도, 내겐 분명 가슴 아픈 일이다. 그뿐만 아니라, 나는 그의 칭찬이 오히려 부끄러웠다. 심지어 그가 내게 한 칭찬은 완벽히 잘못된 것이기도 했다. 나에 대해 얼마나 알까? 나와 그런 대화를 나눌 정도의 사이인가? 내 소식을 축하하거나 나를 비난할 권리는 도대체 누가 준 걸까? 그의 말이 자꾸 마음에 맺혔고, 내가 이렇게 무거운 짐을 느낄 하등의 이유가 없다고 생각했다. 그가 다시는 어디에서도 섣부른 말을 하지 않길 바랐다.

부모님은 내가 어렸을 때 가장 무섭고 어려운 단어를 가르쳐주었다. 바로 결과다. 우리의 행동에는 결과가 따른다고 가르쳐주었다. 부모님은 우리에게 벌이나 보상을 주지 않았다. 다만 우리 행동의 결과를 확인시켜 줄 뿐이었다. 좋은 결과든 나쁜 결과든. 부모님의 말을 듣지 않으면 나쁜 결과가 나왔다. 반대의 경우 좋은 결과가 뒤따랐다.

크면서 결과가 무엇인지 배워갔다. 내가 배운 것은, 결과란 어떤 행동을 하지 않아도 발생한다는 것, 내 의도나 행동과 관계없이 달라질 수 있다는 것, 또 아무 잘못을 하지 않아도 결과가 나쁠 수 있다는 것이었다. 아이가 내게 언제, 어디서, 어떻게 와줄지 사람들에게 알려야 할 의무가 과거에도, 현재도, 미래에도 내게 없다. 그럼에도 사람들은, 아무것도 모르는 사람들은 내게 계속해서 묻는다.

이런 질문을 받는 것이 나만은 아니었다. 나와 마찬가지로, 아이를 싫어하는지 묻는 질문에 시달렸던 친구들이 있다. 어떤 친구들은 가정보다 일을 중요시한다는 비난까지 들어야 했다. 임신을 간절히 원하지 않는다는 오해를 받는 이들도 있다. '마음 편히 가져라'라는 조언을 들을 때마다 그간의 노력이 모두 허무하게 느껴지는 경험을 한 사람들이 상당히 많다. 수많은 사람들이 지금도 원치 않는 질문과 조언에 시달린다. 심각한 문제는, 듣는 사람에게 얼마나 상처가 되는지 말을 하는 사람들은 상상조차 하지 못한다는 점이다. 상처를 주려고 일부러 독설을 내뱉는 사람들조차, 자신이 공격하는 상대방이 본인의 선택이 아닌 운명에 따른 희생자라는 사실을 간과한다. 말, 말, 항상 그 놈의 말.

트렌트와 나는 임신에 관한 이야기를 되도록 피하고 싶어한다. 그럼에도 가족들에게는 말을 해야 한다는 생각이 들었다. 남편 쪽도 그렇고 우리 집도 가족이 매우 친하게 지낸다. 우리는 아직 이모, 삼촌들과 연락을 주고받는다. 심지어 동서의 가족과도 함께 여행을 다닐 정도다. 매부의 남동생이 결혼할 때도 결혼식에 참석했다. 지금도 함께 저녁 식사를 하는 사이로 지낸다.

보다시피 우리가 사랑하고 또 우리를 사랑하는 가족이 무척 많은 편이다. 가족은 우리 부부의 행복에 큰 부분을 차지한다. 치료 초기에는, 우리에게 문제가 있었지만 잘 해결되었다고 하루 빨리 가족에게 고백할 수 있는 날이 오기를 바랐다.

"난임이어서 그동안 힘들었지만, 이제 괜찮아요. 아이를 가졌어요."

그랬다면 이 모든 일이 얼마나 간단했을까. 가슴 아픈 이야기는 기쁜 소식에 묻혀 사라질 터였다. 그렇게만 되면 다시는 임신에 대한 질문에 시달릴 필요 없겠지. 그렇게 믿었다. 그러나 몇 달도 아닌 몇 년이 흘렀고, 오랫동안 지속된 치료가 우리 부부의 삶에서 너무나도 큰 비중을 차지하게 되자 누구와 어떤 대화를 나누든 우리의 고민과 어려움이 조금씩 묻어났다. 미로에 갇혀 길을 잃은 것처럼 입 밖의 말들은 허공에서 갈 곳을 잃었다.

'이렇게, 이쪽으로, 아냐, 그렇게 말하면 안 돼.'

하지 못한 말 때문에 우리는 고립되어 갔다. 처음에는 원치 않아서 말을 하지 않았지만 갈수록 할 수 없어서, 하면 안 되기 때문에 말을 하지 않게 되었다. 우리가 뱉지 못한 말들이 우리 자신을 아프게 했다. 조금은 털어놓고 싶었지만 시간이 필요했다.

난임은 대단히 사적인 영역이다. 치료와 검사, 그 외 난임에 관련된 모든 것들이 결국 인간을 구성하는 가장 기본적인 요소에 관련될 수밖에 없다. 인간의 성을 결정하는 호르몬과 신체기관을 두고 '부족하다', '너무 작다', '제 기능을 하지 못한다', '질병이 있다' 혹은 '아예 존재하지 않는다'라는 결과가 나온다. 테스트를 하려면 체액이 필요하다. 손가락이, 도구가, 주사바늘이 인간의 가장 은밀하고 사적인 신체기관을 침범한다. 여성은 자신의 여성성을 빼앗겼다고 느끼는 순간이, 남성은 움켜쥔 손가락 사이로 남성성이 사라져버렸다고 느끼는 순간이 자주 닥친다. 난임에 고통 받는 사람이 결국 아이를 가질 수 없다는 차디찬 현실과 마주하는 순간, 내면의 가장 소중한 것이 툭 끊어져 영영 잃어버리는 경험을 한다. 이런 경험을 한 후 자신의 정체성을 뿌리까지 망가뜨린 정체에 대해 주변 사람들에게 털어놓기란 굉장히 힘든 일이다.

간신히 가족과 친구들에게 털어놓기로 결심한 뒤에도 생각하고 결정해야 할 것이 수없이 많다. 누구에게 어디까지 말해야 할지, 모든 사람들에게 똑같은 내용을 털어놓을지, 관계에 따라 공개 범위를 조정해야 할지 정해야 한다. 우리 부부가 정말 드러내고 싶지 않은 범위는 어디까지인지. 나에게는 껄끄러운 이야기지만 남편에게는 그렇지 않을 수도 있고, 남편에게 불편하지만 내겐 전혀 불편하지 않은 이야기일 수도 있다. 이 모든 걸 정리한 후에는 가까운 사람들에게 짧은 메일을 보낸다. 우리 부부에게 어떤 일이 생겼고 왜 이렇게 늦게 알릴 수밖에 없었는지 적으며 우리 부부가 힘을 낼 수 있도록 사랑과 격려를 부탁한다는 맺음말로 마친다.

사실 우리는 사람들과의 대화가 필요했다. 우리가 털어놓자 사람들은 응답했다. 미처 답할 수 없는 질문들도 있었지만 우리는 질문에 민감하게 반응하거나 얼버무리지 않기로 했다. 우리는 회피하는 대신 설명했다.

"그건 부부만의 문제라 대답하기 어려워요."

말하자면 우리는 침묵을 깨고 싶었다. 그럼에도 사람들에게 공개를 한 뒤 겪는 난처한 상황이 있다. 대화를 피하고 싶다는 본능을 억누르며 뭐라고 대답할지 잠시 생각해야 한다. 이 문제를 공개하기로 결심한 각오를 떠올리는 것만으로도 고되지만, 어디까지 말을 하고 어떤 것을 삼켜야 할지 고르는 일은 더 어렵다. 과연 사람들이 어느 정도 선까지 알고 싶어 하는지는 아직 가늠하기 어렵다.

난임을 털어놓는 것은 타인과 대화하는 법을 새로 배우는 과정과 비슷하다. 지금도 실수를 할 때가 있다. 누군가 내게 아이가 있느냐고 물으면 나는 난임이라고 말한다. 당황해서 내게 시선을 맞추지 못하고 안절부절못하는 사람들을 보며 나는 대화의 주제를 옮긴다. 나는 난임 이야기를 더 할 여분의 감정이 없는데, 내 앞에 앉은 사람은 내게 도움이 되고 싶고 내 이야기를 들어주고

싫은 마음으로 나를 바라볼 때가 있다. 그럴 때면 나는 내 침묵으로 다른 사람들에게 상처를 준다는 생각이 든다. 그래서 더 적극적으로 솔직하게 털어놓으려고 한다. 나뿐만 아니라, 내 앞에 앉은 사람들을 위해서 말이다. 몇몇 경우를 제외하고는 대체로 잘하고 있는 것 같다.

하루는 아빠와 화상통화를 했다. 시험관 시술을 위해 나와 남편의 몸 상태를 최선으로 만들어야 해서 의사가 새로운 약을 처방했다는 말을 했다. 아빠는 임신을 하려면 브로콜리를 많이 먹어야 한다고 웃으며 말했다. 지금도 그렇지만 당시 나는 임신에 좋다고 알려진 여러 가지 음식을 먹고 있었다. 얼린 파인애플, 고지방 식품(이건 내심 좋았다), 가금류, 아침식사용 시리얼까지 선별하여 섭취했다. 그런데도 아빠는 브로콜리를, 건강식품의 대명사 브로콜리를 내게 들이민 것이다.

웃음이 간절했던 나는 사람들이 임신에 좋다고 내게 알려준 음식들을 전부 알려주었다. 아빠는 설마 하는 표정으로 크게 웃었다. 나는 아빠의 반응이 재미있어서, 난임을 극복하는 데 도움이 된다고 알려진 민간요법까지 말했다. 긴 휴가를 가는 것이 아이를 갖는 데 도움이 될지는 모르지만 나쁘지는 않을 것 같다는 데선 둘 다 동의했다. 계란 흰자를 러브젤처럼 쓰면 효과적이라는 말을 들었다고 했을 때 아빠는 너무 크게 웃어 눈물까지 흘렸다. 그러고 나서는 엄마를 불러 침대 옆에 계란 한 판 가져다 놔줄 수 있냐고 물었다. 엄마도 웃으며 어렵겠다고 말했다. 난임에 대해 이렇게 웃어넘길 수도 있다는 현실이 감사했다.

한번은 집 근처 피트니스 센터를 둘러보던 중이었다. 센터에서는 회원들에게 육아돌봄 서비스를 제공했다. 내게는 해당사항이 없는 항목이라 크게 고려하지 않았는데, 피트니스 센터 내부를 안내해주던 남자 직원이 다시금 물어왔다.

"자제 분이 있나요?"

"아니요."

그 이상의 내용은 직원이 물을 일이 아니었다. 나도 그에게 더 설명할 게 없었다. 설명하고 싶지 않았다. 피트니스 센터에 와서 아이를 주제로 오래 대화할 거라고는 생각하지 않았는데, 길어지고 있었다.

"조만간 아이를 가질 계획이세요?"

"글쎄요."

센터를 마저 돌아보고 싶었는데 직원의 집요함에 조금 언짢아졌다.

"그럼 혹시 내년이나 내후년쯤 자녀 계획이 있나요?"

한 가지 짚고 넘어가자면, 난임 관련 대화가 좋게 흘러가기 위해서 반드시 유쾌하고 즐거운 질문만 해야 하는 건 아니다. 직원은 자신이 얼마나 민감한 주제를 입에 올리는지 모를 터였다. 그저 조금 더 비싼 회원권을 팔고 싶었을 거다. 그러나 그의 태도에 나는 상처를 받았다. 그가 무지한 상태로 그냥 내버려 둘 수 없었다. 그 무지 때문에 다른 사람에게 또 상처를 줄지도 모를 일이었다. 내가 받은 상처 때문이 아니라, 오로지 앞으로 상처를 받게 될 사람들을 위한 이타적인 마음만 있었다면 분명 거짓말일 거다. 당연히 내가 느낀 좌절감이 행동에 큰 영향을 미쳤다. 그럼에도 이런 일이 다시 발생하지 않기를 바라는 마음도 컸다. 그래서 나는, 당신 질문이 너무 많네요, 라는 뉘앙스를 풍겼다. 그의 눈을 똑바로 응시하고는 어깨를 폈다.

"글쎄요, 아이를 가질 수 있을지 모르겠어요. 영영 불가능할 수도 있고요."

세게 한 방 얻어맞은 얼굴이었다. 그는 나를 바라보다 입술을 축였다.

"아…… 더 묻지 않겠습니다."

그가 말했다. 나는 피트니스 센터 회원으로 등록하지 않았다. 내 행동으로 인해 더는 누구도 불편한 질의응답을 겪지 않길 바랄 뿐이다.

내가 티를 내지 않았음에도 타인이 먼저 나를 배려해줄 때 난임이란 주제는 한결 가벼워진다.

어머니의 날(Mother's Day. 5월 둘째주 일요일 – 옮긴이)을 맞아 나와 남편은 시누의 집에 방문했다. 양쪽 집안 모두 같은 종교를 믿고 매주 일요일마다 교회에 간다. 우리는 시누 가족과 함께 멀지 않은 예배당을 찾았다. 날이 날이니 만큼 어머니와 모성애를 주제로 한 예배가 이어졌다. 세상의 모든 어머니는 존경받아 마땅하다는 사실을 되뇌며 가급적 긍정적으로 행사에 참여하려고 자신을 다독였다. 어머니들은 응원과 격려가 필요하다. 아이를 무릎에 앉혀 둥실둥실 어르고 달래며 이런 자리에 참석하는 내 모습을 그려보았다. 내가 아이가 없다는 것이 불편할 만한 상황은 없었다. 예배 후반부가 되자 목사님은 앉은 사람들 가운데 엄마는 모두 일어나서 준비한 작은 선물을 받아달라고 말했다.

엄마들은 모두 자리에서 일어났고 어린 아이들이 만든 초콜릿 상자가 전달되었다. 초콜릿이 문제는 아니었다. 엄마들만 일어서야 하는 상황도 문제는 아니었다. 다만 나도 저들 중 한 명이고 싶다는 바람이 가득 차올랐다. 나는 엄마가 되고 싶었다. 계획대로 모든 일이 흘러갔다면 나도 지금쯤 저렇게 자리에 서서 초콜릿을 기다릴 것이었다. 갑자기 팔 아래로 손길이 느껴졌다. 시누가 나를 일으켜 세우려고 했다.

"일어서, 우리 같이 서자."

그래서 나는 시누의 팔짱을 끼고 자리에서 일어섰다. 일어났을 뿐이지 내가 갑자기 엄마가 되는 것은 아니었다. 어머니의 날에 엄마들 사이에서 서 있지만 나는 아이가 없다. 그러나 시누는 내게 마음을 써주었고, 아이를 갖기 위한 그 수많은 노력과 시도를 알기 때문에 나를 엄마와 다름이 없다고 생각해준 것이었다.

생각지도 못하게 따뜻한 마음을 느낀 순간이 또 있다. 우리 부부는 교회에서 초등부 강사 일을 맡고 있다. 초등학교 1학년에게 성경 공부를 가르치는 일이다. 우리는 성경 공부 일정에 짧은 간식 시간을 넣었다. 어린 아이들이 넘치는 활력을 잠시나마 배출할 수 있는 시간을 마련한 것이다. 아이들은 항상 우리 부부에게 아이가 있느냐고 묻는다. 그러면 우리는 아이가 없다고 대답한다. 아이들은 깜짝 놀라지만 이내 간식 먹는 데 열중하곤 한다.

아이들의 질문에 대답하며 마음을 다친 적은 단 한 번도 없다. 어린 아이들이다. 아이들은 결혼을 한 성인은 아이가 있을 거라고, 혹은 곧 생길 거라고 생각한다. 그 외에 우리를 판단하거나 떠보려는 의도는 없다. 심지어 물었다는 사실을 잊고 같은 질문을 몇 번이나 할 정도다.

한번은 어린 여자아이 둘 옆에 앉았다. 한 아이가 내게 아이가 있는지 물었다. 나는 아직 없지만 언젠가 아이가 생겼으면 좋겠다고 대답했다. 보통, 대화는 이렇게 끝이 난다. 그런데 갑자기 다른 여자아이가 내 마음을 꿰뚫어보는 눈빛으로 나를 바라보았다. 내 얼굴에서 무엇을 읽었는지는 모르지만, 아이는 이렇게 말했다.

"우리 이모랑 이모부도 아이를 입양했어요."

아이의 작은 얼굴에는 내 마음을 안다는 표정이 떠올랐다. 내 말이 무슨 뜻인지 이해하고 자기 이모 이야기를 꺼낸 것이 내심 놀라웠다.

"이모랑 이모부는 그 아이들을 무척 많이 사랑하실 거야."

내가 말했다.

"맞아요. 우리 부모님이 나를 사랑하는 것처럼 그렇게 사랑하세요."

나는 말을 소비하는 사람이 아니다. 나는 말을 생산하는 사람이다. 대부분의 경우 그렇다. 그렇지만 침묵할 수밖에 없는 순간이 있다.

나를 완벽히
드러낸다는 것

마음이 내킬 때면 사적인 이야기를 거리낌 없이 타인과 나눈다. 영 꺼려질 때면 미꾸라지처럼 요리조리 빠져나가기도 한다. 예를 들면, 나는 내 몸을 주제로 대화 나누는 것을 불편해하는 사람이다. 내 몸은 그저 내 것이지 타인과 공유할 만한 주제는 아니라고 생각한다. 내 이런 태도 때문에 주치의는 늘 애를 먹었다.

제일 힘든 이야기는 내 여성성과 섹스에 관한 것이다. 생리주기에 대해 자세히 묻는 질문에도 답하기 싫다. 골반 내진과 자궁경부암 검사는 질색이다. 난소 혹은 자궁 검사도 마찬가지다. 난임 문제가 드러나기 전부터 나는 병원에 가는 것을 싫어했다.

언제부터 불편하게 생각했는지는 정확히 기억이 나지 않는다. 나는 비교적 보수적이고 종교적 믿음을 중시하는 가정에서 자랐기 때문에 어쩌면 성에 대한 대화를 삼가는 엄격한 가정환경에서 비롯되었다고 생각할 수도 있다. 그러나 몇몇 종교적 가정과는 달리 우리는 대화를 많이 나누는 집이었다.

내가 여덟 살 때 부모님은 내게 '성교육'을 했다. 어린 동생들을 먼저 잠자리에 들게 하고는 나를 소파에 앉혔다. 부모님은 식탁의자를 끌고 와 내 맞은편에 앉았다. 부모님은 내게 사춘기와 사랑, 섹스에 대해 자세하게, 그렇지만 너무 상세하지는 않게 설명해주었다. 나는 약간 충격을 받았다. 대화가 마무리될 때쯤 부모님이 내게 말했다.

"궁금한 게 생기면 언제든 엄마 아빠에게 물어봤으면 좋겠구나. 절대 부끄러운 일이 아니야, 알겠니? 아마 학교에서 주변 아이들이 이런 이야기를 많이 나눌 거야. 앞으로 네가 학년이 올라가며 더 자주 그럴 거고. 만약 네가 느끼기에 이상하거나, 너를 혼란스럽게 하는 이야기를 듣는다면 우리에게 와서 물어보렴."

나는 무척 당황한 상태였지만 고개를 끄덕였다.

"지금까지 우리가 한 이야기에서 궁금한 게 있니?"

'네.'

"아니요. 고마워요, 엄마 아빠."

부모님은 바로 자리를 뜨지 않고 잠시 기다렸다. 불편한 분위기를 조성하려는 게 아니라 그저 기다리신 거였다. 내가 꼼짝도 하지 않자 부모님은 의자에 등을 기대며 깊숙이 앉았다. 두 분 모두 편안해보였다.

"나중에라도 뭔가 생각나는 게 있으면 물어보려무나."

"알겠어요."

나중에 부모님께 실제로 질문했다. 섹스나 내 몸의 변화에 대해서는 의사와 대화를 나누는 것보다 부모님과 얘기를 하는 것이 훨씬 편했다. 부모님은 선생님보다 더욱 믿을 수 있는 답변을 주신 분들이다. 중학교 때부터 학교에서 성교육을 시작했다. 건강하지 않은 성생활을 담은 불편한 비디오 한 편을 본 뒤 선생님은 우리에게 질문할 시간을 주었다. 나는 아무것도 묻지 않았다. 나 외에 다른 친구들도 아무 말 하지 않았다. 친구들은 모두 불쾌한 충격에 휩싸여 서로 얼굴을 바라보지 못할 지경이었다.

선생님은 우리 얼굴에 드러난 불편함을 읽은 듯 교실을 나서기 전에 반드시 질문을 한 가지 이상 써서 제출하라고 요구했다. 나는 언짢아졌다. 나는 선생님을 좋아하고 존경해왔지만 내가 겪는 사춘기에 대해서 질문하고 싶은 마음은 없었다. 나는 항의의 뜻으로 비난 섞인 질문을 써냈다.

"초콜릿이 여드름을 유발하는 식품이 아니라는데, 왜 저는 초콜릿을 먹을 때마다 여드름이 나죠?"

내 질문에는 아무런 답변이 달리지 않았다.

커가면서 생리는 짜증스런 월례 행사가 아니라 내가 넘어야 할 거대한 장애물이 되었다. 생리통이 견딜 수 없을 만큼 심각해지자 치료를 받아야겠다는 생각이 들었다. 병원에 처음 가서 깨달은 것은 '의사의 질문이 이렇게나 세세할 수 있구나'였다.

열네 살 때였던 것 같다. 몸은 이미 어른만큼 자랐지만 천방지축 망아지 같은 정신 연령은 내 키만큼 성숙하지 못했다. 의자에 앉으면 그 전에는 닿지 않던 다리가 땅에 닿아, 정신 연령과는 상관없이 자신감에 넘치던 때였다. 그러나 진료 침대에 오르자 길어진 다리도 땅에 닿지 못한 채 대롱 매달려 불안해졌다. 내 부탁으로 함께 간 엄마는 진료실에 놓인 의자에 앉았다.

짧게 인사를 주고받은 뒤 의사는 질문을 시작했다.

"생리주기가 일정한 편인가요?"

이 정도는 대답할 수 있다.

"네."

"보통 생리는 며칠 동안 지속되나요?"

"5일에서 7일 정도요."

평균 아닌가?

"생리양은 많은 편인가요?"

으아……

"어…… 많은 편이예요."

"생리통이 심한가요?"

이런 질문까지. 네, 심해요.

"네."

"얼마나 심한가요?"

내 발로 의사를 찾아올 정도로 심해요. '지옥 같다'는 말을 써도 되려나?

"지옥 같아요."

"생리혈이 덩어리로 나온 적 있나요?"

더는 못하겠다.

"어…… 그게…….."

"색은 어때요? 붉은색인가요, 갈색인가요?"

아무에게도 말하고 싶지 않은 내용이었다. 그건 지금도 그렇다. 역겹기까지 한 대화다. 온통 피 이야기. 차라리 입을 닫고 말겠다. 하지만 이런 마음가짐은 의사가 원하는 게 아니다. 또 이런 태도로 아무것도 해결할 수 없다. 나는 질문에 답하기 위해 자신과 싸워야 했다.

질문이 세부적이고 자세해질수록 대답하는 데 시간이 더 필요하다. 내 부탁으로 매번 병원에 함께 와주는·남편은 내가 수치심과 맞서 싸우며 의사의 질문에 답하려고 애쓰는 모습을 보며 격려의 눈빛을 보내준다. 난임 치료를 시작하면서 의사의 질문은 사적인 영역을 더욱 침범한다.

"성관계는 얼마나 하시나요?"

나와 내 남편의 관계에 대해 아무한테도 말하고 싶지 않다. 지극히 사적인 내용이다. 그러나 나는 아이를 갖고 싶기 때문에 성관계 횟수를 알려줘야 한다.

"겨드랑이나 생식기 주변에 체모가 있나요?"

이 정도 질문이야. 내가 겨드랑이 털을 제모한다는 걸 사람들이 아는 건 괜찮다. 대부분의 여성들이 하는 일이다. 겨드랑이 다음으로 나온 부위라면 이미 여러 번의 검사를 통해 의사와 나 사이에는 비밀이 없어진 지 오래다.

"복부나 허벅지 안쪽, 얼굴, 가슴에 체모가 자라요? 만약 있다면 색은 어떤가요? 굵고 거친가요, 가는 털인가요?"

비정상적으로 자라는 털이라……. 이건 별로 말하고 싶지 않은 주제다. '당신의 셀룰라이트는 어디 있나요? 얼마나 울퉁불퉁한가요?' 하는 묻는 것 같다. 하지만 나는 이 불완전한 몸으로 아이를 원하는 입장이다. 체모에 관한 질문은 사실 중요하다. 만약 일반적이지 않은 신체 부위에 털이 자란다면 다낭성난소증후군의 징후일 수 있다. 유전적 요인으로 발현되는 다낭성난소증후군은 내분비계 이상으로 임신을 어렵게 하지만 치료가 가능한 병이다. 치료를 하려면 대답을 해야 한다는 사실을 잘 알기 때문에 나는 내키지 않았지만 대답했다.

"성욕은 어때요?"

조금 전에 우리 부부가 성관계하는 횟수까지 들었잖아요. 내 성욕은 그걸로 알 수 있는 거 아닌가요?

"음……. 그러니까, 괜찮아요. 네……. 괜찮은 편이예요."

"생리주기는 일정한가요?"

매달 찾아오는 생리주기만큼이나 반복되는 질문들이었다. 새로운 의사를 만날 때마다 같은 질문을 들었다. 의사들이 단지 오지랖이 넓어서 이런 질문을 하는 게 아니라고 되뇌었다. 내가 당황하는 모습을 보는 것이 즐거워서도 아닐 것이다. 다 안다. 머리로는 알지만 마음이 영 내키지 않았다. 의사와 간호사 모두 나를 도와주려는 사람들이다. 내가 정확하게 이야기하지 않으면 의료진은 나를 도울 수 없다. 밝히고 싶지 않은 정보들이 언급될 때마다 피하기만 하면 결국 내가 더 힘들어질 뿐이다. 다 이유가 있어서 물어보는 거겠지.

아이를 갖기 위해 치러야 하는 대가는 참으로 다양하다. 그 중 하나는 나를 완벽히 드러내는 것이다. 시간과 비용을 들여 나에 대한 정보를 하나씩 의료진에게 전달하면 그들은 내 몸에서 찾아낸 복잡한 단서를 해독한다. 치료 초기에는 임신만 된다면 무엇이든지 내어줄 준비가 되어 있었다. 가진 것이 없었기에 할 수 있던 생각일지도 모른다. 무엇도 내 소유는 없다. 지금 내가 누리는 것 모두 엄밀히 따지면 빌려 잠깐 사용하는 것과 다르지 않다.

그래서 나는 유일하게 내 소유인 것, 바로 나 자신을 내어준 것인지도 모른다. 의사를 만나 내 의도와 관계없이 내 몸이 빚은 죄를 인정하고 고백한다. 상세하게 나열된 내 몸의 결함을 마주하며 내 죄가 사해지길, 용서받길, 그래서 아이가 찾아올 수 있길 바란다. 트렌트도 나와 비슷한 고해성사의 시간을 갖지만 나는 그가 이 험난한 질의응답 시간을 어떤 마음으로 헤쳐나가는지 짐작할 수도 없다. 그가 괴로운 표정으로 질문에 대답하는 것을 볼 때면 나도 마음이 아프다. 내가 의사의 질문에 답하는 모습을 볼 때마다 그도 나만큼 괴롭겠지.

우리의 바람이 영영 이루어지지 않을지도 모른다. 우리 부부의 자료가 하나씩 더해질 때마다 우리가 의학에게 기대하는 용서와 자비는 더욱 간절해진다. 종교는 모든 죄를 용서하고 기회를 준다지만, 과학은 단 한 번의 기회조차 주지 못할 수도 있다.

나를 온전히 드러낸다는 것은 헛된 꿈을 이루기 위해 치러야 할 대가다. 내 몸에 대해 부끄러운 인정을 함으로써 어쩌면 나는 그 꿈을 이룰 수 있을지도 모른다.

내 몸을 속속들이 드러내며 내가 얻는 진짜 보상은 의사의 답변 내용이다. 의사도 마찬가지로 내게 정보를 준다. 내가 많은 것을 줄수록 그도 내게 많은 것을 줄 수 있다. 피검사, 골반검사 등 수없이 내 몸을 뒤지고 찌른 뒤에야 나는 의사에게 물을 수 있다.

"자궁경관 점액은 결과가 어떻게 나왔나요?"

"더 끈적거려야 하나요? 아니면 지금 농도가 너무 짙은가요?"

"프로게스테론 수치는요?"

"지금보다 비타민 섭취량을 늘리면 도움이 될까요?"

"약물치료를 하면 성공률은 얼마나 되나요?"

"얼마나 더 기다려야 할까요?"

"언제쯤 알 수 있을까요?"

"확실한 거죠?"

의사에게 답변을 듣고 확률에 기대를 건다. 내가 치르는 만큼 얻는 거라고, 내 몸에 대해 더욱 많이 알게 되었다고, 의사도 그럴 거라고 믿는다. 나는 불확실한 미래에 대해 떠올린다. 나는 내가 기꺼이 제공한 정보가 부디 가치 있기를 바란다. 아이를 가질 수 없는 이유를 파헤치기로 한 것은 나였다. 따라서 미움의 대상은 의사가 아닌 나여야 했다.

내가 전달한 정보에 대해 의연하고 싶다. 결국 내게 효과적인 치료법을 찾으려면 의사에게 모든 걸 공개해야 한다. 이제 질문과 대답은 그만두고 결과를 받고 싶다는 생각이 든다. 언제쯤 이 모든 것이 끝날지, 언제쯤 내가 치른 대가에 대한 보상이 올지, 언제쯤 정확한 이야기를 들을 수 있을지 조바심이 난다. 내가 바라는 것은 임신뿐이다. 그리고 내가 해온 모든 수고가 결국 헛되지 않길 바란다. 아이의 눈을 바라보며 나직하게 말하고 싶을 뿐이다.

"내 안의 아주 사적인 부분과 편안함을 희생했지만 지금은 하나도 중요하지 않아. 충분히 가치 있는 일이었으니까. 이 아이는 그만한 가치가 있으니까."

이번 주에 남편과 새로운 의사를 만나러 간다. 이미 모든 것을 공개한 사람으로 보건데, 또 다른 의사를 만난다고 해서 확실한 결과가 나오리라는 보장은 없다. 확신이 없다는 것은 나를 불안하게 만든다. 그러나 나는 늘 그러듯이 의사에게 모든 것을 드러내야 한다.

대답

◇◇◇◇◇◇

그래요, 우리는 이미 결혼한 지 오래되었어요,

그래요, 우리는 이미 아이를 원한 지 오래 되었어요,

그래요, 나는 아이를 좋아해요, 아니 사랑해요.

그래요, 나는 아이를 원해요.

그래요, 우리는 성경을 읽었어요,

그래요, 우리는 부모가 되는 일이 우리의 의무임을 알고 있어요,

그래요, 우리는 기도했어요,

그래요, 그런데도 아직까지 왜 부모로 허락받지 못했는지 알고 싶어요,

그래요, 우리의 부모님도 손자를 원하세요,

그리고 부모님이 얻은 것은 우리의 슬픔이지요.

아니요, 우리는 아이를 키우는 것이 두렵지 않아요,

그러나 아이를 갖지 못하는 이유가 있을까 두려워요.

아니요, 우리는 미루는 게 아니에요,

그러나 치료와 서류 작성, 병이 낫는 시간이 너무 오래 걸릴 뿐이에요.

아니요, 우리는 아이가 없다는 사실이 부끄럽지 않아요,

그러나 아이를 가질 수 없는 의학적 이유는 우리를 비참하게 만들어요.

아니요, 당신이 궁금해하는 것이 죄가 되지는 않아요,

그러나 당신을 신뢰했다면 미리 털어놓았을 거예요.

아니요, 물어도 되요,

그러나 묻지는 마세요.

7
침묵할 수밖에 없는 시간들

그에게 꼭 말해주고 싶은 사실은,

그가 내게 아픔을 준 게 아니라는 점이다.

그는 내 안부가 궁금할 뿐,

나쁜 일을 한 게 아니다.

내게 안부를 물었는데 만약 내가 화제를 돌린다면

그저 내가 시간을 두고 대답할 수 있도록

기다려주길 바랄 뿐이다.

당신에게 듣고 싶은 말들

나에게 질문할 때 당신의 시선이 순간적으로 흔들리고 동공이 커지는 것을 알 수 있다. 눈동자에 스치는 당신의 생각이 글처럼 또렷하게 읽힌다. 당신은 나를 걱정한다. 어쩌면 잘못된 시기에 묻는 건 아닐까, 말실수를 한 건 아닐까, 너무 가볍게 생각한 건 아닌가, 혹은 너무 심각하게 물어본 건 아닌가, 나쁜 소식이라 전하지 않은 것인데, 공개하고 싶지 않은 것인데 괜한 말을 꺼낸 걸까, 너무 많은 질문을 한 건 아닐까, 혹은 너무 관심이 없었던 건 아닐까. 내가 부담을 느낄까봐 걱정한다. 이런 이야기를 물어보면 안 됐던 거라고 자책한다.

나는 오히려 당신이 나를 너무 걱정하는 탓에 올바른 충고조차 하지 못할까봐 걱정이다.

비극을 지켜봐야 하는 기분이 어떤 건지 잘 안다. 나도 누군가 상실을 경험했을 때, 혹은 좌절감에 시달릴 때 무슨 말을 해야 할지, 무엇을 해주어야 할지 몰라 난감했던 적이 있다. 나는 그들에게 희망의 빛이 되고 싶었고, 위로가 되고 싶었으며 마음을 치유하는 진정제가 되고 싶었다. 그들의 상실과 좌절을 채워주기에는 내가 얼마나 부족한 사람인지 절절이 깨달으며 괴로웠다.

지금은 깊은 좌절에 빠진 당사자가 되었음에도 내게 진정 필요한 게 무엇인지 제대로 설명해주지도 못한다. 나도 내가 필요한 게 무엇인지 모르기 때문이다. 솔직히 말하자면, 나는 내가 상실한 것에 얽매여 그 무엇도 내 안에 생긴 텅 빈 공간을 대신할 수 없다는 생각을 떨칠 수 없다. 그래서 나는 가만히 앉아 당신의 눈을 보며 이런 생각을 한다. 내가 무엇이 필요한지 당신에게 정확히 말해줄 수 있으면, 그래서 당신이 나를 도와줄 수 있으면 좋겠다고.

난임 이후 삶을 어떻게든 수습해가며 살아가던 내 모습을 당신도 알 것이다. 혼란과 진창 속에서 곤란했던 순간도 있었고, 마음을 다쳤던 적도 있었고, 지독한 외로움을 느꼈던 순간도 있었다. 그런 시간들 속에서도 친구를 잃거나, 회복할 수 없을 만큼 상처를 입은 적은 없었다. 그런 의미에서 보면 우리는 그간 참 잘해 왔다는 생각이 든다. 아직 우리는 무엇을 어떻게 해나가야 할지 배워가는 중이다. 그렇지만 이제는 서로 곤란함을 느끼는 순간들 이 비교적 잦아드는 것 같다. 당신이 내 지난날을 이해하길 바라 며, 우리가 앞으로 조금 더 즐겁게 대화할 수 있기를 희망하며, 나 와 같은 진창에 빠져 길을 잃을 누군가에게 길잡이가 되길 바라는 마음으로 몇 마디 적어보고자 한다.

우리 부부가 난임이라는 사실을 알리기까지 1년 넘게 걸렸다. 우선 가족과 아주 가까운 친구들에게만 털어놓으며 천천히 시간 을 두고 공개했다. 그리고 나서야 지인들에게도 알렸다. 지금은 아이 이야기를 묻는 사람들에게 사실을 모두 고백한다. 조금씩 공 개 범위를 넓혀가려고 의도했던 건 아니었다. 실은 사람들에게 알 릴 필요가 없다고 생각했다. 난임이 이렇게 오랫동안 우리의 발목 을 잡을 줄 미처 예상하지 못했기 때문이다. 삶은 곧 정상궤도로 돌아오고 곧 아이를 갖게 되어 그간의 시간은 지나고 보면 작은 점에 불과할 것이라고 믿었다.

과민하게 반응하고 싶지 않았다. 햇볕에 심하게 그을린 것뿐 인데 피부암에 걸렸다는 호들갑처럼 들릴까봐 난임을 섣불리 알 리지 않았다. 경솔하게 공개했다가는 주변 사람들을 걱정시킬 뿐 이고, 결국엔 괜찮아졌다고 해명을 하느라 시간과 품을 들여야 하니까.

　장기적으로 치료받아야 한다는 확진을 듣고서 우리는 더 많은 사람들에게 소식을 알렸다. 그때까지만 해도 모든 친구들에게 공개하지 않았다. 내 삶에 닥친 큰 시련을 타인에게 털어놓으려면 상상할 수 없을 만큼의 노력이 필요하다. 처음 받았던 충격을 계속 되돌려보는 것 같았다. 우리는 평범한 삶을 꾸려나가고, 치료법을 찾아헤매고, 치료 상황을 가족에게 알리는 데 에너지를 나누어 써야 했다. 그래서 우리는 금방 지쳐갔다. 누구에게, 언제, 얼마나 공개해야 할지는 상대에 대한 사랑과 신뢰의 깊이로 결정하는 것이 아니라, 우리에게 얼마나 에너지가 남았느냐로 정해졌다. 하나씩 모두 공개를 한 지금은 이 글을 읽는 당신을 포함해서 많은 사람들의 지지를 받고 있다. 친구와 가족이 내게 보여준 격려가 내게 힘을 주었다. 우리는 사랑받고 있다고 느꼈고, 안전한 장소에서 보호받는 기분이었다. 그리고 우리는 지쳐버렸다.

　이렇게 깊은 지지와 도움을 받기까지 어려움도 많았다. 공개하는 과정 자체도 무척 힘들었지만, 내 사람들이 어떻게 하면 망가지지 않을지, 어떻게 해야 그들이 불필요한 상처를 받지 않을지 고민하느라 힘들었다. 어떻게 생각할지 모르겠지만 그들은 그저 곁에 있는 사람들이 아니다. 이들은 내 가족이자 내 친구들이다. 난임이 우리 부부에게 준 충격만큼은 아니더라도 이들에게도 큰 영향을 줄 수 있었다.

　나와 트렌트의 부모님은 큰 충격을 받았다. 우리 부부가 괜찮을지 염려하는 마음이 컸겠지만 부모님들도 나름대로 실망했고 속상해했다. 부모님은 손자를 만날 수 없게 되었다. 나와 트렌트의 형제자매는 조카를 잃었다. 조카들은 사촌을 잃었다. 친구들은 우리를 안타까워하며 연민을(어쩔 때는 공감을) 느꼈다.

　손자와 조카를 잃은 내 가족을 생각하면 마음이 아프다. 내게 따뜻한 연민을 보여준 내 친구들에게는 고마움을 느낀다(내게 공감하는 친구들에게는 안타까운 마음을 감출 수 없다).

　힘이 되어 달라 도움을 요청을 한 뒤에야, 사람들이 기꺼이 부탁을 들어주는 모습에 큰 안도감을 느끼고 나서야, 이 모든 임무를 마치고 완전히 탈진해버린 뒤에야, 우리의 여정이 본격적으로 시작되었다. 우리에게 무슨 일이 일어나든, 삶은 계속된다. 당신이 중요하게 생각하는 우선순위가 있고 나와 남편은 이뤄야 할 또다른 목표가 있다. 불완전한 삶이 지속되듯, 불완전한 이야기들이 오고갔다. 내 사람들과 나눈 수많은 대화를 기억한다.

　무척 지친 하루였다. 난임 치료에도 진전이 없었다. 뭔가 일이 하나 있었지만 정확히 기억나지 않는다. 내가 아팠던 날이었는지, 트렌트가 학교 수업으로 힘들었던 건지. 어쨌든 그날 내가 무척 지쳤던 건 분명하다. 그날 누군가 내게 치료는 어떻게 되어가느냐고 물었다. 아마 상황이 어떻게 진행되는지 마음이 쓰였겠지. 힘든 시기에 이런 질문을 해서 내가 속상한 건 아닌지, 아픈 곳을 건드린 건 아닌지 우려했겠지. 하지만 그의 질문으로 내가 화를 내리라고는 예상하지 못했을 것이다. 그는 질문을 한 뒤 내 얼굴이 긴장되어가는 것을, 아픔이 스치는 것을 보았을 것이다.

그에게 꼭 말해주고 싶은 사실은, 그가 내게 아픔을 준 게 아니라는 점이다. 가끔씩 치료가 어떻게 되어가는지 물어봐도 된다. 그러나 하필 그때가 본의 아니게 내 기분이 무척 안 좋은 날일 수도 있다. 그건 절대로 그의 잘못이 아니다. 그는 내 안부가 궁금할 뿐, 나쁜 일을 한 게 아니다. 내게 안부를 물었는데 만약 내가 화제를 돌린다면 그저 내가 시간을 두고 대답할 수 있도록 기다려주길 바랄 뿐이다.

또 어느 날인가, 누군가 내게 어떤 질문을 했다. 정확히 무엇이었는지 기억이 잘 나지 않는다. 나는 대답을 하긴 했지만 이내 말꼬리를 돌렸다. 그저 그와 함께 나눈 대화가 소중했기 때문이라고 여겨주길 바란다. 내게는 이전처럼 평범하게 대화를 나눈 그 시간이 무척 즐겁고 소중했다. 임신과 난임이 없는 삶을 누리고 싶을 때가 있다. 내가 그를 신뢰하지 못해서 대화 주제를 돌린 게 아니었다. 그저 그와의 시간을 소중히 여겼기 때문이었다.

내게 무언가 물었을 때 그 이야기는 하고 싶지 않다는 대답을 들었던 적도 있을 것이다. 이제 그를 믿지 못하겠다는 생각이 든 것은 전혀 아니었다. 아마 그의 질문이 남편 혹은 내가 비밀로 남겨두고 싶었던 부분에 대한 것이리라. 어떤 문제에 대해서는 남들에게 알리지 말자고 남편과 약속했다.

그가 몰랐으면 했던 게 아니었다. 우리는 아무도 몰랐으면 했다. 우리도 말로 표현 못 할 만큼 이 현실이 당혹스러울 때가 있다. 우리가 원하는 바를 이루려면 의사에게 모든 것을 털어놓고 의사가 모든 상황을 고려할 수 있게 해야 한다는 걸 안다. 그리고 나는 그런 현실이 참 불편하다. 당신이 나를 아끼고 무슨 일이 있어도 내게 편견 어린 시선을 보내지 않을 거란 걸 안다. 설사 그럴 리가 없다고 해도 나는 아무에게도 빌미를 주고 싶지 않다. 내가 그에게 털어놓지 않는 이야기들은 아마 나를 다른 시선으로 볼 수 있는 내용일 거다.

그의 질문에 대답하고 싶지 않다는 메시지를 보낸 뒤 며칠 뒤에 내가 털어놓은 이야기에 당신은 적잖이 놀란 듯 보였다. 너무 놀라 내게 시선을 떼지 못했다. 내가 한 말에 놀란 게 아니라 내가 기꺼이 당신과 공유했다는 사실에 놀랐다고 이야기해줘서 정말 고마웠다. 무슨 일이 있어도 그만은 나를 믿고 아껴줄 거라는 믿음이 있었다. 그러나 내 확신이 과연 옳았을까 걱정하고 두려워하는 연약한 모습도 숨어 있었다.

그가 보내준 베이비 샤워 초대장을 받았다. 내게 보내기까지 고민했을 모습이 눈에 선했다. 내가 혹시나 오해할까봐, 혹은 질투할까봐, 아니면 내게 상처를 주는 짓일까 많은 생각이 오갔을 것이다. 내가 여동생에게 했던 말을 지금 당신에게도 하고 싶다. 여동생이 아이를 가질 준비를 한다고 했을 때, 나는 여동생을 내 옆으로 가까이 오게 한 뒤 말했다. "만약 네가 임신을 한다면 가장 먼저 소식을 전해주었으면 좋겠어"라고.

"내가 전해줄 좋은 소식은 없어도, 네가 전해줄 기쁜 소식은 놓칠 수 없지."

말은 그렇게 했지만 몇 달 뒤 정말 임신 소식이 들렸을 때 나는 조금 울고야 말았다. 동생의 일이 너무 기뻐서, 그리고 내 스스로 슬퍼서. 눈물은 내가 한 말에 대한 책임이자 내가 치러야 할 대가이고, 나는 아무것도 후회하지 않았다.

그가 준 베이비 샤워 초대장을 들고 아마 눈물을 보였을지도 모른다. 어쩌면 아닐지도. 매일매일 기분이 조금씩 다르다. 그리고 그날그날 기분이 달라짐에 따라 베이비 샤워에 갈 수도, 가지 않을 수도 있다. 당신을 축복해줄 마음이 없다는 의미는 전혀 아니다. 내가 기분이 언짢거나 질투심에 차 있거나 화가 나서는 더욱 아니다. 단지 그만의 행복한 날을 온전히 즐기길 바라는 마음 때문이다. 그가 선물 상자를 열어보며 행복해할 때 내가 울음을 터뜨린다면 그건 그에게도 내게도 좋은 일은 아니다. 내가 보내는 카드와 선물은 우편으로 곧 받아볼 수 있을 것이다.

내게 닥친 시련에 특히 힘들어 했던 초반에는 아마 그를 무척 혼란스럽게 했을 것이다. 어떤 날에는 "좀 혼자 있고 싶어"라고 말했지만 다음 날이 되면 그에게 전화를 걸어 너무 외롭다고 털어놓았을 것이다. "다른 것에 신경을 빼앗기고 싶다"라고 말하다가도 또 다음 날이 되면 "너무 정신이 없어"라며 당신의 외출 제안을 거절했다. 내 변덕에 대해 변명하자면 나조차도 이런 일이 처음이었다. 내게 이런 시련이 닥칠 거라고 예상하지 못했기에 내가 원하는 게 무엇인지 스스로 알아차리지 못했고, 어떻게 반응해야 할지는 더 몰랐다. 나의 모순과 혼란이 당신을 슬픔에 빠뜨렸다는 것도 안다. 친구들에게서, 남편에게서 그리고 내 안에서도 그 슬픔이 엿보였다. 그저 내 편이 되어달라는 부탁 말고는 할 수 있는 게 없다. 내가 혼자 있고 싶다고 하면 굳이 나와 함께하려 애쓰지 말고 가끔 전화를 해주면 좋겠다. 다른 것에 신경을 집중하고 싶다 말한다면 내가 관심을 보일 만한 외출을 제안해주고, 내가 거절한다고 해도 부디 마음 상하지 않기를 부탁한다.

나에 대해 그가 다른 사람보다 더 많이 알 수도, 적게 알 수도 있다. 사람들에게 아무 말도 하지 않고 입을 꾹 닫고 있다가 갑자기 전화를 해서 기쁜 얘기나 슬픈 얘기를 털어놓던 날이 있었다.

끝도 없는 나락으로 떨어지는 나를 보고 당신이 무척 걱정스러워 했던 때도 있었다. 너무 들뜬 내 모습이 안쓰럽게 느껴진 때도 있을 것이고, 내 소식에 덩달아 희망을 품었을 때도 있었을 것이다. 내가 씩씩대며 슬프고 화나는 이야기를 쏟아내는 모습도, 덤덤하게 받아들이는 모습도 당신은 모두 지켜봤다. 그는 내가 고통스럽게 헤쳐나가는 모습도 가까이에서 지켜보았다. 그리고 실제로 그간 고통스러운 싸움이기도 했다. 이 모든 모습에도 불구하고 그는 아직 내게 말을 걸어준다.

아직 내게 무슨 말을 어떻게 해야 할지 고민하는 것을 안다. 내가 하고 싶은 말은, 무슨 말이든 해달라는 것이다. 나는 언제나 그와 대화를 나누고 싶다.

내가 듣고 싶지 않은 말들

사람들이 내게 하는 말 때문에 슬픔과 불쾌함, 때때로 분노가 차오르는 때가 있다. 대부분의 경우 그 상황을 굳이 짚어내려 하지 않는다. 타들어가는 마음을 잠재우며 자리를 피해 낮잠이나 자고 싶다. 때로는 잔뜩 곤두선 신경 때문에 자신을 통제하지 못하고 집요하게 파고들 때도 있다. 물론 나를 포함해 그 자리에 있는 누구에게도 유익하지 않은 방식이다.

내 신경을 건드리고 상처와 고통을 주는 말들이 있다. 나는 더 상처받지 않고 싶다. 이제 침묵을 지키거나 혼자 화를 내고 싶지 않다. 어떤 말이 나에게 상처가 되는지, 왜 그런지, 또 사람들이 내게 어떤 말을 하거나 행동을 하면 좋겠는지 모두 털어놓고 싶다.

"왜?"

난임에 관한 대화에서 가장 많이 나오는 단어가 아닐까 싶다.

"왜 아직 아이가 없어?"

"난임 치료에 왜 그렇게 돈을 많이 쓰는 거야?"

보통 사람들은 어떤 일이 자신의 생각과 다르게 전개될 때 '왜'라는 질문을 한다. 일반적인 경우라면 트렌트와 나 같은 (젊은 나이에 기혼인 상태로 부부 간에 사랑이 넘치고 아이를 좋아하는) 커플은 결혼 후 얼마 되지 않아 아이를 갖는다. 우리 가족과 친구, 지인 대부분이 우리가 결혼을 하고 얼마 후에 곧 아이를 가졌다는 소식을 듣게 될 거라고 예상했다. 이런 기대 속에서 몇 년이란 세월이 흘렀고 그래도 아이가 없자 사람들은 '왜'라고 묻기 시작했다. '왜'라는 물음이 큰 상처가 되는 것은 대답할 수 없을 만큼 가슴 아프고 또 사적인 이유가 있기 때문이다.

"아직 아이가 없어요. 난임이라서요. 우리 부부가 평생 바라온 꿈이 영영 이뤄질 수 없을지도 모른다는 뜻이고요."

"우리가 난임 치료에 돈을 많이 들이는 것은, 이 비싼 치료 외에 대안이라고 할 만한 것은 평생 아이를 포기하는 것뿐이기 때문이죠."

나는 이런 말을 굳이 할 필요가 없다. 이런 질문을 한 사람에게 속 시원하게 밝힐 수도 있지만, '왜'로 시작되는 질문은 나를 코너로 몰아붙여 내 입을 막는 기분이 든다. 특히 그 질문이 우리 부부가 받는 난임 치료와 관련된 것이라면 더욱.

"입양을 하지, 왜 시험관이야?"

"왜 그 클리닉을 다녀? 여기가 더 나은데."

이런 질문들은 일반 커플들이 밝히고 싶어하지 않는 범위를 훨씬 넘어선 수준이다. 개개인이 부모가 되는 과정은 굉장히 사적인 영역이다. 개인에게 주어진 기회와 재정적 여유, 도덕적 신념, 건강까지 아우르는 사적 영역.

'왜'로 시작하는 질문을 받으면 그다지 선택의 여지가 없다. 대답을 할 수밖에 없는 질문으로 우리를 옴짝달싹 못하게 한다고 나 할까. 누군가 이유를 물어올 때면, 내가 어느 정도까지 밝히고 싶은지 선택할 수 없는 기분이다. 이유는 너무나 다양하고 그 중 대부분은 아무에게도 밝히고 싶지 않은 나만의 비밀이다. 내가 어느 정도의 정보를 제공하고 싶은지 선택권을 주는 질문이 좋은 질문이다.

"왜 아직 아이가 없어?"라고 묻는 대신 "좋은 소식 없니?"라고 물어봐주면 좋겠다. 아이는 없어도 좋은 소식은 늘 있기 때문이다. 누군가 이 질문을 했을 때 치료 상황에 대해 들을 수도 혹은 듣지 못할 수도 있지만, 분명 우리 부부의 삶에 대한 이야기는 많이 알게 될 것이다.

"입양을 하지, 왜 시험관이야?"라고 묻는 대신 "앞으로 어떻게 해야 할지 결정했어?"라고 물어준다면 어떨까. 그렇게 해준다면 나는 늪에 빠진 것 같은 불안함에 떨던 시간이 아닌, 기대와 희망으로 가득 찬 기쁨의 눈물을 보이던 날들에 대해 말해줄 수 있을 텐데. 나는 어두웠던 시간을 모두 떨쳐버릴 만큼 강한 사람이 못 된다. 열린 질문을 한다면 나는 더욱 열린 모습을 보여줄 수 있을 것 같다.

'왜'로 시작하는 질문은 난임 부부에게 저지를 수 있는 가장 큰 실례는 아니다. 난임으로 힘들어 하는 우리는 대다수의 '왜'로 시작하는 질문에 나쁜 의도가 없음을 이미 잘 안다. 이보다 우리를 고통에 빠뜨리는 질문들은 수없이 많다.

추측으로 던지는 질문

나는 운이 좋은 편이다. 이런 질문들을 그리 많이 받진 않았으니. 그러나 많은 사람들이 타인의 추측에서 비롯된 질문으로 고통받는 모습을 보았다. 보통 이런 식이다.

"어쩌면 아이가 없는 팔자는 아닐까?"

이 질문에 내재된 추측은 두 가지다. 하나는 난임 진단을 받은 사람은 평생 아이가 없어야 한다는 추측이다. 과거와 달리 요즘에 난임은 아이를 평생 갖지 못한다는 의미가 아니다. 예전에 암 진단은 사형선고와 같았지만 이제는 그렇지 않은 것과 같은 이치다. 난임은 다양한 요인으로 발현되지만 치료가 가능한 하나의 질환이다.

또 하나 잘못된 추측은 부부가 아이를 낳지 않고 살 확률을 배제했다는 점이다. 난임 판정을 받으면 보통 선택을 해야 한다. 치료법을 찾을 것인가, 입양을 알아볼 것인가, 아이를 갖지 않고 지낼 것인가? 내 경험에 비추어보면 사랑하는 배우자를 마주보며 앞으로 어떻게 살아야 할지 고민하는 시간은 무척 고통스럽다. 어떤 선택을 하던 각각 감정적, 육체적 대가를 치러야 한다.

또 다른 질문은 이런 것이다.

"아이를 싫어하는구나?"

내가 아이를 원치 않기 때문에 아이가 없다는 잘못된 추측일 뿐더러 내 안의 가장 아픈 곳을 건드리는 질문이다. 나라는 사람을 이루는 요소 중 가장 큰 부분은 아이를 사랑하는 마음이다. 내가 원해서 아이를 갖지 않는다고 생각하는 사람을 만날 때면 내 텅 빈 배 속이 찔린 듯 아파온다. 한 걸음 더 나아가 내가 그저 아이를 좋아하지 않는 사람일 거라고 생각할 때면 부당하다는 생각마저 든다. 나란 사람을 완전히 잘못 알고 곡해한다. 이들은 내 안의 가장 중요한 부분을 완전히 놓치고 있다.

"이제 아이 가질 생각은 해봤니?"

물론이다. 아이를 가질 생각 외에는 아무것도 하지 못하는 때도 있다. 저변에 오해가 깔린 질문이 정말 싫다.

"누구 잘못인 거야?"

이런 질문을 받으면 나도 모르게 몸을 움찔한다. 우선 우리 둘 중 누군가 '잘못'을 했다고 확신하는 태도 때문이다. 하지만 우리 부부 중 누구도 난임을 겪어야 할 만큼 잘못한 일이 없다. 일반적으로 난임은 태어날 때부터 지닌 신체적 문제나 사춘기 때 발현된 문제로 인해 발생한다. 어떤 경우에는 학대나 부상 때문일 수도 있다. 원인이 무엇이든 한 개인의 태만으로 난임이 초래되는 경우는 극히 드물다. 난임의 피해자에게 잘못이 있을 거라는 추측은 그저 피해자를 더욱 아프게 할 뿐이다.

한편 "무슨 문제가 있는지 의사가 찾아낸 거야?"라는 질문은 문제될 것이 없다. 이 질문은 추측을 내포하지 않는다. 사실 사려 깊은 질문이고, 언제든 물어도 되는 질문 가운데 하나다. 그러나 난임 부부에게 범할 수 있는 결례가 질문만은 아니다. 여러 종류의 대화가 난임 부부에게 상처를 줄 수 있다.

이런 질문은 보통 "혹시 ○○○ 시도해봤어?" 같은 것이다. 여기에는 식습관, 심부조직 마사지, 리서치 그룹, 한약까지 다양하다. 이런 조언들로 골치 아팠던 적 없는 부부가 있을까.

처음에는 조언을 듣는 것이 전혀 불편하지 않았다. 처음 들어본 이야기지만 내게 잘 맞을 것 같을 때는 되려 자세히 묻기도 했다. 그러나 사람들이 강제적으로 조언을 들이대면 그때부터 기분이 상한다. "별 관심 없으니 그 얘기는 이제 그만해요"라고 말한 적도 있다. 그러나 내 의견을 무시한 채 계속 조언을 하는 사람들도 있다. 그런 경우 사람들은 두 가지 이유를 내밀었다.

"우리 언니/친구/내가 아는 사람이 해봤는데, 효과가 있었어."

좋은 결과를 얻은 사람이 있다면 무척 기쁜 일이지만 난임 치료는 개개인에 따라 큰 차이가 난다. 나는 여러 가지 이유를 고려해서 치료법을 선택했다. 트렌트와 내가 지닌 문제를 제대로 치료해줄 수 있는지, 비용이나 위험성은 어떤지, 치료 과정의 불편함은 어느 정도인지 다양하게 고려했다. 지인의 조언대로 치료법을 바꿨다가는 새로운 의사가 우리 부부와 맞지 않을 수도 있고, 우리가 기존 의사에게 계속 치료받고 싶을 수도 있다. 어쩌면 새 치료법이 우리의 도덕적 기준과 맞지 않을 수도 있다. 아직은 그렇지 않지만, 언젠가는 치료를 모두 중단하겠다고 결정할 수도 있다. 이유가 무엇이든 내 입장에서는 "고맙지만 사양할게요."라고 말할 근거가 충분하다.

조언을 지나치게 강요하는 사람들에게는 '내가 도와줄게', '내가 해결해줄게'라는 속내가 있다. 그래서 이들에게 거절하기가 더 어렵다. 나는 도움이 필요하다. 그렇지만 무턱대고 받아들이기보다는 내가 원하는 것과 원치 않는 것을 알리고 싶다. 만약 내가 거절의 의사를 밝힌다면 그럴 만한 이유가 있다.

매번 내 신경이 거슬리는 말이자 다시는 듣고 싶지 않은 조언이 하나 있다. "마음을 편안히 하면 곧 아이가 생길 거야."다.

몸과 마음을 편히 하는 것은 분명 도움이 된다. 그러나 난임의 원인은 정확한 검사를 통해 밝혀야지, 마음의 안정이라는 말로 어물쩍 넘어가선 안 된다. 난임 치료를 통해 의사는 신체적 결함을 파악하고 전반적인 건강 상태를 최상으로 만들어줄 요법을 찾아준다. 난임의 원인은 때때로 암과 같은 위험한 질병일 수도 있다. 검사와 치료를 했는데도 몸에서 아무 문제점도 찾을 수 없는 경우라도 아무것도 하지 않았다는 죄책감에서는 적어도 벗어날 수는 있다.

난임 부부라면 마음을 편히 해야 한다. 그건 사실이다. 스트레스를 많이 받기 때문이다. 그러나 다른 사람들이 우리에게 마음을 편히 하라는 조언을 할 필요는 없다. 우리에게 필요한 것은 말이 아니라 우리의 마음을 편하게 해 줄 친구다.

전설 같은 이야기

"몇 년이나 아이를 갖지 못했던 부부가 있었는데, (아주 비싼 치료법 혹은 입양을 통해) 아이가 하나 생긴 뒤로 바로 임신이 되었대."

이런 이야기 자주 듣는다. 난임 부부에게 위안과 희망을 주기 위해 전해지는 이야기다. 처음 들었을 때는 위안이 되었다. 그러나 지금은 그저 큰 슬픔일 뿐이다. 우리 부부에게는 일어날 수도 없고, 일어나지도 않을 일이기 때문이다. 불가능한 이야기다. 진심으로 불가능하다. 새로운 치료법을 찾거나 시험관 아기에 대한 이야기를 나눌 때면 늘 듣는 이야기.

이제는 세상 사람들이 저 유명한 부부를 다 아는 게 아닐까 의심스럽다. 성공담을 좋아하는 나로서는 이젠 이 이야기가 이런 성공 스토리 가운데 하나로 들린다. 그러나 지금은 내게도 일어날 수 있는 이야기를 담은 성공담이 내게 도움이 될 것 같다.

시험관을 준비하는 동안에는 나와 같은 과정을 거치며 아이가 생긴 사람들의 이야기를 듣고 싶다. 첫 시도가 아니더라도 말이다. 입양을 고려해볼 때라면 입양을 결정한 가족과 아이의 친부모 모두가 마찰 없이 행복하게 절차를 잘 마무리했다는 이야기를 듣

고 싶다. 내 앞에 놓인 길에 좋은 일들이 많을 거라고 누군가 알려
주길 바란다.

생체 시계

내게 시간이 정해져 있다는 것쯤은 오래 전부터 알고 있었다.
한 주 한 주가 쌓여 한 달이 되고, 한 달 한 달이 쌓여 1년이 된다
는 것은 잘 안다. 내 발 밑으로 백상어가 지나다니는 것도 어렴풋
하게 알고 있다. 난임과의 싸움에서 우리가 아무리 빨리 움직인다
해도 곧 세월이 이빨을 드러내며 우리를 덮칠 거라는 사실도 안
다. 머릿속에서는 시계가 똑딱거리며 사악하고 자비 없이 흐르는
데, 이 사실을 굳이 내게 상기시킨다면 당신은 그저 멈추지 않고
움직이는 공포스러운 메트로놈 리듬에 가사를 붙이는 것이나 다
름없다.

"임신했어요?"

아니요. 임신 안 했어요. 그리고 이런 질문은 저뿐 아니라 아무
한테도 하지 않는 편이 좋겠어요.

완벽한 빛
Perfect Brightness

◇◇◇◇◇◇

나의 하루하루는 눈이 부셨다.
햇살이 가득 쏟아져 하얗게 부서졌고,
오후의 온기에 내 피부는 적갈색으로 익어갔다.
해야 할 것은 없고 오로지 온몸으로 받아들일 빛만이 충만했다.

적갈색 안온함에 뒤엉켜 있을 수 있었다면
누구에게도 방해받지 않는 빛의 환희 속에 머물러 있을 수 있었다면
나는 맨 발로 꿈의 나라로 달려 나갔을 텐데.

손에 굳은살이 박힐 일도,
계절에 따라 시시각각 안색이 변하고
주름이 생길 일도 없었을 텐데.
안개도, 폭풍도, 토네이도도, 눈도 아무것도 몰랐을 텐데.
아픔과 슬픔에서 등을 돌리고
끊임없이 계속되는 고된 환희 속으로 걸어가며
각각의 슬픔을 제자리에 남겨 두었을 텐데.
해결되지 않은 채로, 답을 얻지 못한 채로, 회복될 수 없는 채로 두었을 텐데.
천국의 문 앞을 서성였을 텐데.
맨 발로 서성였을 텐데.

8
견디는 나날들

지금도 우리는 맹렬히 전쟁을 치르며
앞으로 나아가는 순간과
한 발짝 물러서 휴식을 취하는 순간을
몇 달 간격으로 반복한다.
거북이걸음보다 못한 속도로 나아가다
한 번씩 속도를 내어 달리는 것과 비슷하다.

오늘은 아니다

오늘 하루는 아무런 생각도 하지 않기로 한다. 일상을 거부한 다는 의미다. 다시 말해 오늘은 마트에 가지 않겠다는 뜻이다. 마트에는 어른 옷 외에도 아동복을 팔고, 그냥 아동복이 아닌 아기 옷도 판다. 오늘은 아기 옷을 볼 자신이 없다. 그래서 오늘은 마트에 가지 않기로 한다.

쇼핑몰에는 갈 수 있겠지만 더 큰 문제와 마주할 수도 있다. 그곳에는 아기와 어린이, 심지어 예비 엄마를 위한 전용 가게가 있을 테니까. 장난감 가게와 십대 소년 소녀들이 가득한 곳에도 갈 수 없다. 아기들이 자라서 청소년이 된다. 나는 아직 그 나이

171

대의 아이가 있을 나이는 아니다. 그러다 갑자기 내가 나중에 아이가 생겨 그 아이가 십대가 되면 나는 할머니 소리를 들을 거란 생각에 걱정스럽다. 쇼핑몰은 어찌되었건 가지 말아야 할 장소라는 생각이 든다.

식당에도 갈 수 없다. 어디에 앉든 주변에는 꼭 아이들이 있다. 운명의 장난 같이 느껴질 정도다. 가정 교육을 잘 받은 아이들을 볼 때면 부모가 되고 싶은 마음이 더욱 간절해진다. 식당 직원들에게도 예의를 갖추는 가족에게 시선이 간다. 어린 아이 세 명은 식당에서 나눠준 메뉴 종이에 그림을 그리며 놀고 있고 아빠와 엄마는 내 나이쯤 되어 보인다. 무례하게 구는 아이들을 만나면 가학적인 자기 연민에 빠진다. 적어도 저런 골치 아픈 일은 없잖아. 아냐, 그래도 저런 아이라도 있으면 좋지 않을까? 그래서 난 음식점에도 갈 수 없다.

산책도 갈 수 없다. 우리 집은 공원과 너무 가깝다. 아이들은 큰 소리로 웃고, 놀이터 주변으로 방어막처럼 둘러진 벤치에는 엄마들이 모여 앉아 이야기를 나눈다. 나도 그 틈에 끼어 엄마들과 대화를 나눌 수 있다. 몇몇은 아는 사람이고 심지어 무척 가까운 사람들이지만 오늘은 아니다. 내가 질투심을 드러낼까 불안하다. 나는 질투하고 싶지 않다. 내가 지금 질투하고 있다는 사실조차 모른 척 하고 싶은 심정이다. 다른 길로 나간다면 공원에 모인 아이들과 엄마들을 안 봐도 되겠지만 소리까지 들리는 건 막을 수가 없다. 그런 위험은 감수하고 싶지 않다. 산책도 가지 말아야겠다. 오늘은 그냥 집에 있어야 할 것 같다.

그렇다고 하루 종일 집에서 아무것도 하지 않을 수 없다. 그런다고 좋아질 건 없다. 잡생각이 많아지면 결국 나쁜 생각만 꼬리에 꼬리를 물고 떠오른다. 머리는 자극을 필요로 하고, 슬픈 생각보다 더 자극적인 건 없다. 설거지 거리는 항상 쌓여 있게 마련이고, 카펫이야 청소기를 자주 돌릴수록 좋고, 아니면 다림질을 좀 해볼까. 이런 단순 노동을 하면 생각이 더 많아질 때가 있다. 그래, 다림질을 하며 TV를 보면 되겠다.

하지만 그것도 좋은 생각이 아니다. TV를 볼 수 없다. 땅콩버터를 두고 고민하는 엄마의 모습, 가족에게 세상에서 가장 훌륭한 음식을 내놓는 엄마의 모습이 광고에 가득하다. 휴지 광고 속 엄마들은 콧물이 나는 듯 휴지를 뽑아 코를 훔치지만 실은 놀라울 정도로 깔끔하다. 이런 광고를 보면 내 코를 닦고 싶어진다. 카드 광고를 볼 때면 눈물을 닦느라 휴지가 필요하다. 광고 속 엄마는 아이의 졸업, 아이의 운동 경기, 크리스마스를 기념으로 카드를 쓴다. 차마 TV를 켤 수 없다. 좋을 게 없다.

오디오북은 어떨까. 나는 오디오북을 좋아한다. 듣고 있으면 다른 생각이 들지 않는다. 내가 어린 시절 가장 좋아했던 오디오북을 틀어볼까. 하지만, 안되겠다. 그걸 들으면 훗날 내 아이에게도 들려줘야겠다고 다짐한 날들이 떠오른다. 그 책은 안 되겠다. 로맨스 소설은? 아, 그것도 아니다. 고아가 나오는 오디오북은? 아니야. 그래, 오디오북은 안되겠다.

그렇다면 독서도 제외해야 한다. 나도 글을 쓰는 사람이지만, 지난 몇 달간 내가 쓴 글은 전부 난임에 관한 것이었다. 솜사탕을 쫓는 아이의 입을 막을 수 없듯, 내 손끝에서 난임 에세이가 쏟아져 나오는 것을 막을 수 없다. 아름다운 것들에 대해 시를 쓰면 어떨까. 멋진 단어로 치장한 아름다운 가을풍경 같은 거. 아니면 잔뜩 쌓인 낙엽 위로 내가 풀썩 누웠던 장면은. 내가 살던 집 주변에 풀이라곤 세이지브러시밖에 없어서, 가족과 함께 갔던 공원에서 낙엽을 발견하고는 풀썩 누워버렸던 적이 있다. 나중에 내 아이가 세이지브러시 향과 낙엽의 냄새를 모두 맡을 수 있는 곳에서 자라게 해야겠다고 다짐했다. 시를 쓸 생각은 접어야겠다. 다른 것을 찾아보자.

인터넷 서핑이 좋을 것 같다. 당연히 좋고말고. SNS를 켜면 누군가 임신했다는 소식이 뜰 텐데. 오늘만큼은 친구를 위해 행복을 빌어주는 마음과 나를 위해 슬퍼하는 마음 사이에서 갈등하고 싶지 않다.

낮잠을 자면 되겠다. 좋은 생각인 것 같다. 오늘 좀 피곤했으니까. 잠깐 눈을 붙이면 나아질 것 같다. 하지만 햄릿의 말처럼 꿈은 도무지 예측할 수가 없다. 나는 그동안 임신과 입양에 관한 꿈을 많이 꿨다. 한번은 잠에서 깨어 내게 입 맞추는 남편을 향해 한 첫 마디가 "파블로라는 남자 아이를 입양하면 어때?"였다. 파블로는 가장 최근 꿈에 나온 아이였다. 이 상태로 잠들면 꿈속에 두고 올 또 다른 아이를 만날 터였다.

오늘은 아무 생각도 하고 싶지 않다. 누구를 만나도, 어디를 가도, 무슨 일을 해도 난임이 이제 내 삶이라는 생각을 지울 수 없을 것 같다. 오늘은 아무 생각도 하고 싶지 않다. 그러나 내가 난임에 대해 생각하지 않으려고 애쓸수록, 현실은 더욱 또렷해져만 간다.

난임이 가져온 불투명한 미래 속에서 내가 단언할 수 있는 한 가지는, 이제 내 삶은 난임과 떼어낼 수 없다는 사실이다. 오늘은 아무 생각도 하고 싶지 않더라도, 오늘 단 하루만이라도 '생각을 멈출 수 없는' 이유는, 나는 오늘도 난임이기 때문이다. 진단을 받은 뒤, 내 삶의 계획은 난임이라는 기막힌 현실을 중심으로 짜야 했다. 오늘만은 난임에 대한 생각을 떨쳐버리고 싶지만 한편으로는 내 삶을 계속 살아가야 한다. 나는 마트에, 레스토랑에 가고 싶다. TV를 보고 오디오북을 듣고 글을 읽으며 지내고 싶다. 인터넷 서핑을 하고 낮잠을 자고 싶다. 어떤 생각을 하지 않겠다는 다짐 말고 내키는 대로 마음껏 생각하고 떠올리고 싶다.

난임의 삶을 피해 내가 선택할 수 있는 것은, 질식할 만큼 푹신한 쿠션으로 가득 찬 공간으로 숨어들어가는 방법밖에 없다. 오늘은 내가 난임이라는 사실을 생각하고 싶지 않지만, 그럼에도 질식하기보다는 고통스럽게나마 숨을 쉬며 사는 삶을 선택하겠다.

내가 아끼는 이유

트렌트와 나는 검소함이 몸에 배어 있다. 양쪽 집안 가풍이 그렇다. 맏이로 자란 나는 집안 형편이 어려워져 케이블 수신료를 못 내던 때가 아직 기억 속에 남아 있다. 여섯 남매 중 다섯 째였던 트렌트에게는 전단지에 붙은 할인쿠폰을 자르는 것이 일상이었다. 나와 남편은 많은 것을 물려받았다. 나는 사촌들에게서 옷을 물려 입었고 트렌트는 형들의 옷을 물려 입었다.

대학생이 된 지 얼마 되지 않아 낡은 아파트에서 살았을 때 침실 세 개와 냉장고 한 대를 여섯 명이 공유했다. 내가 살았던 아파트 중 한 곳은 바닥에 구멍이 뚫려 있었다. 관리인은 구멍이 난 자리에 장판을 덮는 것으로 수리를 끝냈다. 아주 경제적인 방법이었다. 누가 그 자리를 밟으면 발목까지 발이 빠지곤 했다. 트렌트가 살았던 곳에는 욕실이 하나였다. 여섯 남자가 더러운 욕조에서 대충 씻고 나오는 것이 일상이었다.

결혼할 당시 우리 부부에겐 약 1,000달러 정도의 돈이 있었다. 둘 다 비교적 안정적인 직장이 있었지만 학교를 다녀야 하는 학생이기도 했다. 내가 인턴으로 일했을 당시 시급이 25센트 인상되었음에도 한 시간에 7.75달러를 받았다. 트렌트는 식음료 업계에서 일하며 나보다 25센트 낮은 시급을 받았다. 월세는 400달러를 조금 웃돌았다. 한 주 식비를 45달러 미만으로 줄여 생활했다. 데이트 비용은 한 주에 겨우 10달러 정도였다. 이렇게 허리띠를 졸라맸는데도 부모님께 도움을 받아야 했다.

아이를 계획했던 즈음에는 재정적인 상황이 나아졌다. 당시 나는 소프트웨어 트레이닝 회사에서 테크니컬 라이터로 일했다. 지난 여름 동안 큰돈을 벌 기회도 있었다. 그럼에도 앞으로 발생할 지출을 위해 알뜰하게 생활했다. 출산 준비와 아기 용품 구입에 드는 비용을 생각해서 저축했다. 시험관 시술을 위해 돈을 모아야 될 때가 오자 우리는 큰 충격에 휩싸였다. 우리 부부가 난임 판정을 받았다는 사실 때문만은 아니었다. 엄청난 비용 때문이었다.

난임 부부 가운데 3퍼센트만이 시험관 시술을 시도한다. 97퍼센트는 뭘 하느냐고 탓할 수만은 없는 일이다. 시험관 시술을 겪으며 경험하는 건강 문제나 예후뿐만 아니라 그 비용이 신형 차한 대와 맞먹는 정도니까. 그나마 출산 전에 드는 비용이 이 정도다. 더욱이 시험관 시술로 임신이 되리라는 보장도 없다. 전혀 없다. 가능성만 있을 뿐이다. 그럼에도 우리는 비용을 떠나 시험관을 시도하기로 결정했다. 그래서 더욱 아껴야 했다.

우리는 소비를 아주 자제했다. 외식을 거의 하지 않았고 경조사용 선물은 저렴하게 해결했다. 구두쇠처럼 지냈다. 가끔 난감할때도 있었다. 결혼 선물로 좋은 냄비나 팬케이크 프라이팬을 주고 싶을 경우가 그랬다. 대신 우리는 영화 티켓과 팝콘 같은 커플데이트용 선물을 주었다. 친구들과의 만남을 더욱 자주 갖고 싶었다. 가끔 영화 데이트나 외식에 돈을 여유 있게 쓸 때도 있었다. 그러나 우리 부부는 친구들의 부름에 거절할 때가 더 많았다. 친구나 가족과 시간을 함께 보내고 싶지만 그러지 못해 마음이 안좋을 때가 많았다. 그렇지만 지금은 부모가 되고 싶은 마음이 더욱 크다.

사람들을 불쾌하게 하는 경우가 생겨 마음이 쓰일 때가 있다. 자주 외출할 수 없는 상황임을 설명하지만, 영화관에 가지 못하거나 좋은 결혼 선물을 할 수 없을 정도로 경제적 여유가 없는 사람은 그리 많지 않다. 밖에 나가 돈을 쓸 때마다 임신이 점점 멀어지기 때문에 나갈 수 없다고 설명하는 일은 무척 어렵다. 당사자인 나한테마저도 너무 과장되게 들리니까. 하지만 그게 진실이고, 그렇게 살고 있다. 마트에 가서 잘 구워진 12달러짜리 고기와 한 봉지에 10달러 하는 햄버거 패티를 놓고, 뭘 사야 이득일까 발이 땅에 붙어버린 듯 멈춰서 한참을 고민할 정도다.

한번은 동생과 쇼핑을 간 적이 있다. 나는 겨울용 니트가 필요했고, 동생은 원피스를 사고 싶어했다. 동생이 먼저 예쁜 원피스를 고른 뒤, 여성스러운 회색 스웨터 한 벌을 집어들었다. 세일해서 20달러였다.

"잘 어울리겠는데."

동생이 내게 말했다.

"너한테? 아님 나한테?"

"언니한테."

"응, 진짜 예쁘다. 근데 가격이 좀 부담스러워."

내가 말하자 동생의 눈썹이 슬며시 올라갔다.

"아기 계획 때문에 돈을 아끼는 중이거든."

내가 설명했다. 동생은 고개를 끄덕였지만 동정의 눈빛을 보냈다. 그곳을 나선 뒤 15달러가 안 되는 스웨터를 구입했다. 4달러가 큰돈은 아니지만, 이런 식으로 여기저기서 조금씩 줄여나가다 보면 큰돈이 된다.

꿈은 돈으로 매길 수 없다고 말한다. 우정도 마찬가지다. 무신경한 사람처럼 보이고 싶진 않지만, 보통 꿈을 이루기 위해서는 상상을 초월할 정도로 비싼 대가를 치러야 한다.

부모가 되고 싶은 꿈도 그렇다. 우정을 가꾸고 유지하는 일도 돈과 무관하지 않다. 내가 사랑하는 사람들과 내가 바라는 꿈은 내게 가치를 매길 수 없을 정도로 소중하고, 할 수만 있다면 이 둘을 위해 어떤 것이든, 그게 무엇이든 전부 바칠 수 있다. 그러나 불행하게도 내가 사는 세상은 모든 것에 가격과 가치가 매겨져 있어 가장 소중한 사람들과 꿈, 이 둘에게 아무것도 줄 수 없는 상황이다. 친구들에게 시간을 할애하고 내가 할 수 있는 선에서는 기꺼이 돈을 투자하며 친구들이 내 노력을 알아주길, 그들이 내게 큰 의미라는 것을 부디 알아주길 바랄 뿐이다.

생필품을 살 때는 물론 선물을 살 때도 할인쿠폰을 쓴다. 나는 저렴한 선물을 사고, 고급 치즈를 취급하지 않는 레스토랑에서 가끔씩 외식을 한다. 유명 브랜드의 청바지를 사지 않는다. 이 규칙은 머스터드소스를 살 때도 적용된다. 지퍼락도 씻어서 여러 번 사용한다. 트렌트와 나는 영화가 보고 싶을 땐 1달러 영화관(개봉한 지 몇 달 된 작품을 상영해주는 저렴한 영화관 - 옮긴이)에 가고, 그런 날마저도 저녁은 집에서 해결한다. 계절이 지나도 옷장에는 큰 변화가 없다. 하나 다른 점이라면 겨울에 옷을 겹겹이 껴입는 정도랄까. 책은 거의 다 도서관에서 빌려 읽는다. 겨울이 되면 히터를 10도로 맞추고 잠자리에 든다. 저녁 식사를 차린 뒤에는 오븐을 열어두어 오븐의 열기로 집안을 데우기도 한다.

우리가 생활하는 모습을 본다면 자린고비가 따로 없다고 생각할 것이다. 하지만 잘못된 생각이다. 우리는 오히려 낭비벽이 심한 사람들이다. 생필품 살 돈을 아껴 악착같이 모든 돈을 단 한 가지에 쏟아부을 계획이기 때문이다. 바로 우리 가족 수가 늘어날 수 있는 가능성, 그 하나에 펑펑 낭비할 예정이다.

함께 웃는 빛나는 순간들

트렌트와 내가 난임과 싸워온 지 벌써 몇 년이 흘렀다. 이 전쟁은 우리의 삶을 바꾸었고, 세월을 앗아갔지만, 사실 전투는 늘 지속되는 것이 아니라 짧은 기간 동안 맹공격을 퍼붓는 형태로 진행된다. 테스트 결과가 나올 때나 치료 요법을 바꿀 때, 그리고 치료를 받는 기간은 전쟁의 시기다. 난임의 세월은 우리 주변을 겹겹이 에워쌌고, 의사가 최악의 소식을 전하던 날도 내 몸과 마음에 새겨져 있지만 우리는 이후 수많은 시간을, 삶을 마땅히 살아내고 있다.

난임 치료를 받던 초기에는 검사 결과가 나올 때마다 찾아드는 전쟁을 모른 척했다. 우리는 그저 부모가 되는 일에만 집중하려 했다. 목표를 이루기 위해 삶을 뒷전으로 미루었다. 하나의 목표만을 바라보고 달리다 갑자기 갈 곳을 잃자 참혹한 삶만이 남았다.

그렇다고 우리가 아무것도 이루지 못한 채 세월을 보냈다는 이야기는 아니다. 단지, 그때 우리가 성취했던 다른 일은 그저 난임 부부에게 전해지는 위로나 보상 같았다. 부모가 되고 싶다는 열망이 모든 것을 점령했다. 지금도 우리는 맹렬히 전쟁을 치르며 앞으로 나아가는 순간과 한 발짝 물러서 휴식을 취하는 순간을 몇 달 간격으로 반복한다. 거북이걸음보다 못한 속도로 나아가다 한 번씩 속도를 내어 달리는 것과 비슷하다.

난임으로 고통받는 친구들 대부분이 나와 비슷한, 속이 터질 것 같은 답답함을 호소한다. 시간은 계속 흐르지만 삶은 그대로 멈춰버린 느낌. 우리 부부의 경우 난임 치료를 항상 염두에 두어 계획을 짜야 하는 것이 힘들다. 치료를 계속하려면 꽉 졸라맨 허리띠를 풀어서도 안 된다. 미리 정한 가격보다 더 비싼 물건을 살 때마다 임신에서 한 발짝 멀어진 기분을 느껴야 한다. 가진 돈이 곧 바닥을 드러낼 거란 생각이 들 때나 시험관 시술을 위해 다른 도시로 이사를 가야 할 수도 있다는 생각이 들 때면 두려움이 몰려온다. 어떤 문제로 치료를 한 달 정도 미뤄야 할 때는 단지 한 달로 끝나지 않는다. 적어도 10개월 이상은 치료를 받을 수 없는 상황이 된다.

인간은 정체기를 잘 극복하지 못한다. 사람은 항상 움직이고 나아가야 하는 존재다. 육체마저도 앞으로 나아가야만 살 수 있는 인간의 욕구를 여실히 드러낸다. 너무 오랫동안 가만히 앉아 있으면 몸 속 혈액이 응고된다. 운동을 하지 않으면 몸은 곧 만성질환에 시달린다. 마찬가지로 우리가 세운 목표에 진전이 없을 땐 지옥 같은 우울함에 빠진다.

아이 갖기를 포기하고 남은 일생을 실망 속에서 보낼 것인가, 꿋꿋이 자리를 지키며 정체기를 견딜 것인가, 우리는 항상 갈등한다. 이 두 가지 대안의 합의점을 찾으려고 노력한다. 현재 삶과 우리가 희망하고 바라는 삶 그 중간에 위치한, 아주 위험하고 변화무쌍한 타협점 말이다. 몇 년 전부터 이 휴전지점을 찾으려고 노력했다. 공기조차 가볍게 느껴지는 그곳에 이르니 우리가 아이를 가지려고 노력하던 이전으로 돌아간 것만 같았다.

우리 부부에게 무언가 잘못되고 있음을 깨달은 계기가 있다. 여동생 부부와 저녁 식사를 마친 후 트렌트는 주차된 차를 가져오겠다고 먼저 집을 나섰다. 남편 등 뒤로 현관문이 닫히자마자 여동생 제시카가 내게 가까이 와 물었다.

"형부 괜찮은 거지?"

예상치 못한 질문에 깜짝 놀랐다. 저녁을 먹는 동안 트렌트가 부정적인 뉘앙스의 말을 했는지 되짚어봤다. 딱히 떠오르는 게 없었다.

"무슨 뜻이야?"

"아니, 예전보다 덜 웃는 것 같아서. 잘 웃지도 않고 말도 거의 안 했어."

동생의 관찰이 맞았다. 나는 알아차리지 못했지만 트렌트는 저녁 시간 내내 침묵을 지켰다. 남편의 변화를 눈치 채지 못했다는 사실에 가슴이 먹먹해졌다. 우리가 사람들 앞에서 슬픔을 잘 숨긴다고 생각했지만 사실은 아니었다. 가장 가까운 사람들을 속이지 못하고, 우리 자신만 속이는 꼴이었다. 우리 부부를 점령하는 생각과 슬픔이 타인에게도 드러난다는 사실을 동생의 질문을 계기로 비로소 깨달았다.

우리 부부가 바깥에 나갈 때는 괜찮은 척 가면을 쓴다. 대다수의 친구들은 우리에게 어떤 일이 생겼다는 사실조차 눈치 채지 못한다. 여동생 제시카와 남편 데이비드는 우리의 문제를 상당히 자세하게 안다. 여동생 부부에게 남다른 능력이 있어서가 아니라 우리가 모두 털어놓았기 때문이다. 다른 친구들보다 여동생 내외와 시간을 많이 보내는 탓이기도 하다. 몇 시간 동안 아무렇지 않은 척하는 건 어렵지 않다. 하지만 매주 일요일마다 함께 요리하고 밥을 먹는 사이라면 좀 다르다. 제시카는 가장 가까이 지내는 동생이기도 하고, 데이비드는 트렌트가 아르헨티나에 있던 시절 알게 된 친구다. 우리는 가능할 때마다 시간을 함께 보낸다. 나와 남편이 조금씩 나락으로 떨어지던 모습을 다른 사람들은 전혀 알지 못했을 거다. 그러나 제시카와 데이비드는 정확히 느꼈다. 여동생은 평소보다 자주 우리를 초대했을 뿐 아니라 언제든 원할 때 자신의 집에 오라고 당부했다.

"언제든지 와, 언니. 도착하기 몇 분 전에만 알려주면 돼."

"언제든지 오세요."

데이비드도 덧붙였다.

당시 동생은 갓 결혼한 상태였다. 우리보다 더 형편이 어려우면 어려웠지 나은 상태는 아니었다. 언제든지, 그것도 몇 분 전에만 알려주고 집에 오라는 동생의 진심어린 제안은 지금보다 어렸고 더욱 절망적인 시기를 보내던 내게 무척 따뜻하고 감사한 위로였다. 내가 난임으로 힘들어 하는 걸 알기 때문에 그랬다는 건 나도 안다. 여동생 부부는 다른 누구보다도 우리의 상황을 잘 이해한다. 부모님을 제외하고는 가장 많이, 자세히 알고 있는 유일한 사람들이기도 했다. 의사에게서 실망스러운 소식을 듣고 돌아온 날 함께해준 사람들이었다. 우리가 어떤 치료를 어떻게 받는지도 상당 부분 안다.

우리 부부의 상황에 대해 많은 것을 공유했지만, 이 두 사람이 우리를 얼마나 걱정하고, 마음을 쓰는지 깨닫고는 놀랐다. 동생은 우리에게 문제가 생겼음을 직감했고 우리 얼굴에 드러난 적신호를 읽어냈다.

"난임 치료 때문에 힘들어서 그럴 거야."

제시카에게 설명했다. 이미 우리의 고통을 누구보다 잘 알고 있는 동생을 허울 좋은 변명으로 속일 수는 없었다. 그러나 여동생은 재차 묻지 않았다. 데이비드도. 그저 언제든지 놀러오라는 말만 했을 뿐이었다.

"넷이서 함께 시간 보내는 게 참 좋아."

여동생 부부가 말했다.

트렌트와 여동생 이야기를 나누며, 우리는 그동안 우리가 너무 폐쇄적으로 지낸 것 같다는 생각이 들었다. 물론 가족과 많은 시간을 보내긴 했지만 그 외 다른 사회 활동을 거의 하지 않았다. 앞으로는 실망감 속에 잠식되지 말자고 다짐했다. 시련 속에서 헤어 나오지 못하고 아픔에 희생되는 사람들은 너무 많다. 우리는 그러고 싶지 않았다.

난임 치료에 전념하는 것도 중요하지만 치료를 받지 않는 순간들도 다른 무엇으로 채워야 한다는 생각이 들었다. 멀리서 빛나는 꿈만 좇는 그림자 역할에서 벗어나야 했다.

우리 부부는 진지한 사람들이 아니다. 무척 심각한 상황에서도 시니컬한 농담이나 우스갯소리를 주고받았다. 그러나 난임 진단 이후에는 경박할 정도로 분위기를 가볍게 만드는 유머가 점점 사라졌다. 뒤늦게 깨달은 뒤 우리는 일부러라도 웃을 수 있는 상황을 자주 만들기로 약속했다. 재밌는 TV 프로그램이나 동영상을 함께 봤고, 웃긴 이야기를 찾아 읽었다. 농담과 말장난을 주고받았다. 우리만의 방식으로 슬픔을 이겨내는 모습을 봤다면 누구든 고개를 저으며 혀를 찼을 것이다. 우리는 별로 웃기지 않은 이야기에도 크게 웃었다. 함께 웃는 순간들은 빛나는 탈출구와도 같았다.

심리적으로 큰 충격을 받았지만 아무 일도 없었던 듯 이전의 평범했던 삶으로 성급하게 돌아가려는 사람들이 많다. 다리가 부러진 육상선수는 심리적 데미지를 입어 전과 같은 상태가 아님에도 예전에 그랬듯 힘차게 달리려고 자신을 혹사하는 것과 비슷한 이치다. 한번 정신적 충격을 받은 사람은 영영 행복할 수 없다는 말을 하는 게 아니다. 중요한 것은 상처받은 자신을 충분히 보듬는 것이다. 시간을 두고 마음의 근육을 회복해야 한다. 감정을 억지로 통제하려다간 심한 좌절감과 실망감만 느끼게 될 것이다.

우리는 웃음을 최우선시하기로 했다. 당시 우리에게 가장 부족한 것이었기 때문이다. 의학적으로 보면 가장 적절한 처방전이기도 했다. 웃음은 엔돌핀을 생성하고 엔돌핀은 우리 몸에서 에너지를 만들어 기쁨과 행복을 느끼도록 해준다. 엔돌핀 수치가 올라가며 우리도 점점 나아지는 기분이었다. 집 안에 웃음이 늘어난 지 몇 달이 지나자, 진료 침대의 흉측한 발걸이에 다리를 올려놓고도 의사에게 농담을 건넬 정도가 되었다. 나 때문에 간호사가 배 아프게 웃었던 적은 몇 번이나 되었다. 다른 사람을 즐겁게 해주며 나도 기뻤다.

다음 단계는 책이었다. 늘 보던 난임 관련 도서가 아니라 장르소설부터 고전문학까지 다양한 작품을 오디오북으로 들었다. 여유로운 일요일 오후에는 소파에 널브러져 몇 시간이고 들은 적도 있다. 우리 부부는 늘 책을 가까이 하는 사람들이었지만 한동안 그럴 수 없었다. 다시 책을 읽은 뒤에는 옛 친구를 오랜만에 만난 듯한 기분이 들었다. 각자 어린 시절 좋아했던 책을 함께 듣고 오랜 이야기를 나누기도 했다.

함께 다니던 산책도 다시 시작했다. 나는 글 쓰는 사람들의 모임에 다시 참여했고, 트렌트는 이전처럼 운동을 시작했다. 가족 친지가 사는 동네에 방문하여 가족과 조금 더 오랜 시간을 보내기도 했다.

행복한 나날들이 점점 늘어갔다. 행복을 느낄 수 있고, 행복을 찾을 수 있는 순간이 많아졌다. 우리 부부는 난임으로 힘든 시기를 보내지만 나와 트렌트의 삶을 들여다보면 우리의 삶에는 단지 난임만 있는 것은 아니다. 아이를 갖기 위해 최선을 다해 노력한다. 사실이고 우리 부부의 현실이다. 우리는 아직 경제적으로 여유롭지 않아서 늘 아끼며 생활한다. 치료 때문에 함부로 여행 계획을 잡을 수도 없는 형편이다. 그러나 우리의 삶을 정말 가까이서 살펴본다면, 트렌트는 훌륭한 남편이자 예비 치과의사, 운동선수, 가수, 그리고 책을 사랑하는 남자다. 나는 헌신적인 아내이자 작가, 가수이고 이제 막 줌바 댄스에 빠진 댄서이자 훌륭한 요리사다. 이런 순간들이 모여 행복한 날들을 만들어간다. 슬픔과 투쟁의 날들이 한 번씩 찾아오기 전까지는 우리의 날들을 행복하다.

잠깐의 나날
An Between

◇◇◇◇◇◇

때때로 삶이 아직 아름답다는 사실을 잊는다.
혀끝에서 달콤하게 녹아드는 초콜릿도,
빨강, 노랑, 오렌지 빛으로 물드는 가을도 잊는다.
자전거를 타면 기분 좋게 땀이 나고
산책을 할 때면 남편은 내 손을 꼭 잡는다.

어둡고 침침한 날들이 있다.
얼어붙은 날들이 있다.

그러나 잠깐의 나날이다.
우리에게 드리운 그림자는
삶이라는 아름다운 그림 속에 머무는
아주 작은 얼룩이다.

9

모든 일에는 때가 있다

내 몸과의 싸움이라니,

가끔 정말 이상한 기분이 든다.

이 싸움에서 지면,

나 자신이 나를 무릎 꿇리는 일이 된다.

결정의 순간

    집중 치료를 받아야 한다는 결정이 났을 때, 지진을 겪는 것만큼 엄청난 신체적 부담을 감수해야 하는 것 외에도 감정적 허리케인이 휘몰아칠 것이라 예상했다. 더욱이 우리는 아주 중대하고도 어려운 결정을 내려야 할 순간이 다가온다는 것도 알았다. 경제적인 부분도 생각해야 했고, 언제 치료를 받을지도 결정해야 했으며 어느 시점에서 치료를 중단하고 입양을 고려할 것인지도 상의해야 했다. 재해에 대비해 강화유리를 설치해도 허리케인이 닥치면 유리는 모두 깨지고, 내진 설계된 건물도 지진에 무너져내릴 수 있다. 앞으로 벌어질 치료에 대해서 마음의 준비를 마쳤지만 복잡한 윤리적 결정에 대해서는 준비가 덜 된 상태였다.

우리 부부는 종교적인 사람들이다. 교회에서 배운 교리대로 살아가려고 노력한다. 생명의 존엄성, 배우자에 대한 정절, 가족의 중요성과 같은 원칙들은 우리에게 가장 중요한 가치다. 시험관 시술을 통해 우리가 중요시하는 원칙을 지켜나갈 수 있다고 믿었다. 시험관 시술이 우리의 꿈을 이뤄줄 거라고 여전히 믿는다. 그러나 우리의 원칙에 위배될 수 있다는 사실은 미처 알지 못했다. 우리가 절대적으로 가져온 신념에 실제적이고 복잡한 잣대를 들이대야 한다는 것도 미처 알지 못했다.

난임이란 한 생명을 두고 신이 내릴 결정을 인간이 내리는 순간을 경험하는 것이다. 하나의 생명을 탄생시킬지, 파괴할지 결정하는 순간이다. 유한한 삶을 사는 인간으로서 어떤 선택이 하늘의 뜻일지 감히 예측해야 하는 순간이 있다. 무엇이 신의 뜻이고 무엇이 아닌지 인간은 절대 알 수 없다. 우리가 처음으로 인간의 영역을 벗어난 결정을 눈앞에 두고 머리를 감싸쥐었던 때는 아주 단순한, 어쩌면 아무것도 아닐 검사 하나 때문이었다.

1차 시험관 시술을 준비했던 때였다. 의사는 우리에게 유전적 질병이 있는지 검사를 하자고 제안했다. 난임의 원인이 특정 유전자 때문일 확률이 있었고, 이 유전적 결함은 아이에게도 전해질 수 있는 상황이었다. 난임뿐 아니라 우리 부부가 특정한 유전자의

무증상 보인자일 거라는 것이 의사의 소견이었다. 만약 남편과 내가 동일한 유전적 질병이 있다면 우리에게서 태어날 아이는 단순한 보인자로 끝나지 않을 수도 있었다.

"가장 일반적인 유전병을 모두 검사할 계획입니다. 두 분 중 한 사람이 질병 보인자일 수는 있지만 두 분 모두 그럴 확률은 낮을 거예요. 만약 남편과 아내 모두 보인자라면 수정란 이식 전에 검사할 겁니다. 수정란 중 하나라도 양성 반응이 보이면 어떤 결정을 할지 다시 생각해봅시다."

의사의 말을 이해하는 데 30초쯤 걸렸다. 유전적 변이가 있는 아기를 원치 않는다면 수정란을 없앨 수 있다는 뜻이었다. 이런 생각을 스스럼없이 하는 내 자신에게 놀랐다. 이식 전에 수정란을 검사한다는 사실을 알기 전에 우리는 이미 어떤 아기이든, 몇 명이든 가리지 않고 끝까지 품어내자고 약속했다. 아이에게 유전적 변이나 기형, 지체장애 혹은 임신 중 어떤 문제로 기형이 나타나더라도 우리는 아이를 포기하지 않고 잘 낳아서 우리 능력 안에서 최고로 잘 키워내기로 했다.

이런 결심을 했던 때는 임신 전에 아이의 질병을 알 방법이 있다는 것을 몰랐다. 수정란을 이식하기 전에 결함을 미리 알 수 있다는 사실을 알게 되자 아이의 인생에 막중한 책임감이 느껴졌다. 앞으로 벌어질 일을 알고서도 결함이 있는 수정란을 이식한다면 훗날 결과에 대해 부모로서 잘못이 없는 걸까?

유전적으로 완벽한 아기를 얻기 위해 시험관 시술을 선택한 것은 절대 아니다. 그러나 발생할 수 있는 유전적 결함이 가득 적힌 종이를 보자 덜컥 겁이 났다. 우리 두 사람이 보인자일 경우 아이에게 어떤 질병이 생길 수 있다니 너무 두려웠다.

치대를 다니던 남편은 당시 학교에서 마침 선천적 장애와 유전적 질병에 대해 배우고 있었다. 의사가 보여준 리스트에 대해 남편에게 물었다. 남편은 수업 때 사용했던 슬라이드를 내게 보여주었다. 그 중에는 폐에 점액질이 심하게 분비되는 병도 있었고, 만성질환을 야기하는 경우도 있었다. 근육에 이상이 생기는 근변성 질환도 있었다. 정신 지체를 야기하는 유전적 질환도 있었다. 단 몇 년밖에 살지 못하는 병도 있었다. 최악의 경우 아이가 평생 동안 끔찍한 고통 속에서 살아야 했다.

증상을 살펴보며 평생 고통의 굴레에 갇혀 살아야 할 아이의 인생이 그려졌다. 미리 알면서도 아이를 그렇게 힘든 삶 속에 밀어넣을 수 있을까? 아무리 고통스러운 삶을 살게 되어도 어쩌면 다시는 없을 기회를, 아이를 저버릴 수 있을까? 남편과 내가 둘 다 보인자라면, 수정란에 유전적 결함이 있다면 어떻게 해야 할까?

검사 결과가 나오기 전에 미리 걱정하지 말라는 사람도 있다. 아마 그 말이 맞겠지. 하지만 뒤늦게 우리가 미리 결정했어야 했다고 후회할지도 모른다. 내 선택에 따른 결과가 무엇인지 충분히 생각해볼 수 있는 시간 여유를 갖고 결정하고 싶었다. 성인이 되어 누군가 내게 담배나 맥주를 권하기 10년 전에 이미 나는 마약이나 술을 입에 대지 않겠다고 결심했다. 십대 때는 혼전 순결을 결심했다. 이 결정은 내가 첫 키스를 하기 1년 전에 이미 내렸다. 검사 결과가 나오려면 몇 주나 걸릴 테지만 내 성격상 어떤 결정을 내리기에는 너무나도 짧은 시간이었다.

남편과 나는 충분히 상의하고 결정하기로 했다. 보통 우리는 어떤 결정을 하기 전에 충분히 시간을 갖고 깊이 고민했다. 어떤 때는 눈물을 흘리기도 했지만, 결국 합의된 결론을 이끌었다. 이 문제에 대해 상의하며 몇 가지 가능성을 논의했다. 수정란을 이식하지 말고 동결하자는 이야기도 나왔다. 하지만 냉동보관과 수정란을 폐기하는 일이 무엇이 다를까? 수정란 유전자 검사를 아예 하지 말자는 이야기도 나누었다. 혹은 아무것도 신경 쓰지 말고 수정란을 이식하자는 이야기도. 그러나 훗날 아이를 고통 받지 않게 할 기회와 선택권이 우리에게 있었음을 떠올리면 과연 견딜 수 있을까? 우리는 시험관을 포기하고 입양을 생각했다. 언젠가는 입양을 할 계획이었지만 (시험관 시술 성공 여부와 관계없이) 이런 식으로 입양을 진행하는 것은 옳지 않았다.

한참 골머리를 앓는 중 시험관 시술 경험이 있는 친구와 대화를 나눌 기회가 있었다. 친구에게 시험관 진행 과정은 어땠는지, 시술 후 임신 여부를 확인하는 데까지 걸리는 2주 동안 어떻게 보냈는지 등 다양한 질문을 했고 조언을 구했다. 유전자 검사에 대해서는 묻지 못했다. 어떻게 말을 꺼내야 할지 난감했다. 그러나 친구는 곧 우리 부부가 수많은 윤리적 갈등을 겪게 될 것이라며 먼저 말을 꺼냈다.

"솔직히 말하면 그냥 그때 가봐서 결정하려고."

친구에게 말했다.

"그것도 한 방법이야. 그런데 시험관 진행하는 내내 호르몬에 시달릴 거야. 호르몬과 스트레스로 이성이 흐려지기 전에 가능하면 지금부터 하나씩 미리 생각해두는 게 좋을 거야."

친구와 대화를 나눈 뒤 트렌트와 나는 다른 사람의 도움을 받기로 했다. 한낱 나약한 인간에 불과한 우리가 인간의 영역을 벗어난 결정을 해야 한다는 부담감에 짓눌려 더욱 나약해졌다. 중병에 걸린 아이를 둔 엄마, 심각한 딜레마에 빠진 정치인도 이와 비슷한 부담감에 시달릴 것이다. 아, 난임으로 고통받는 부부도. 인간인 이상 이렇게 어려운 결정을 혼자 해선 안 된다. 우리에게 도움을 줄 만한 사람을 찾다가 고민 끝에 다시 목사님을 찾아갔다. 목사님과 마지막으로 대화를 나눈 뒤 이사를 했다. 담당 의사가 바뀌는 상황이 되면 교회도 목사님도 바뀐다. 우리는 목사님을 찾아뢻고 그간의 상황을 설명했다. 유전자 검사에 대한 고민을 털어놓으며 신학적 관점에서 조언을 듣고 싶다 요청했다. 목사님은 당황한 듯 보였지만 이내 조용한 곳으로 자리를 옮겨 자세히 이야기를 듣고 싶다고 했다. 우리는 그의 말을 따랐다.

목사님은 지금 우리가 어떤 상황인지 정확히 이해하고 싶을 뿐, 다른 의도는 없다며 조심스럽게 이것저것 물어왔다. 목사님도 이런 일이 처음이었지만 최대한 정확하고 성실한 조언을 전해주고자 최선을 다했다.

"검사 대상이 난자인가요, 정자인가요, 수정된 배아인가요?"

"배아입니다."

"배아를 이미 이식하여 착상한 상태입니까?"

"아닙니다."

"수정된 배아는 모두 이식해야 하는 건가요?"

"아닙니다."

"배아를 이식한 후에도 임신이 되지 않을 수 있습니까?"

"네."

"검사를 하면 어떤 문제가 있는지 정확히 알 수 있나요?"

"정확도는 높지만 절대적이진 않습니다."

우리의 대답을 들은 뒤 목사님은 가만히 앉아 손에 머리를 기댄 채 고심하듯 이리저리 시선을 옮겼다. 기독교 교리를 담은 책한 권을 꺼내어 읽기도 했다. 그는 작게 한숨을 내쉬며 우리를 돌아보았다.

"솔직히 말해서…… 어떤 조언을 드려야 할지 모르겠네요. 제가 다른 목사님과 상의를 좀 해도 될는지요?"

우리는 그렇게 해주시면 감사하겠다고 답했다. 우리에게만 어려운 결정이 아니라 누구에게나 어려운 결정이라는 사실을 확인받는 것 같아 약간의 안도감이 들었다. 목사님마저도 깊이 생각해야 할 정도로 어려운 결정인 것이다. 그러나 한편으로는 걱정스러웠다. 만약 아무도 우리를 도와줄 수 없다면? 훌륭한 조언이 너무 늦게 전해진다면? 이런 걱정을 하며 우리는 결국 유전자 검사를 받았다. 검사를 거부할까 생각도 했지만, 결과 이후의 일은 아직 결정하지 못했어도 우선 검사는 받아야 할 것 같았다.

교회의 믿음에 따른 입장이 어떤지 듣기도 전에 검사 결과가 먼저 도착했다. 우리 둘 다 모든 유전 질환에 음성이었다. 유전자 검사는 절대적으로 믿을 수 있는 게 아니다. 사실 그 어떤 의료 검사도 절대적인 것은 없다. 그래도 마음이 훨씬 가벼워졌다. 우리 아이가 예상치 못한 장애나 질병을 갖고 태어날 수도 있지만, 이제는 어떻게 해야 할지 마음 졸이며 고민하지 않아도 된다. 처음 결심처럼 우리는 그 어떤 아이도 포기하지 않고 품어내며 잘 기르기로 했다. 어떤 상황이 오더라도.

목사님께 연락해 이제 문제가 어느 정도 해결되었다고 말했다. 그는 교회의 공식 입장을 알고 싶은지 물었으나 우리는 거절했다. 비겁하게 들릴지 모르지만, 선택을 할 필요가 없어졌으니 더 고민하거나 생각하지 말자고 결심했다. 앞으로 닥쳐올 또 다른 어려운 결정을 위해서 에너지를 아껴두어야 했다.

유전자 이상이 발견된 수정란을 이식해야 할지 말지에 관한 결정만 간신히 피했을 뿐 우리가 선택해야 할 일들은 여전히 많았다. 확률상 높진 않았으나 수정란이 필요 이상으로 많이 만들어질 수도 있었다. 아이를 좋아하지만 스무 명이 넘는 자녀를 원하진 않았다. 수정란이 많을 경우 어떻게 해야 할지 결정해야 한다. 나중을 위해 보관해야 할까? 다른 난임 부부를 위해 기증할까? 연구를 위한 기증도 한 가지 대안이었다. 혹은 폐기해야 할까?

보관된 수정란을 모두 사용하기 전에 우리가 사망할 경우도 생각해야 했다. 한 클리닉에서는 이식하지 못한 수정란에 일종의 후견인을 지정해야 한다는 조항이 있다. 배아가 스무 해를 넘기기 전에 이 아이들이 잘 보살핌을 받을 수 있는 장치를 마련해야 한다는 의미다. 물론 후견인은 우리의 의견을 먼저 숙지해야 한다. 후견인을 선정해두지 않으면 우리가 죽은 뒤 수정란을 어떻게 처리할지 딜레마에 빠질 것이다.

존재하지 않는 사람을 위해 결정을 내린다는 일이 대단히 낯

설게 느껴졌다. 아직 수정란이 만들어지지 않은 상태임에도 이 아이들의 미래를 결정지을 선택과 서류 작업을 미리 해야 했다. 상상 속 아이들의 부모가 되어 약속할 수 없는 미래를 약속하는 것만 같았다. 정말 이상했던 것은, 존재하지 않는 아이들의 미래를 두고 어느 때보다 책임감을 느꼈다는 점이다. 부모가 자식에게 줄 수 있는 사랑과 안온함을 느끼게 해주고 싶었다. 수정란을 두고 어느 정도의 안전망을 제공할 수 있어 한편 안심이 되기도 했다.

신의 영역에 귀속된 결정을 겨우 넘기고 나면, 이제 인간으로서 내려야 하는 결정이 남는다. 배아의 생사를 두고 하는 고민만큼 힘들지 않겠지만 여전히 어려운 문제다. 인간이 마땅히 결정해야 하는 문제를 두고도 우리는 상당한 부담감을 느꼈다. 시험관 시술을 얼마나 많이 시도를 해야 할지 같은 문제였다. 시험관 시술로 반드시 임신이 되리란 법은 없었다. 어느 지점에 이르면 중단을 고려해야 할지도 모른다. 값비싼 시술 비용을 생각하면 우선 재정 상황을 살펴 몇 번 진행할지 결정해야 했다. 시험관 시술로 우리의 몸이 받게 될 스트레스도 있었다. 정신적 스트레스도 마찬가지였다. 우리는 특정한 상황이 닥치면 시술 중단을 고려해보기로 결정했다. 여기서는 자세히 밝히지 않으려고 한다. 시험관 시술에 관해 개인의 도덕적 지표를 내세우고 싶지 않다.

훗날 시험관 시술을 중단하기로 마음먹은 후에는 어떻게 해야 할지 상의했다. 내가 임신할 수 없다면, 열 달 동안 무사히 아이를 품을 수 없다면 우리에게 어떤 선택권이 남는지 생각해야 했다. 바로 입양을 진행할지, 아니면 잠깐 동안은 마음껏 슬퍼할 시간을 갖는 편이 좋을지. 한 친구는 우리가 원한다면 대리모가 되어주겠다고 나섰다. 너무도 감사한 제안이었지만 타인의 크나큰 희생을 감수할지 결정하는 것은 부부의 몫이다. 만약 대리모를 진행하면 어떻게 해야 친구가 가장 편안함을 느낄까?

우리는 어느 정도 결론을 내렸다. 그러기까지 시간과 노력이 걸렸고 다양한 조사와 (우리 부부의 경우에는) 기도가 필요했다. 시험관 시술을 진행하고 더욱 많은 정보를 접하다 보면 부부가 내린 결정 가운데 몇 가지는 다시 생각해봐야 하지 않을까 하는 의심이 들 수도 있고, 더 많은 기도를 해야 한다고, 더 많이 생각해야 한다고 스스로 다그칠 상황이 올 수도 있다.

우리가 어떤 결정을 내렸는지 밝히지 않고자 한다. 남편과 내가 내린 결정에 자신이 없기 때문은 아니다. 내 결정이 다른 사람에게 영향을 끼칠까 우려해서다. 치료 비용, 정서적인 소모, 도덕적 책임, 치료 예후 등 난임 부부가 고려해야 할 사항이 너무도 많다. 어떤 결정을 내리든 그건 오로지 당사자의 몫이다. 내가 해줄 수 있는 말은 반드시 부부가 함께 결정을 내려야 한다는 것뿐이다. 혼자서 버텨내기에는 너무도 힘겨운 일이다.

시간이 흐르는 게
두려운 이유

　시간은 난임 부부를 조롱하듯 째깍거리며 흘러간다. 여성은 한정된 수의 난자를 갖고 태어나고, 매달 난자 수가 감소한다. 남성은 나이가 들수록 생식능력이 떨어진다. 정자의 수가 줄어들 뿐아니라 운동능력과 활력 모두 낮아진다. 아직 서른이 되려면 몇해 남았지만, 우리 부부는 시간이 허락지 않아 계획한 만큼 아이를 얻지 못할까봐 늘 걱정했다. 아이를 갖기 위해서는 돈과 시간을 들여야 하지만 이 두 가지 모두 지금 당장 펑펑 쓸 수 있는 형편이 아니었다.

　우리가 꼭 이루고 싶은 것들이 몇 가지 있다. 여행을 하고 싶고 집도 장만하고 싶다. 지금보다 좋은 차도 갖고 싶다. 그저 6개월에 한 번씩 고장 나지 않는 차면 좋겠다. 조바심을 낼 이유가 없는 소원들이다. 우리가 스물다섯이든, 여든 다섯이 되든 유럽은 항상 그 자리에 있을 테니까. 부동산 시장에는 항상 매매할 집들이 넘쳐나니까. 매년 생산되는 신차만 해도 셀 수 없이 많으니까.

결국 우리에게는 부모가 되는 일 말고는 아무것도 아쉬운 게 없다. 시간이 이렇게 소중하게 느껴진 적도 없었고, 이렇게 빨리 흐른 적도 없었다. 나는 남편보다 조금 더 쫓기는 입장이다. 여성의 생식능력은 35세를 기준으로 급격히 떨어진다. 별 문제가 없는 사람들이라면 훨씬 전에 아이를 가졌을 나이다. 그러나 난임에 시달리는 사람들에게 35는 공포의 숫자다. 물론 35세 이후 아이를 가질 수 없는 건 아니지만, 이전에 겪은 적 없는 또 다른 문제가 시작될 수 있는 나이인 것은 확실하다. 이상적인 나이를 지나 몸에 이상이 발견된다면 아마 극복하기 어려울 수도 있다.

내 몸과의 싸움이라니, 가끔 정말 이상한 기분이 든다. 이 싸움에서 지면, 나 자신이 나를 무릎 꿇리는 일이 된다.

또 한 번의 기다림

　난임 진단을 받은 부부는 정신이 휘둘릴 정도로 빠르게 달리는 롤러코스터에 탈 준비를 해야 한다. 롤러코스터는 엄청난 높이로 올라가다 한순간 나락으로 떨어지고 자신도 모르는 새 갑자기 멈추어 우리의 혼을 빼놓는다. 나는 시간이 이렇게 속절없이 흐른다는 것을, 흐르는 시간을 그저 손 놓고 지켜봐야 한다는 것을 난임이란 롤러코스터를 탄 후에야 깨달았다.

　적당한 때를 두고 관련된 인물들이 갑자기 등장해 제 목소리를 내면 시간은 더욱 내 권한 밖으로 흘러간다. 난임은 나 혼자만 아니라 남편, 아직 태어나지 않은 아이, (어쩌면) 신까지 관여하는 영역이기 때문이다. 때로는 롤러코스터, 때로는 레슬링 경기인 난임과의 싸움에서는 항복해야만 삶을 통제할 수 있고, 희생해야만 사랑을 표현할 수 있으며, 고집스럽게 나아가야만 버틸 수 있다. 이 모든 소용돌이는 난임 진단을 받은 후에야 시작된다고 생각할 것이다. 하지만 그렇지 않다. 완벽한 타이밍과의 싸움은 부부가 "언제쯤?"이란 대화를 주고받을 때부터 시작한다.

우리는 약혼을 하고 몇 주쯤 지나 자녀계획에 대해 이야기 나눴다. 여타 난임 부부가 그렇듯 우리도 난임일 거라는 생각은 조금도 하지 않았다. 트렌트는 허니문 베이비를 원했고 나는 신혼 생활을 1년 정도 즐기고 싶어 했다. 둘 다 한마음으로 아이를 원했다. 우리는 부모가 되는 일이야 말로 삶의 가장 큰 소명이라 여겼다. 1년 정도의 차이야 부부가 언쟁할 만한 기간은 아니라고 볼 수도 있다. 6개월 선에서 의견을 조율하는 방법도 있었고 아니면 내 의견을 밀어붙일 수도 있었다. 그래봐야 1년이 미뤄지는 것뿐이니까. 그러나 자녀계획을 두고 나와 남편이 정한 시기에는 서로 굽힐 수 없는 이유가 있었다.

당시 우리는 둘만의 시간을 갖기 위해 저녁 때 자주 산책을 했다. 땅거미가 지는 서늘한 시간이 되면 우리는 언제 아이를 가질까에 대해 이야기를 나누었다.

부부 싸움을 했던 건 아니다. 싸움이라면 분노와 악의적인 말들이 오가지만 우리는 그러지 않았다. 상대방에게 화를 내지는 않았지만 자녀계획 시기에 대해서는 팽팽하게 맞섰다. 우리는 대화를 나눌 때 신중히 생각하여 단어를 골랐다. 수많은 이야기를 나눴고, 품고 있던 걱정과 기대를 털어놓았으며 상대방을 향한 실망감을 표출했다. 그러나 무엇보다 우리에겐 함께 고려해야 할 현실이 있었다. 재정 상황과 보험 계획, 건강에 대해서도 많은 이야기를 나누었다. 결국 우리는 1년 뒤에 아이를 갖기로 결정했다. 그때나는 이렇게 말했다.

"1년 뒤가 가장 좋을 것 같아. 하지만 그보다 더 늦어지는 건나도 싫어. 아이를 너무 오래 기다리고 싶지는 않거든."

남편이 전혀 실망하지 않고 화도 내지 않았다고 말한다면 아마 거짓말일 거다. 남편은 매우 실망한 듯 보였다. 트렌트는 굉장히 목표지향적인 사람이다. 한 가지 일을 해야겠다고 결심하면 그자리에서 끝내버린 뒤에야 다른 일로 넘어가는 사람이다. 연애 시절, 남편은 나와 결혼하고 싶다는 마음이 들었고 몇 달 뒤 우리는 부부가 되었다. 남편에게 결혼 후 해야 할 일은 당연히 아이를 갖는 것이었다.

우리 부부가 임신을 미룬 데는 남편의 희생이 컸다. 남편은 자신의 인생을 관통해온 법칙을 어기고 내 의견을 들어줬다. 남편같이 목표 지향적인 사람에게 늘 해오던 방식을 저버린다는 것은 분명 어려운 일이었다.

어쨌든 우리는 1년 미루기로 했다. 부부의 선택이든 아니든 1년이란 시간은 임신이 되지 않았다고 해서 난임을 의심하기에는 짧은 기간이었다. 피임을 할 필요조차 없었을 줄이야. 일부러 미룬 1년의 시간이 사실 우리의 의도와는 상관없이 어차피 기다렸어야 할 시간인 줄은 몰랐다. 본격적으로 아이를 준비했을 때는 나와 남편이 한마음이었다. 언제라도 아이를 가질 마음의 준비를 마친 상태였다. 우리는 임신 증상이 나타나길 기다렸다. 되돌아보니 우스꽝스럽다. 허리 통증, 속쓰림, 감정 기복 증상이 있을 때면 한달음에 임신 테스트기를 사러 갔다. 간절한 바람만으로도 임신이 된다면 나는 지금쯤 세쌍둥이를 몇 번이나 출산한 엄마가 되었을 것이다.

남편과 아내 둘 다 난임 치료를 받기로 결정했더라도 언제, 어떻게 치료를 받을 계획인지에 대해서는 완벽한 합의가 이뤄지지 않는 경우도 많다. 가능한 한 빨리 모든 검사를 받고 싶은 건 남편이나 아내나 마찬가지다. 하지만 둘 중 한 사람이라도 부모가 될 준비가 되지 않았다면 본격적인 치료를 시작할 수 없다. 우리도 그랬다. 어떤 치료를 받을지 고민하던 시기에 상당한 스트레스와 걱정에 시달려야 했다.

여러 가지 치료법 가운데 하나를 선택하는 일은 사람들이 생각하는 것보다 훨씬 복잡하다. 대부분의 난임 치료는 비용이 비싸고 보험이 적용되지 않는다는 점에서부터 문제가 시작된다. 진료 과정에서 자신의 몸에 이상이 있다는 당황스러운 사실을 받아들여야 한다는 것도 난관이다.

난임 치료로 정말 치료가 가능한지도 따져야 한다. 호르몬의 변화와 유산을 겪으며 몸은 약해지고 지친다. 치료를 받다 정자 기증자나 대리모를 찾아야 하는 상황이 올 수도 있다. 대체로 난임 치료는 로맨스 점수는 낮고 스트레스 지수는 높다. 더욱이 치료를 시작하기 전에 수많은 윤리적 결정을 내려야 하는 순간도 많다. 이 외에도 난임 치료의 어려움에 대해 말하자면 끝도 없다.

치료에서 마주하는 문제들은 부부 사이의 의견 충돌로 이어진다. 어떤 남편은 정액 검사를 거부할 수도 있다. 아내는 골반 검사를 다시는 하고 싶지 않을 수도 있다. 치료에 잡아둔 예산을 두고 부부는 서로 다른 주장을 할 수도 있다. 나는 한 번만 더 시도하고 싶은 생각이 간절하지만 배우자는 심리적 충격을 더 극복하지 못하겠다고 선언하며 중단하는 경우도 있다.

부부의 의견이 달라지면 일시적으로 마찰이 생긴다. 시간은 그냥 흐르지 않고 이제 부부의 가슴을 후비고, 피부를 스치며 흐른다. 두 사람 사이에 긴장과 마찰이 지속되면 깊은 골이 생긴다. 우리 부부에게 깊은 갈등이 생긴 원인은 낭만적이지 않은 치료 과정과 더불어 치료를 받아야 한다는 현실에서 비롯된 수치심이었다.

늘 남편과 함께 다녔지만 드물게 혼자 병원을 다녀온 날이었다. 인공수정이라는 치료법을 남편에게 소개하며 우리의 갈등이 시작되었다. 비용이 아주 높은 편도 아니었고, 시험관보다 덜 인위적이었다. 여성이 배란기를 맞으면 가느다란 관을 이용하여 남편의 정자를 자궁에 주입하는 방식이었다. 트렌트에게 자세히 설명해주었다. 남편은 표정을 잘 숨기는 사람이 아니다. 남편 얼굴에서 미소가 사라지고 고통스럽게 변하자, 들떴던 마음이 가라앉았다. 왜 그러느냐고 물었다.

나는 아이를 가질 수만 있다면 인공수정 과정에서 발생하는 불편함은 기꺼이 감수하리라는 마음가짐이었다. 그러나 트렌트는 아니었다. 그는 솔직하게 (그러나 불쾌하지 않게) 자신이 껄끄러워하는 부분에 대해 털어놓았다. 남편은 인공수정 과정에 조금의 사랑과 낭만이 없음을 우려했다. 아이를 만드는 과정에서 사랑이 완벽히 결여된다는 사실이 그를 불편하게 만들었다. 남편은 조금 더 기다리고 싶어했다.

남편이 내게 솔직했던 만큼 나도 솔직하게 그에게 말했다. 낭만적이지 않거나 사랑이 없는 것은 내게 하나도 중요하지 않다고. 유쾌하지 않은 과정 속에서도 우리는 사랑을 발견할 줄 아는 부부라고 생각한다고 말했다. 나는 앞으로 나아가고 싶었다. 인공수정은 거부하기에는 너무도 좋은 선택이었다. 그는 이해한다는 듯 고개를 끄덕였지만 내 눈을 바라보지는 않았다. 트렌트가 눈을 맞추지 않을 때는 내 의견에 동의하지 않거나 불만이 있을 때였다.

나는 한숨을 내쉬며 물었다.

"만약에 임신이 되면, 당신 실망할 거야? 어떤 방법을 써서든 아이를 가진 걸 후회하겠어?"

"잘 모르겠어. 어쩌면, 어쩌면 후회할지도 모르지."

트렌트가 대답했다.

나중에 그가 해준 이야기를 듣고 나는 놀랐다. 인공수정을 통해 아이가 생긴다면 진짜 아빠라는 느낌이 없을 것 같다고 고백했다. 남편의 뜻을 오해하지 않기를 바란다. 내가 외도를 해서 얻은 아이라는 뜻이 아니었다. 마땅히 나눠야 할 사랑은 없고, 그 자리에 의학만 있다면 아이가 생겨도 아빠로서의 책임감을 느끼지 못할 것 같다고 했다. 남편의 정자와 내 난자이지만, 임신 과정에서 내게 필요한 것은 주사기와 가느다란 이식관과 의사였다. 아이의 아빠가 아니라.

난임 치료의 적절한 시기를 판단하는 데 고려해야 할 것이 단지 시간뿐이라면 어려울 건 없다. 시간과 돈만 생각해도 상황이라면 그나마 괜찮다. 돈은 언제든지 벌 수 있고, 난임 전문 의사들은 난임 부부의 조급함을 누구보다 잘 아니까. 그러나 시간과 돈만의 문제는 아니다. 사람을 움직이는 것은, 적절한 타이밍을 결정하는 것은 결국 부부의 감정 상태다. 치료 중단을 원했던 건 남편이었다. 감정이 과열되자 그는 상황을 잠시 떠나 자신을 가다듬고 다른 해결책을 생각할 시간이 필요했다. 나는 기다리기로 했다. 시간이 필요했던 건 남편만이 아니었다. 나도 쉬고 싶었지만 멈추고 싶지는 않았다. 오히려 더 빨리 달려나가고 싶었다.

내가 감정이 과열되어 무너진 적도 있다. 그날은 크리스마스였다. 방학을 맞아 시댁을 방문했다. 당시 나는 임신한 줄 알았다. 그냥 그렇게 느껴졌다. 가슴은 부풀고 속이 뒤집어질 것 같았다. 저녁을 먹은 뒤 속이 심하게 불편했다. 나는 위층으로 달려가 게워내야 했다. 변기를 부여잡고 게워내면서도 이토록 승리감에 도취한 적은 없었다. 이번에는 진짜 임신이야! 확신했다. 그러나 몇 시간 후 생리가 시작되었다. 열도 올랐다. 실망감에 온몸이 떨렸다. 화도 났다. 그저 생리가 시작되려던 것이었다. 나는 다시 속을 비워냈다. 그리고 그날은 크리스마스였다.

수치심과 슬픔에 젖어 방으로 돌아왔다. 내가 느낀 실망감을 다른 사람에게 드러내고 싶지 않았다. 가족에게 난임 사실을 알리지 않았던 때였다. 곧 아이가 생길 거라 믿었고, 괜한 기우로 사람들을 걱정시키고 싶지 않아서 비밀로 해오던 때였다. 그러나 그 순간에는 의사의 도움이 필요하다는 생각이 강하게 들었다. 결국

의학이 도움이 필요하다는 차디찬 현실이 다가왔고, 그럼에도 도움을 원치 않는 남편이 야속했고, 번번이 임신인 줄 착각하는 내 자신이 한심해서 나는 결국 눈물을 쏟았다.

"크리스마스 때 임신 소식을 전했다면 완벽했을 텐데……. 계속 그 생각만 들어."

남편에게 말했다.

"그래, 알아."

땀에 젖은 내 머리카락을 어루만지며 남편이 대답했다.

"다음 달에도 똑같을 거야. 다음 달에도 나는 임신이 아니겠지. 그럴 거야."

"왜 그렇게 말해? 다음 달에는 임신일 수도 있지. 아직 모르는 일이잖아."

기분이 곤두박질칠수록 분노를 참기 어려워졌고 말은 거칠어져만 갔다. 가시 돋친 말은 삼가려고 노력했지만 내가 얼마나 괴로운지 남편에게 말하고 싶었다. 아니, 말해야만 했다. 감정이 조금 누그러지기를 기다렸다 입을 뗐다. 올리브에서 기름을 짜내듯 느리게 말이 흘러나왔다.

"왜냐하면…… 다음 달에는…… 도대체…… 뭐가 다르겠어? 무언가 이상이 있어. 어디가 이상한지 고치지 않으면 나는 영원히 아이를 갖지 못할 거야."

인공수정을 고려해달라고 남편에게 부탁하고 있었다. 부탁이라는 말은 안 했지만 부탁하고 있었다. 너무도 간절하게 원했다. 임신에 매번 실패하며 여성으로서 마땅히 갖춰야 할 것이 내게는 없는 기분이었다. 자존감이 송두리째 흔들렸다. 물론 나만 그런 것은 아니었다. 아내를 임신시키지 못하는 남편도 남성성을 잃은 것 같은 경험을 했다. 문제는, 인공수정으로 아이를 가진다면 내 괴로움은 해결되겠지만 남편은 아닐 터였다.

그런 이유로 우리는 인공수정을 미루었다. 타이밍이란 그런 것이다. 부부의 목표가 같을지라도 두 사람의 시계는 다르게 작동한다. 누구의 시계에 따라 움직일 것인지 정하다보면 갈등이 생기게 마련이다. 우리 부부는 더 간절한 사람의 시계에 맞춰 다른 쪽 시계를 조정했다.

기다림의 세월이 흐를수록 우리는 더욱 깊고 어두운 절망 속으로 빠져들었다. 결국 트렌트는 인공수정이 필요할 것 같다고 고백했다. 인공수정 시술을 위해 병원을 찾던 날 의사는 우리의 몸 상태를 확인하기 위해 몇 가지 검사를 진행했다. 검사 결과를 확인한 의사는 우리 부부가 인공수정을 하는 게 큰 의미가 없을 것 같다고 밝혔다. 시험관을 생각해볼 때였다. 나와 남편은 할 말을 찾지 못하고 침묵 속에 빠졌다.

시험관 시술로 아이를 갖기까지 드는 비용은 대략 2만 달러였다. 출산까지 한다면 1만 달러가 추가로 필요했다. 저축해둔 돈은 3만 달러도 되지 않았다. 부모가 되려면 기다려야만 했다. 또 다시 기다림이 시작되었다. 처음으로, 시간이 우리의 손을 떠났다. 언제, 어디서, 어떻게 진행할지 결정하는 것은 이제 우리가 아니었다. 돈과 의사의 처방이 결정권을 갖게 되었다.

난임 치료를 하는 줄곧 나는 생리 때만 되면 유독 힘들었다. 손가락 하나 움직일 수 없을 만큼 심한 통증이 지속되었다. 시험관 이야기가 나오자 남편은 내게 다시 피임약을 먹어도 되는지 의사와 상담해보라고 했다. 시험관 시술밖에 방법이 없다면 다른 치료요법을 고려하는 동안만이라도 피임약을 먹으며 고통을 줄이는 게 나을지도 몰랐다. 의사를 찾아가 그간의 통증에 대해서 이야기하며 견딜 수 있다면 약을 먹지 않겠지만 정말 힘들다고 털어놓았다. 그러자 의사는 바로 처방전을 써주었다.

"약 드세요. 굳이 고통을 참아가며 몸을 혹사시킬 필요가 없습니다. 편히 드시고 죄책감은 느끼지 마세요."

그때까지만 해도 의료진들은 우리에게 계속 꾸준한 관계를 하며 임신을 시도하라고 조언했다.

"임신에 필요한 건 결국 난자 하나, 정자 하나예요."

난임 클리닉의 슬로건처럼 그들은 계속 이렇게 말했다.

나는 약국에 들르지 않고 집으로 돌아와 의사가 해준 말을 남편에게 전달했다. 난자 하나, 정자 하나면 된다니……. 슬프기도 하고 위로가 되기도 하는 이상한 감정이 뒤섞였다. 실망감과 기쁨, 만감이 교차했다. 매달 생리 때마다 임신을 하지 못해 벌을 받는 기분으로 일주일을 보냈다. 그럴 때마다 어쩌면 하늘에서 내리는 벌이 아닐까 하는 생각까지 들었다. 성경 속 이브에게 내린 형벌과는 조금 다르게 내 경우는 '내가 네게 잉태하는 고통을 크게 더하리니 네가 수고하고 자식을 낳지 못할 것이며'라고.

트렌트는 내 심정을 누구보다 잘 이해해주었다. 어느 순간부터인가 의료진은 '하나의 난자, 하나의 정자'라는 슬로건에 담긴 희망을 우리에게 외치지 않았다. 그럴 때마저도 우리는 서로 슬픔을 나누고 보듬었다. 그렇게 희망적인 슬로건이 이토록 끔찍하게 느껴지다니.

다른 사람들의 희망이 우리를 설레게도 하고 나락으로 밀어넣기도 하는 이 기분은 난임을 겪는 사람이라면 누구나 한 번쯤 느껴봤을 것이다. 내 몸에는 맞지 않는 구명조끼에 몸을 우겨넣은 것 같다. 사람들의 말처럼 다 괜찮아질 거라고 믿고 싶었다. 그러나 결국 하나도 괜찮지 않은 순간이 오면 상처에 소금을 뿌린 듯 고통스러웠다. 트렌트와 내가 슬픔은 물론 극심한 생리통까지 함께한 덕분에 아이를 향한 기다림이 적어도 육체적으로 괴롭지는 않게 되었다.

그날 우리는 약을 처방받았다. 아이를 원하는 난임 부부가 어떤 경우에서든 피임약을 처방받는 경우를 두고 옳지 않다고 생각하는 의사도 있다. 의학적인 관점에서 보자면 그들이 왜 반대하는지 이해하지만 개인적으로 동의하지 않는다. 내가 아는 사람 중에도 경제적 이유로 치료를 중단한 사람이 있다. 유산의 아픔을 겪은 후 몸이 회복될 때까지 피임을 하는 여성도 있다. 몇 차례 수술을 하고 당분간은 성관계를 피해야 하는 남성도 있다. 우리를 포함해 이 모든 사람들이 임신을 하기 위해 노력하고 아이를 간절히 바라지만 성관계가 아닌 다른 방법을 찾을 뿐이다.

우리 부부는 최대한으로 돈을 모으려고 노력한다. 우리가 언제 임신을 하느냐는 얼마나 저축했는지에 달렸다. 이제 아이를 갖기 위해서 필요한 것은 하나의 난자와 하나의 정자가 아닌 지폐와 동전이었다. 우리는 숨죽여 기다리며 돈을 모았다. 되도록 적은 금액으로 생활하려고 노력했다. 어찌되었건 난임 치료를 잠시 벗어나 삶을 되찾자 우리도 자신의 모습을 되찾아갔다. 오랜 세월 동안 우리의 인생에는 아이를 갖기 위한 목표와 노력밖에 없었다. 그러나 이제는 재정 상태에 늘 빨간 등이 켜져 있는 삶일지라도 일상생활이 돌아오자 마음에 평안과 위안이 찾아들었다. 임신 테스트기를 살 때도 괴롭지 않았다. 음성일 테니까. 이제 우리가 유일하게 신경 쓰는 것은 단 하나, '시험관 시술 비용을 언제쯤 마련

할 수 있을까'였다.

몇 달 동안 돈을 모은 뒤 우리는 예상보다 빨리 치료를 시작할 기회를 얻었다. 이사를 한 뒤 새로운 담당 의사를 찾아 첫 상담을 받은 뒤였다. 의사는 우리의 의료기록을 살펴보고는 첫 시술에 임신을 할 확률은 45퍼센트 정도이고 네 번의 시술을 진행하면 90퍼센트까지 가능할 것 같다고 말했다. 나는 너무 놀라 몸이 굳었다. 난임 진단을 받은 뒤 처음 희망적인 이야기를 들었기 때문이다. 시술을 시작하려면 석 달 정도가 더 필요하다고 말하니 의사는 우리에게 한 가지 제안을 했다.

난임 치료를 받다보면 도박과도 같은 제안을 받을 때가 자주 있다. 어쩌면 모든 고통과 아픔을 단축시킬 수도 있는 도박. '어쩌면'이란 확률에 걸어야 하는 치료는 제각각 지불해야 하는 비용이 다르지만 공통적으로 시간은 반드시 걸어야 할 대가다.

의사는 우리에게 특정 비타민이 임신 가능성을 높인다고 말하며 시도해볼 것을 제안했다. 5퍼센트의 성공률이지만 비용이 거의 들지 않고 의료진의 개입도 없다. 처방전을 받을 필요도 없다. 그러나 5퍼센트는 형편없는 수치다. 100명 중 다섯 명만 성공했다는 뜻이니. 하지만 100만 명으로 보면 그중 5만 명이나 성공했다는 뜻도 된다. 조금 낫게 들리기는 하지만 어쨌든 확률은 5퍼센트다. 집으로 돌아오는 길에 5퍼센트의 낮은 수치는 새로운 이름으로 다가왔다. 기회라는 이름으로. 수천 달러를 쓰지 않고도 임신을 할 수 있는 기회. 하늘이 내린 기회 같았다.

아이를 한 명만 가질 생각은 아니었다. 시험관 시술의 도움 없이 한 번이라도 임신할 수 있다면 몇 번이고 가능하지 않을까. 우리는 아이를 전부 시험관으로 낳을 생각이었다. 여섯 명의 아이를 원했고, 시험관 한 번에 2만 달러의 비용이 든다고 계산하면 총 12만 달러가 들 터였다. 아이는 감히 가격을 매길 수 없을 만큼 소중한 존재이지만 비싼 비용임은 틀림없었다.

희망도 잠시 우울한 소식이 전해졌다. 임신 가능성을 높여주는 비타민을 섭취하려면 지금 먹는 피임약을 중단해야 했다. 끔찍한 생리통을 다시 겪고 싶지 않았다. 무엇보다 매달 희망과 절망을 반복하며 살 자신이 없었다. 그러나 시험관 시술을 하지 않고도 임신을 할 수 있는 기회가 나를 향해 손짓했다. 낮은 확률에 의지해 한 달 내내 마음을 졸이며 우리가 5퍼센트 안에 드는 행운을 잡을 수 있길 희망하고, 어쩌면 그렇게 될 수 있다고 기대하겠지. 나는 희박한 확률에 기대를 걸고 싶지 않았다. 하지만 트렌트는 시도해보고 싶어했다. 또 한 번 우리 둘의 시계가 어긋난 박자로 움직였다.

단지 내 수영장에서 우리는 대화를 나누며 결론을 내렸다. 예전 생각이 났다. 우리는 중요한 결정을 해야 할 일이 있을 때마다 바깥으로 나가곤 했다. 평일 오후라 수영장은 한적했다. 내가 먼저 입을 떼었다. 내가 고통 속에 보낸 나날들에 대해 남편에게 말했다. 성공률이 낮은 기회에 희망을 걸고 싶지 않다고도 말했다. 이제와 다시 희망 고문의 날들로 돌아갈 수 없다고, 심지어 그 희망조차도 모든 게 헛된 일일 거라고 말했다.

내가 생리통으로 고통스러워하던 순간을 남편도 잊지 않았다. 남편은 내가 아파 꼼짝도 할 수 없을 때 진통제와 끼니를 챙겨주고 집안일을 다하며 최선을 다해 돌봐주었다. 매달 설렘 뒤에 찾아온 실망감에 상처받은 내 모습도 그의 머릿속에 남아 있었다. 그는 내가 울 때마다 곁에서 위로해주었다. 그가 나에게 해준 것을 내가 기억하듯, 그가 자신이 해온 희생을 내게 들이민다면 나는 지고 말았을 거다. 그 시간을 내게 들이밀며 자신이 원하는 것을 얻고자 한다면 충분히 그럴 수 있었다.

하지만 그는 인공수정 이야기를 꺼냈다. 거짓으로 아이를 가지는 것 같다고, 만약 내가 아이를 가지더라도 나를 임신시킨 게 본인이 아닌 것처럼 느껴질 거라고 했다. 아이를 갖고 싶다는 마음이 더욱 간절해지고 다급해지자 남편은 인공수정을 떠올렸다고 털어놓았다. 자신의 괴로움, 불편함은 중요하지 않았다고, 인공수정 시술을 통해 아이를 갖게 되도 후회하지 않을 것 같았다고 했다. 그런 절차가 필요하다는 현실이 그를 슬프게 했고, 무엇보다 정말 후회하지 않을 자신도 없었다. 시험관 이야기가 나오며 그의 후회는 더욱 깊어졌다.

인공수정을 고려할 때 남편이 제일 꺼려했던 것은 아이를 갖는 과정에 부부가 참여할 여지가 적다는 것이었다. 시험관 시술은 인공수정보다 더욱 그랬다. 임신은 부부의 사랑보다 의사의 능력에 달려 있었고, 낭만이 아닌 주사바늘과 가느다란 관에 의지해야 했다. 어찌되었건 겉보기엔 그랬다. 그러나 다시 한 번 우리에게는 낭만과 자존감, 평범함을 찾을 기회가 온 것이다. 나보다 남편에게 더욱 의미가 컸다. 남편은 그 기회가 내 희생을 요한다는 사실을 알고 있었다.

남편이 내게 물었다.

"안 될까? 나를 위해서 해줄 수 없겠어?"

상대방에게 고통을 감내해달라고 부탁한 적은 처음이었다. 트렌트는 내게 혼자 불구덩이에 뛰어들라고 말하는 게 아니었다. 오래전부터 지옥에서 괴로워하는 자신을 구해달라고 사정하고 있었다.

트렌트가 아플 때 내가 대신 아파줄 수 없었다. 남편이 일과 학업으로 힘들어할 때도 그의 일을 나눠 해줄 수 없었다. 힘들어하는 그를 보며 그럴 수 있길 바랐지만 불가능했다. 그의 짐을 대신 나눌 수 있게 해달라고 기도했던 적이 여러 번이었다.

남편이 지옥에서 자신을 꺼내달라고 부탁해올 때 내게 얼마나 감사한 기회가 찾아오는지 알지 못했다. 나는 내 안에 펄펄 들끓는 고통에만 집중했다. 그 뜨거운 고통 위로 잿빛 구름처럼 드리워진 남편의 희망이 있었다. 나는 두려웠고 피임약을 중단하고 싶지 않았다. 한 사람의 짐이, 한 사람의 고통이 얼마나 무거운지 직접 겪기 전에는 알 수 없다. 언제나 나는 남편의 짐을 덜어주고 싶었지만 그게 무슨 의미인지, 내가 무엇을 포기하고 희생해야 하는지 제대로 몰랐다.

발갛게 달아오르다가 잿빛으로 변한 고통이 보였다. 내 시선 끝에 트렌트의 얼굴이 보였다. 이미 커다란 아픔을 겪는 사람의 얼굴이었다. 그가 더는 아프지 않았으면 좋겠다는 생각이 들었다. 나는 그에게 평온을 찾아줄 선택을 했다. 자신을 구해달라는 남편의 부탁에 내 안의 불안과 저항을 모른 척한 채 나는 그러겠노라 대답했다.

한 가지 짚고 넘어가고 싶다. 트렌트는 단 한 번도 내 건강을 위협할 만한 부탁을 한 적이 없다. 나는 실질적인 육체적 고통을 느끼겠지만 어찌 보면 그건 단순한 고통에 지나지 않는다. 약을 먹으면 곧 사라질 고통이었다. 남편은 늘 내 건강과 안전을 최우선시했고 앞으로도 그럴 것이다. 나는 피임약을 중단했고, 고통이 찾아왔다. 이렇게 해야만 하는 현실이 싫었지만 내가 내린 결정을 후회할 수는 없었다.

우리 부부와 동시에 같은 치료법을 진행하는 사람들이 얼마나 있을지는 모르겠다. 100명이 있다면 그 가운데 다섯 명만 원하는 결과를 얻겠지. 100만 명이라면 5만 명 정도일거다. 좋은 결과를 얻은 사람들을 진심으로 축하하고 싶지만 동시에 질투심을 느낀다. 우리는 그 5퍼센트 안에 들지 못했다. 비타민 치료는 아무런 효과가 없었다. 우리는 다시 시험관을 준비했다.

시험관은 우리가 선택했던 승률 낮은 도박보다는 훨씬 실질적이고 확실했다. 우리는 기대가 컸다. 그러나 변수는 타이밍을 어그러지게 만든다. 삶을 이루는 수많은 시간표는 맞물려 흘러가는 듯 보이지만 알고 보면 무질서하게 얽혀들어 모든 것을 망쳐버리는 경우가 더욱 많다. 우리는 일시적으로 시술을 중단해야만 했다. 시험관을 준비하는 동안 오래된 병이 다시 찾아왔다. 최대한 모르는 척하려고 했다. 아무것도 아닌 일로 치부하려고 노력했다. 얼마 후 나는 더 모르는 척할 수 없게 되었다. 오른쪽 복부가 아파왔다.

1년 전쯤 우측 상복부에서 뭉근한 통증이 계속 느껴졌다. 더 심해지지도 나아지지도 않는 상태로 몇 달을 지지부진하게 보낸 후 나는 남편과 의사를 찾았다. 통증이 느껴지는 위치 때문에 의사는 담낭 질환을 의심했다. 초음파 검사를 진행했지만 이상을 찾지 못했다.

의사에게 난임 판정을 받았다는 이야기를 하자 의사는 내게 그 일로 스트레스를 받는지 물었다.

예상치 못한 질문을 받았을 때 솔직하게 대답하기가 어렵다. 특히 누구나 답을 예상할 수 있는 문제를 내게 물어올 때면 더 그렇다. 난임으로 스트레스를 받느냐는 질문은 마치 비행기 사고를 당한 희생자에게 기체가 흔들렸는지 묻는 것과 같다고나 할까. 스트레스라니, 나는 물론 남편도 밤에 잠을 쉽게 이룰 수 없고, 사람들과 어울리려면 애를 쓰고 에너지를 쥐어 짜내야 했다. 내 삶은 되돌릴 수 없을 정도로 변해버렸다. 이 모든 말들이 목까지 차올랐으나 꽉 막혀 나오지 못했다.

"네."

의사에게 대답했다. 의사는 내 증상을 궤양이라고 진단하여 강력한 제산제를 처방해주었다. 약을 먹으니 증상이 약간 나아져 다시 병원을 찾지 않았다. 1년 동안 증상이 나타났다 사라지길 반복했다. 아빠는 언제 다시 통증이 시작되는지 계속 살피고 맵거나 기름진 음식을 먹을 때 심해지지 않는지 확인하라고 조언했다. 나는 아빠의 말을 따랐다. 음식으로 악화되거나 나아지지는 않았다. 확실한 건 갑자기 스트레스를 받으면 통증이 시작된다는 점이었다. 둔한 통증이 조금씩 사라져 결국엔 완전히 없어지자 저절로 나았다고 생각했다.

　다시 시험관 시술을 결정하기로 한 시점으로 돌아가면, 우리는 새로운 기회 앞에서 설레었지만 준비 과정에서 스트레스를 받기도 했다. 주사 바늘 앞에서 나는 얼어버렸다. 검사를 명목으로 몇 번이나 채혈을 했다. 검사를 할 때마다 불쾌한 경험은 반복되었다. 간호사가 팔에 바늘을 꽂을 때면 남편은 땀에 푹 젖은 내 손을 잡아주었다. 피를 뽑기 전에는 몸이 떨린다. 그러고는 손가락에서 시작된 차갑고 불쾌한 느낌이 팔꿈치까지 전달된다. 머리에는 피가 모두 빠져나가고 솜이 가득 찬 것 같은 기분이다. 피를 뽑는 데는 1분이 채 걸리지 않지만 그 짧은 시간 동안 나는 입을 꽉 다문 고장 난 로봇처럼 변해 있다.

　시험관 시술에는 더욱 많은 검사가 필요했다. 과배란 주사도 매일 맞아야 했다. 시험관 시술의 진행 과정을 전반적으로 살펴보는 수업을 들으며 많은 정보를 얻었다. 대표적인 부작용으로 꼽히는 것은 쌍둥이 출산이었다. 다른 부작용은 젊고 건강한 여성이라면 크게 염려할 필요가 없는 것들이었다. 임신을 하면 찾아오는 증상들과 다름이 없었다. 난소과자극증후군이나 자궁외임신 이야기가 나올 땐 아찔한 기분이었다.

　비용에 대한 설명도 이어졌다. 시험관 시술 비용에는 약물에 대한 비용이 포함되지 않았다. 따라서 우리가 계산했던 것보다 수천 달러 더 높은 금액이었다. 총 비용은 신차 한 대를 장만하는 것과 맞먹었다.

직접 약을 섞어 주사기에 채우는 연습도 했다. 의료진은 작은 크기의 주사기를 들고 큰 소리로 방법을 설명했다. 간호사가 채혈할 때도 나는 주사 바늘을 쳐다보지 않는다. 수업 때도 나는 바늘을 쳐다보지 않았다. 주사기의 밀대를 올렸다 내렸다 만져보며 내 피부 속에 호르몬을 밀어넣을 때 느낌이 어떨지 가늠했다. 매일 밤마다 내 몸 안에 꽂힐 주사 바늘을 직접 만져보고 느껴보았다.

그러다 배 오른편에서 다시 통증이 왔다. 밤마다 잠에서 깼다. 통증 때문에 임신이 안 되면 어쩌나 걱정했다. 시험관 시술 2주 전 나는 남편에게 의사를 만나야 할 것 같다고 말했다. 남편은 동행해주었다. 복통 때문에 마지막으로 병원 진료를 받은 뒤 우리는 이사를 했다. 나는 새로 만난 의사에게 다시금 현재 내가 처한 상황에 대해 설명했다. 문진을 마친 후 의사는 내게 몇 가지 검사를 해봐야 할 것 같다고 했다. 그 말은 결국 시험관 시술을 취소해야 한다는 뜻이었다.

의사는 신이 아니다. 남편은 물론 나도 의사의 말을 성경처럼 떠받들지 않는다. 의사의 의견을 두고 남편과 상의했다. 나는 걱정이 되었다. 담낭에 문제가 있을까봐 걱정이 되었고, 아이가 생기기 전에 치료를 마치고 싶었다. 나와 배 속의 아기에게 위험할 수 있는 일이었다. 배 안에 가스가 찬 것 같고 통증이 계속된다고 남편에게 말했다. 아이가 도저히 자리 잡을 수 없을 만큼 배 안이 가득 찬 것 같았다. 임신을 했을 때 만약 아이가 내가 통증을 느끼는 부분을 발로 찬다면? 어쩌면 내가 느끼는 통증은 그저 상상일지도, 진짜로 아픈 게 아니라 스트레스 반응일 뿐일 수도 있다. 실체가 없는 통증 때문에 각종 검사를 하다가 시험관 시술에 써야 할 돈을 낭비할까봐 걱정스러웠다.

시험관 시술을 받기 불과 2주 전이었다. 시술 진행 계획이 모두 나온 상태였다. 만약 시험관을 미룬다면 비싸고 불편한 검사들을 나중에 다시 받아야 할지도 모른다. 시술 전에 받는 검사 대부분은 6개월에 한 번씩 지속적으로 받아야 한다. 지금 멈춘다면 나중에는 우리가 선택한 방식이 아닌 다른 치료계획을 잡아야 할지도 모르고 어쩌면 수천 달러 이상 더 비용이 들 수도 있다. 보험으로 공제받을 수 있는 금액이 5천 달러 정도였으므로 진단 테스트에 드는 비용을 전부 우리가 부담해야 할 것이다. 그러나 트렌트는 조금의 망설임도 없이 복부에 계속된 통증의 원인을 밝혀내야 한다고 말했고, 죄책감을 느낄 필요가 전혀 없다고 안심시켜 주었다. 담당 의사에게 사정을 말하자 그도 지금 당장 검사를 진행하는 것이 좋겠다고 했다.

결과적으로는 난임과 시술로 인한 스트레스성 소화불량으로 밝혀졌다. 의사는 스트레스를 받지 말라고 조언했다(말처럼 쉬우면 얼마나 좋을까). 담낭 질환이나 암이 아닌 스트레스로 인해 소화기 관이 약해졌다는 확인을 받으니 마음이 편해졌다.

결국 우리는 시험관 시술을 여러 방면으로 재고해야 했다. 우선 스트레스를 최대한 줄이면 통증이 나아지길 기다렸다. 기다림은 다시 말해 힘겨운 검사를 반복해야 한다는 의미였고 이는 우리도 예상한 바였다. 기다림은 시험관 시술에 드는 예산을 다시 세워야 한다는 의미였다. 기다림은 곧 아이가 없는 시간이 길어진다는 뜻이었다.

몸이 낫기를 기다리는 동안 약물을 덜 쓰는 클리닉을 찾아냈다. 약을 덜 쓰면 비용도 줄고 스트레스도 낮아질 터였다. 기존의 의사도 매우 좋았지만 다른 방법으로 시험관을 진행하는 클리닉에서 치료받고 싶었다. 휴식을 취하며 치료법을 바꾸니 거짓말처럼 복부 통증이 눈에 띄게 좋아졌다.

우리는 아직 아이를 기다린다. 타이밍에 대한 고민도 여전하다. 남편은 나에게 육체적 희생을 부탁했다. 나는 남편에게 정신적 희생을 요구했다. 다른 사람에게는 감히 그런 부탁을 할 수조차 없다. 타인의 희생을 요구할 권리는 누구에게도 없기 때문이다. 우리는 배우자로서 상대를 아끼고 사랑하며 희생하겠다는 약속을 했다. 그리고 그렇게 했다. 서로 여러 번이나. 그리고 앞으로도 늘 같은 결정을 할 것이다. 어떤 사람들은 아이를 가진다는 명목으로 지나친 희생을 강요당한 나머지 삶이 조각조각 찢기는 경험을 하기도 한다. 그런 관계는 결국 파탄에 이른다.

우리의 결혼 생활은 견고했지만 미래에 대한 확신이 있기 때문은 아니었다. 영원하고 맹목적인 사랑 때문도 아니었다. 우리 부부가 결혼식 때 상대방에게 약속한 서약을 늘 마음에 새기고 지켜 냈기 때문이었다. 이제와 되돌아보니 상대방을 향한 희생은 배우자에게 한 약속을 실행할 수 있었던 축복이자 기회였던 것 같다.

길게 그은 선
Long Lines

◇◇◇◇◇◇

흑연으로 대벌레의 다리처럼 가늘고 긴 선을
한 획씩 그어보곤 했다.

내가 걸었던 길이 종이에 담겼다.
괴기스러울 정도로 커다란 식료품점과 빨래방, 서점이
길 양 옆에 가득 들어찼고
공간이 모자라 차마 그려넣을 수 없던 공원도 있었다.

내가 그린 바다는 지평선을 닮아
저 멀리 어느 한 곳에서 평행선이 맞닿아 사라져버렸다.
사실이 아니다.
지구는 동그랗고 너무도 큰데.

시간이 흐르자 내 그림에는 곡선들이 생겼고
종이에 담긴 사물은 가까워졌다.
내가 세상을 보는 위치가 달라진 것인지,
내가 원하는 것과 더욱 가까워진 것인지.

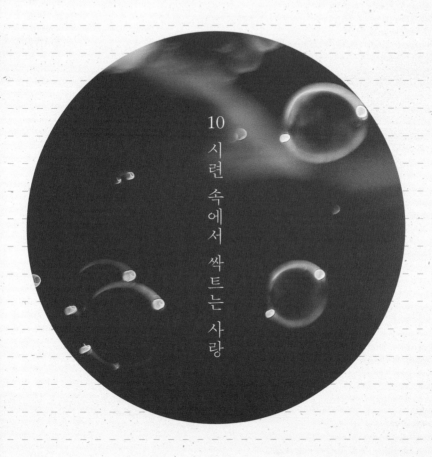

10
시
련
속
에
서

싹
트
는
사
랑

아무리 준비를 한다 해도

충격은 피할 수 없다.

우리가 해야 할 준비는

삶에 닥친 시련을

성숙한 자세로 받아들이는 태도다.

낭만적으로 헤쳐나갈 것

일반적으로 시험관 시술은 인내로 시작되어 다음 단계인 피로 이어진다. 사랑이 필요하지 않은 과정이다. 피임약을 복용하고 주사를 맞는다. 생리가 시작된 후 첫 3일 동안은 병원에서 초음파 검진을 받아야 한다. 의사는 자궁과 난소의 상태를 살피며 이상이 없는지 확인한다. 그리고 나면 혼자 주사 놓는 방법, 약물 섞는 법, 주사 맞는 시간 등을 배운 뒤, 다음 진료 약속을 잡는다. 집으로 가는 길에는 주사기, 주사약물, 복용할 가루약까지 손에 들려 있다.

2주 동안 자신의 몸에 직접 주사를 놓아야 한다. 이 기간 동안 병원에 방문도 해야 한다. 약물에 대한 난소 반응을 살피기 위해 초음파와 피검사가 필수다. 진료 후 약을 바꿔야 할 수도 있고 같은 약을 유지하는 경우도 있다. 언제 배란 유도 주사를 맞아야 하는지 설명도 듣는다.

배란 유도 주사는 난소 안의 난자 성숙을 유도하여 난자를 채취할 수 있도록 한다. 이 주사는 정해진 시간을 반드시 지켜야 한다. 너무 일찍 주사를 맞으면 시술 전 배란이 시작되어 난자는 나팔관으로 이동하고, 매달 찾아오는 반갑지 않은 친구를 다시 만나게 된다. 늦게 맞으면 난자가 성숙되지 못해 시술에 사용할 수 없다. 이 두 경우 모두 시험관 시술 일정을 망친다. 따라서 정해진 시간에 주사를 맞아야 한다. 알람을 설정해놓거나 친구에게 전화를 부탁하는 것도 방법이다. 시술 과정에서 배란 유도 주사를 처방받을 때면 이미 주사와 약제에만 5천 달러 가량 쓴 셈이므로 주사 시간을 어길 생각은 들지 않는다. 이 주사는 근육주사이기 때문에 (아주 용감하지 않다면) 보통 남편이 놓아주어야 한다. 엉덩이 부위에 맞는 주사다.

난자 채취를 할 때는 부부가 함께 진료실에 들어간다. 남성은 정자 샘플을 의료진에게 전달하는데, 정자의 수가 적거나 운동성 감소, 형태 이상 등의 문제가 있는 경우 의사가 고환에서 직접 채취하기도 한다. 여성의 경우 진료실에 들어가 초음파를 통해 바늘로 난자를 채취하는 과정을 거친다. 채취용 바늘을 이용해 난소에서 바로 난자를 체외로 채취할 수 있다. 이 모든 과정이 진행되는 동안 마취가 된 상태이니 얼마나 다행인지 모른다. 남성도 직접 정자를 채취해야 할 경우 마취된 상태에서 바늘을 이용한다. 난자와 정자의 수정은 당일 진행된다. 이후 수정이 잘 되어 배아로 형성되었는지 평가하는 데 며칠이 소요된다.

모든 과정이 잘 끝났을 경우 배아를 이식하는 과정이 남았다. 의사는 1~2개의 (드물게는 더 많이) 배아를 선별한다. 길고 가느다란 이식관이 연결된 주사기에 배아를 옮긴다. 의사는 자궁경관을 지나 자궁 깊숙히 이식관을 넣고 주사기를 이용해 배아를 이식한다. 원한다면 이식되지 않은 배아는 냉동보관할 수 있다.

이식 후에는 이틀에서 사흘가량 침대에 누워 있거나 편안하게 휴식을 취해야 한다. 착상을 도와줄 프로게스테론 주사나 좌약을 처방받는다. 임신 여부를 판단하기는 아직 이르다. 그간 맞은 배란 유도 주사 때문에 약 2주간은 임신이 아니어도 테스트기에 양성 반응이 나온다. 한동안은 임신 테스트기를 사용하지 않는 편이 낫다. 어느 정도 시간이 지난 후에 피검사를 받으러 병원에 방문해야 한다. 그때 임신 여부를 확인할 수 있다.

이 모든 과정이 실제로 가능하다니, 현대의학은 놀랍기만 하다. 임신하는 과정에 성관계는 배제되어 있다. 남성은 컵 혹은 바늘만 있으면 된다. 여성은 긴 관이 달린 주사기로 임신이 된다. 낭만도 사랑도 없는 과정이다.

우리 부부가 시험관 시술을 고려조차 하지 않을 때 흥미로운 수업을 들은 적이 있었다. 행복한 결혼 생활을 만들어나가는 방법에 대한 수업이었다. 사회학이나 심리학에 연계된 수업은 아니었다. 결혼 생활을 상담하는 자리도 아니었다. 하지만 부부 관계를 돈독히 할 수 있는 방법을 배웠다. 수업에서 나온 어떤 내용은 너무 지나치게 반복되어 사람들에게 강요하는 느낌이 들기도 했다. 우리를 크게 웃게 만든 이야기들도 있었다. 어떤 내용은 우리 부부의 종교적 신념과 일치해 결혼 생활에 적용해보기도 했다. 수많은 이야기 가운데 하나 기억에 남는 내용이 있다. 강사는 항상 연애하는 기분을 잃어선 안 된다고 강조했다.

"남편들, 아내와 데이트를 하셔야 합니다. 아내도 남편과 데이트를 해야 하고요. 배우자가 항상 애정과 관심을 받는다는 기분이 들게 해주세요. 당신과 보내는 시간이 즐겁다고 배우자가 느낄 수 있도록 하셔야 합니다. 결혼 전처럼 항상 연애하는 기분으로 즐겁게 결혼 생활을 이어가야 해요."

우리는 그 말을 따랐다. 매주 데이트를 했다. 한 주도 빼놓지 않고. 공원을 산책하거나 집에서 영화를 빌려 보는 정도의 소소한 데이트라도 반드시 했다. 공공장소에서도 집에서도 서로 손을 잡고 입을 맞췄다. 우리 부부가 나눈 키스가 사랑스러웠다는 칭찬마저 들을 정도였다(모쪼록 진심이었길 바란다). 우리는 그 시간을 사랑했고, 서로 사랑했다. 함께 있는 것이 좋았다. 결혼한 지 몇 년이나 지났음에도, 함께 관람차를 타고 자전거를 타고 영화를 보고 산책하는 데이트를 즐길 수 있음에 감사했다. 연애시절 설레는 마음으로 결혼식을 그리던 날들을 함께 추억하기도 했다.

우리가 예상했던 대로 미래가 펼쳐질 거라 믿었다. 별 문제없이 직장을 구하고 자리 잡을 것을 예상했다. 각종 공과금도 결혼 생활에 포함될 거라는 것도 알았다. 병에 걸려 아픈 것도 당연한 일이었다. 서로 미워하는 날도 있을 거라 짐작했다. 싸우는 날도. 다만 미처 예상하지 못한 일은 사랑으로 맺어져야 할 결실이 우리에게 이렇게 큰 고통을 주리라는 거였다.

난임 검사를 받기 시작했던 때에는 우리의 로맨스가 전혀 위협받지 않았다. 아직 좌절감이 덮칠 때가 아니었다. 의사의 처방도 간단했다. 당시 의사는 이렇게 말했다.

"아내 분 체온과 배란기 테스트기를 체크해서 배란일이 되었을 때 성관계를 갖는 게 중요합니다."

배란일 날짜에 맞춰 성관계를 나누기 전 며칠 동안은 금욕을 하는 게 도움이 된다는 말을 들었다. 그 말에 따른 적도 있었고, 그렇지 않은 때도 있었다.

몇 달이 흘러도 소식이 없으면 어느새 결혼 생활보다는 아이를 갖는 일이 우선순위가 된다. 점차 즉흥적으로 부부 관계를 하지 않고 날짜를 잡아 정한 날에만 하게 되었다. 확률을 높이기 위해 불필요한 애정행위도 줄였다. 몇 번 없을 기회를 놓치지 않으려면 그날 반드시 관계를 가져야 했다. 난임 부부에게 그 하루를 놓친다는 것은 어쩌면 임신과 출산을 경험할 단 한 번의 기회를 놓치는 것과 같다.

부부의 생활이 이상해지고 있다는 생각이 들 때쯤 의사도 상황을 심각하게 보기 시작했다. 세밀한 검사를 진행했다. 그 중 하나는 정액 검사였다.

정액 검사는 보통 이렇게 진행된다. 남자는 살균 처리된 컵을 들고 준비된 방으로 들어간다. 그 후 컵 안에 정액을 배출한다. 의사는 정액 샘플을 다각도로 분석한다. 하지만 우리 부부의 담당 의사는 다른 방법을 제안했다. 남편에게 컵을 전해주며 클리닉 안에 마련된 장소가 아닌 집으로 돌아가라고 했다.

"남편께서 편안히 치르시면 좋겠어요. 조금 더 로맨틱한 경험이 되길 바랍니다. 필요하신 만큼 충분히 시간을 드리겠습니다. 다 마치면 다시 방문해주세요. 두 분께서는 지금 아이를 만드는 과정에 있는 겁니다. 로맨틱해야죠."

의사는 몇 가지 추가 사항을 안내해준 후 우리를 집으로 돌려보냈다. 처음 겪는 일이라 의사의 배려가 이례적이었다는 사실조차 몰랐다. 정액 검사를 받는 난임 부부는 모두 이런 방식으로 진행하는 줄만 알았다. 사소한 배려였지만 다시 생각해보면 우리의 결혼 생활을 단단하게 유지시켜 준 고마운 계기였던 듯싶다.

각종 검사와 성관계를 위한 날짜 지정 등 난임 치료 과정을 살펴보면 아이를 만드는 과정에서 정작 부부가 사랑을 나누는 과정이 결여되어 있다. 이때 사랑은 없고 의무감만으로 관계를 갖는 단계까지 가지 않으려면 우리의 꿈이 다가오고 있다고, 우리가 바라는 미래를 위해 스스로 내린 선택이라고, 끝에는 사랑과 행복만이 가득할 거라고 되뇌고 기억해야 한다. 비록 사랑만으로 충만한 성관계가 아닌 엄격한 날짜와 지침만이 가득할지라도 말이다.

부부 간의 로맨스는 타인과 공유해선 안 된다고 생각하기 때문에 여기서도 자세히 이야기하지 않으려고 한다. 주사를 놔주고 주사를 맞을 때도 상대방의 사랑을 보여줄 수 있는 방법이 많다는 정도의 이야기이면 충분할 것 같다. 정액 샘플을 채취하는 과정에서도 부부 간의 사랑을 나눌 수 있는 방법이 있다. 부부가 사랑을 나누는 결과로 아이가 생기지 않는데도, 사랑을 나누며 생기는 것이 아이가 아니라 오직 사랑뿐이라도, 로맨스는 탄생할 수 있다.

우리 부부는 아이를 가지려고 한다. 매우 낭만적인 일이다. 우리는 낭만적으로 헤쳐나갈 것이다.

준비된 시련

난임이 찾아온 후 내 자존감은 바닥까지 떨어졌지만, 자동차에 설치된 안전유리처럼 마음에 균열과 상처가 생길지언정 산산이 부서지진 않았다. 내가 특별한 사람이라는 이야기를 하는 건아니다. 나는 뼛속까지 흔들리는 충격을 받았다. 아이를 갖는 일이 이토록 어려울 거라고 상상조차 하지 못했으니.

아무리 노력해도 아이가 생기지 않았고, 그 시간이 길어질수록 내 혼란은 더욱 깊어져만 갔다. 앞으로 남은 평생 이 고통과 함께해야 한다는 현실을 자각한 후 내 세계는 절름발이가 되었다. 내게 주어진 새로운 삶에서 의사와의 만남과 계속된 실망감은 없어서는 안 될 중요한 요소였다. 새로운 세계에서 나는 무력했고 등딱지 없는 거북이처럼 연약했다. 내가 힘들 때마다 늘 그랬듯이 남편에게 위로와 조언을 구했다.

함께 기도를 드릴 때 남편은 내가 삶 속에 매복된 시련을 위해 오랫동안 준비되었다는 느낌이 들었다고 했다. 우리가 함께 시련을 겪고 극복할 운명이었다고 했다. 그의 말을 이해하는 데 시간이 걸렸다. 내가? 남편이? 어렸을 때부터 나는 너무 아이가 잘 생길 운명이라 다복한 가정을 이룰 거라는 막연한 상상을 했다. 되도록 빨리 결혼해서 가정을 꾸리고 싶었다. 이랬던 내가 난임이라는 시련을 준비해왔다니.

트렌트는 또 어떤지. 그는 훌륭한 남편이자 아버지가 되기 위해 성실하게 준비한다. 많은 사람들에게 빨리 결혼해서 가족을 이루고 싶다고 알리기도 했다. 좋은 아빠가 되고 싶다는 사명감을 지녔던 그가 아이를 갖기 위해 몇 년이나 기다려야 하는 삶을 예상이나 했을까?

그의 말에 의심이 들었지만 곧 가슴뼈 바로 아래에서부터 시작되는 안온함이 온몸을 감쌌다. 진실에 다가갈 때면 찾아오는 느낌이었다. 이 느낌을 확신할 계기나 사건이 있는 것은 아니었다. 트렌트와 내가 함께 난관을 헤쳐나갈 운명이라는 명확한 계시도 없었다. 수많은 의구심에도 불구하고 내 안의 직관이 속삭였다.

그의 말이 옳다고.

현재의 나를 만들어준 순간들을 깨닫는 데는 몇 년이 걸렸다. 빠르게 흘러가는 시간 속에서 나는 우리가 난임을 알기 전의 과거 속으로 홀로 역행했다. 이 어려운 현실을 잘 견딜 수 있도록 강해진 계기, 그 씨앗은 우리 안에 있었다. 고통 속에서도 잘 견디어 나가는 힘은 우리가 함께 이룬 삶 속에 내재되어 있었다.

우리는 스무 살에 만났다. 그때 찍은 오래된 사진 속에는 이제 갓 성인이 된 한 남자와 한 여자의 모습이 담겨 있다. 어린 티를 벗지 못해 뺨이 아직 통통했다. 진짜 세상으로 이제 막 한 걸음을 내딛은 젊은이의 수줍음과 두려움이 사진 찍는 자세에서도 읽혔다.

우리가 나눈 우정에는 어린아이의 순수함이 있었다. 점심 시간에 식판을 사이에 두고 이야기와 농담을 주고받으며 가까워진 사이였다. 함께 들었던 수업 하나가 점심시간 직전에 마쳤다. 우리는 캠퍼스 안에 있는 식당에서 함께 점심을 해결했다. 책과 고등학교 시절 놓쳤던 특별활동에 대한 이야기가 대화 소재였다. 점심시간 앞뒤에 있는 수업을 함께 들으러 가기도 했지만 어디까지나 점심을 함께 먹는 친한 친구 정도였다.

학기가 계속될수록 나는 그의 곁에 더욱 가까이 서서 걷고 싶었다. 그와 함께 할 핑계를 계속 생각했다. 그가 혹시나 밥을 먹고 있진 않을까, 점심 때는 물론 아침과 저녁 때도 학교 식당에 들러 그를 눈으로 찾곤 했다. 함께 점심을 먹던 사이에서 함께 캠퍼스를 거닐고, 스터디를 하고, 샌드위치를 나누며 소풍을 다니는 사이로 발전했고 (안 믿겠지만) 일요일 저녁 서늘한 터널에 모여 노래를 부르는 모임까지 같이 했다.

스무 살은 무엇을 하기에 너무도 어린 나이다. 특히 사랑을 하기엔. 이제 막 사랑을 시작한 지 석 달가량 흘렀을 때 트렌트는 종교 활동을 위해 2년 동안 아르헨티나로 떠나게 되었다. 그곳에 가면 전화는 물론 컴퓨터도 사용하기 어려웠다. 연락을 주고받을 방법은 편지뿐이었다.

내게는 청천벽력 같은 소식이었다. 그때 나는 스무 살이었고 사랑에 빠진 소녀였다. 트렌트는 몇 년이나 떠나 있어야 하는데 그와 연락을 주고받을 길도 없다니. 트렌트가 아르헨티나로 갔을 때가 스물한 살이었다. 그가 돌아오면 우리는 스물세 살이 되어 있을 터였다. 스물세 살이란 나이는 스무 살이 상상하기 어려운 나이였다.

만약 내 삶을 책으로 꾸려 중요한 결정을 내린 순간들을 표시한다면 아마 스무 살, 스물한 살, 스물두 살, 스물세 살의 페이지가 가장 두툼할 것이다. 상대를 만난 스무 살, 우리는 갓 성인이 된 앳된 나이였다. 그러나 그가 돌아온 스물세 살에 우리는 어느 정도 성인의 모습을 갖춘 후였다. 멀리 떨어져 있던 시간 동안 우리의 사랑에 생길 공백이 두려웠지만, 각자 성장을 기록한 편지를 서로 주고받으며 단단히 여물었다. 오간 편지들에는 각자 느낀 변화와 성숙에 대한 이야기로 가득 채워졌다. 난임이란 어려움을 함께 극복하는 데 반드시 필요했던 우정도 당시 나눈 수많은 편지로 굳건하게 쌓아올릴 수 있었다.

별 것 아닌 일상이 고난 속에서는 큰 빛을 발했다. 그때 나는 항상 편지를 기다렸다. 매일같이 우편함을 들여다보았고 어떨 때는 하루 다섯 번이나 우편함으로 달려가기도 했다. 사랑의 속삭임을 담은 연애편지를 나눈 것은 아니었다. 우리는 편지를 통해 어려움에 처한 상대방에게 용기를 북돋아주고 서로 슬픔을 달래주었다.

할아버지께서 돌아가셨을 때, 스물한 살의 트렌트는 내 슬픔을 위로해주는 편지를 보냈다. 새로운 언어를 배우느라 힘들었던 그에게 나는 그가 잘 해낼 거라고 응원의 글을 써보냈다. 내가 교내 합창단 오디션에 떨어졌을 때 내 목소리가 누구보다 아름답다며 위로해주었다. 트렌트가 혹독한 추위와 꽁꽁 언 빙판길에 대해 전했을 때는 그에게 우리가 함께 거닐었던 겨울 산책길을 떠올려보라고 독려했다. 주머니에 손을 넣은 채 걸으면 넘어질 거라는 경고도 잊지 않았다. 트렌트가 결국 주머니에 손을 찔러 넣은 채 걷다가 넘어지고 말았다는 편지를 보냈을 때는 그의 상처받은 자존심을 다독여줄 크리스마스 선물을 보냈다.

각자 다른 환경에서 새로운 세상을 함께 배워나가며 우리는 상대방이 느끼는 행복과 인생의 목표가 무엇인지 알 수 있었다. 상대가 어떤 순간 좌절감을 느끼는지도 깨달았다. 힘들어 할 때 어떻게 해야 기분을 낫게 해줄 수 있는지도 배웠다.

트렌트의 편지를 읽으며 나는 그가 목표지향적인 사람이라는 것, 우정을 중요시하는 충실한 친구라는 점, 항상 자신보다 다른 사람을 먼저 생각하는 성격이라는 것을 알았다. 그의 편지는 대부분 자신이 가르치고 도와준 사람들에 대한 이야기로 시작되었다. 한 가족을 위해 닭을 잡았다거나 집을 수리해주었다는 이야기들이 편지에 적혀 있었다. 트렌트는 자신이 얼마나 지쳤고 피로한지에 대해 결코 불평하지 않았고, 편지에 자신이 느낀 좌절감에 대해 썼을 때는 남을 더 도울 능력이 없음을 한탄하는 내용이었다. 그에게 힘을 주는 글로 편지를 써서 보내면 그는 내게 "네가 내게 보내주는 믿음과 신뢰가 가장 큰 힘이 돼"라고 답장했다.

트렌트는 내 편지로 내가 종교적 믿음이 큰 사람이라는 것과 사람들의 선의를 믿는 사람이라는 것을 알게 되었고, 그와 내가 비슷한 성향이라는 것도 파악했다. 나는 그에게 아르헨티나는 어떤 나라인지 물으며 이곳 학교 선생님들에 대한 특이한 점과 여름 동안 간병인으로 일했던 경험을 편지에 써서 보냈다. 내가 상대방의 호응을 중요시하는 사람인 걸 깨달았다고 트렌트가 편지에 적었다.

한동안 편지가 없자 나는 그에게 이렇게 썼다.

"내 편지가 아무 이상 없이 잘 도착했고, 네가 잘 받아보고 있다는 확인이 필요해."

상대방에 대해 배워가며 나는 어떤 글을 써야 그에게 힘이 될지 알아갔고, 트렌트는 어떻게 편지를 써야 내가 좋아하는지 깨우쳤다. 나는 그가 잘 해낼 것을 믿는다는 내용의 편지를 주로 썼다. 그는 내 편지를 잘 받고 잘 읽었다는 확인을 담은 편지를 주기적으로 보내주었다.

우리는 그저 우정을 쌓아간다고 생각했다. 우리 삶에 벌어질 거대한 사건을 미리 준비했던 것은 아니었다. 당시에는, 몇 년 후 우리가 결혼해서 부부가 될 거라는 사실도 몰랐다. 난임 부부가 될 거라는 사실은 더욱 몰랐다. 이제와 생각해보니 우리가 함께한 시간, 나눈 편지 속에서 어려운 시기가 닥쳤을 때 서로 위로하고 힘이 되어주는 방법을 터득했던 것 같다.

우리는 이제 노력하지 않아도 본능적으로 상대방의 기분을 헤아릴 수 있게 되었다. 트렌트가 기운이 없을 때면 그를 가슴 깊이 신뢰하고 있음을 알려준다. 그가 중요하고도 올바른 선택을 했던 순간들을 상기시켜준다. 우리 가족을 위해 그가 얼마나 노력했는지, 또 얼마나 많은 것을 이루었는지 알려준다. 그는 이미 훌륭한 남편이고, 곧 좋은 아빠가 될 거라고 자주 속삭여준다.

굳이 고민하지 않아도 나는 그가 내게서 무슨 말을 듣고 싶어 하는지 안다. 아직 아이는 없지만 '당신은 이미 훌륭한 아빠의 자질을 충분히 갖췄다'는 말은 그에게 큰 힘이 된다. 그가 하는 공부가 힘들고 고생스럽지만, '우리 가족이 행복하게 지낼 수 있는 미래를 보장해줄 것'이라고 말해준다. 그는 조카들에게 훌륭한 삼촌이라는 것을 내가 알아주길 바란다. 그가 있어 내가 더욱 행복하고 안정된다는 사실도 확인받고 싶어한다.

내 기분이 안 좋을 때 그는 내 곁에 앉아 어떤 이야기든 들을 준비가 되어 있다. 내 기분이 어떤지, 무엇이 걱정되고 무엇이 두려운지 그에게 털어놓는다. 그는 차분하게 들으며 내 이야기를 잘 듣고 있다는 몸짓을 한다. 그는 몇 가지 질문도 하고 (내가 원할 때면) 조언도 해준다. 가끔은 그저 의사가 내게 한 말을 줄줄이 그에게 읊어대기도 한다. 내가 의사의 말을 제대로 이해했는지 확인하기 위한 단계다.

내가 아는 만큼 남편도 나를 잘 안다. 내가 속 이야기를 모두 털어놓아야 하는 사람인 걸, 나만 모르는 사실이 있거나 어떤 소식을 전해듣지 못하는 걸 내가 끔찍하게 싫어한다는 것도 안다. 나는 입 밖으로 말하며 생각을 정리하는 사람이라는 것도 안다.

내가 느끼는 감정에 남편도 동의해주길 바란다는 것도, 그렇지 않으면 내가 외로움을 탄다는 사실도 그는 안다.

난임 치료를 받는 사람이라면 누구나 헤어나올 수 없는 충격을 받았던 적이 있을 것이다. 마치 바다의 파도에 휩쓸리는 기분이다. 하늘과 바다를 구분할 수도, 숨을 쉴 수도 없고, 숨을 쉬기 위해 위로 떠오르려고 안간힘을 써보지만 어쩔 도리가 없다. 그때는 그저 파도가 얼른 내 몸에서 멀어지길 기다리는 수밖에 없다.

자신의 앞에 어떤 미래가 펼쳐질지 예측할 수도, 대비할 수도 없다. 다른 사람들은 몰라도 나와 트렌트는 전혀 준비가 되어 있지 않았다. 나는 시련을 통해, 눈이 먼 자만이 시야가 가려진 게 아니라는 하나의 진리를 깨우쳤다. 아무리 준비를 한다 해도 충격은 피할 수 없다. 우리가 해야 할 준비는 삶에 닥친 시련을 성숙한 자세로 받아들이는 태도다. 누구나 자신의 인생을 되돌아보면, 현재 자신이 겪는 아픔을 잘 이겨내기 위해 마련된 준비의 시간이 있었을 거라고 확신한다.

우리에게는 결혼 전 몇 년간 우정을 쌓았던 시기가 부부로서 준비한 세월이었다. 그 세월을 통해 우리는 난임이라는 큰 위기를 슬기롭게 헤쳐나갈 힘을 얻었다. 우리에게도 난임 이전의 삶이 있었다. 이 모든 일이 시작되기 전 트렌트와 나는 자신만의 강점과 약점을 지닌 각각의 인격체로 존재했다. 이후 남편과 내가 서로 다른 두 명이 아닌 한 쌍의 부부로 보낸 세월도 있다. 우리에게 닥친 비극으로 인해 우리는 일반 사람들과 다른 방법으로 아이를 가져야 한다. 그렇다고 해서 우리가 지난 세월 동안 쌓아온 우리 둘만의 사랑과 우정이 망가지진 않을 것이다.

나는 왜 우리가 함께 이 고통을 겪을 운명이었는지 잘 모르겠다. 그 이유는 아마 차차 배워나가지 않을까 생각한다. 시간이 지나서야 우리의 과거가 현재의 고통을 함께 이겨내기 위한 준비 기간이었음을 상대방의 모습을 통해 깨우쳤듯이 말이다. 이 고통스러운 시간 속에 혼자 내던져지지 않아서, 좋은 지원군과 함께 있을 수 있어서 나는 말로 형용할 수 없을 만큼 큰 위안을 얻는다.

트렌트에게

며칠 전 우린 늦잠을 잤지. 침대에서 한참 여유를 부리고 일어나 팬케이크와 달걀, 베이컨을 곁들인 멋진 브런치를 먹었고. 다 먹고서는 당신이 그릇 치우는 일을 도와주었어. 빨래는 너무 귀찮아서 거들떠도 안 보고 대신 산책을 나갔잖아.

따뜻한 가을날이었어. 나뭇잎 색이 바뀌는 그 계절에만 볼 수 있는 노랗고 붉은 가을 볕. 저녁에는 비싼 레스토랑에서 아주 오랜만에 호사스러운 식사를 했지. 그날 가장 좋았던 건 우리가 함께 손을 잡았던 시간이 아주 길었다는 거야.

몇 주 전인가 당신은 엄청난 분량의 시험을 준비하느라 바빴어. 몇 시간이나 앉아서 플래시 카드를 만들었잖아. 나도 바쁜 한 주를 보냈어. 원고 마감을 맞추느라 미룬 설거지들이 싱크대 가득 쌓여 있었어. 카펫은 잔뜩 더러웠고 세탁기도 돌리지 못해 빨래 바구니도 넘쳤지. 마트에 가야 하는데 차가 정비소에 들어가는 바람에 꼼짝도 못했어. 차가 고장 난 게 올해만 다섯 번째인가 그랬을 거야. 우리가 받던 치료가 효과가 있는지 결과를 기다리던 상태라 우리는 또 난임 우울증에 빠져 있었어. 진짜로 존재하는 거대한 담요마냥 무거운 공기가 우리 주변을 잔뜩 에워싸 우리를 짓눌렀어. 내가 인터넷에서 자동차 부품을 잘못 주문했을 때 당신은 흥분한 나를 진정시키면서도 집 상태가 엉망이라든가 아직 마쳐야 할 공부가 많다든가 하는 불평의 말은 전혀 하지 않았어.

몇 달 전 친정 부모님 집에 갔을 때 말이야. 2주 넘게 머물렀을 거야. 즐거운 일이 많았지만 우리는 최근에 겪은 임신 실패로 인해 우울했지. 집으로 돌아오기 이틀 전 당신이 내게 청혼을 했던 장소로 함께 하이킹을 했어. 아직 그날을 똑똑히 기억해. 이제 막 싹을 틔우던 싱그러운 풀냄새도.

몇 년 전 병원에서 집으로 돌아오던 길이었어. 그날은 별로 생각하고 싶지가 않아. 몇 달 동안 노력했지만 임신이 안 되었고, 그날은 우리의 희망이 산산이 부서진 날이었으니까. 단지 첫 아이 임신이 조금 힘든 거라고 생각했어. 한 번 임신에 성공하면 더는 병원에 다닐 필요가 없을 거라고 생각했지. 단순한 호르몬 치료나 수술이면 될 거라고 믿었어. 어쩌면 우리에게 기적과도 같은 일이 일어나 다시는 병원에 가지 않아도 될지 모른다고 기대했지. 그러나 현실은 달랐어. 우리는 부서진 꿈을 부여잡고 고통스러워했어. 그날 집에 돌아온 우리는 하루 종일 울고 가족에게 전화를 했어.

5년 전, 추운 겨울 아침 6시 반, 이른 시간에 눈을 떴어. 당신이 없는 침대에서 홀로 맞는 마지막 아침이었지. 우리 엄마와 당신 어머님이 내가 웨딩드레스 입는 걸 도와줬어. 여동생들은 머리를 손질해주고 화장을 해주었어. 모든 준비를 마치고 대기실에 들어가자 당신은 이미 나를 기다리고 있었어. 당신 얼굴에는 행복이 가득했어. 목사님께서는 식장에 들어가기 전에 5분 동안 둘이서 손을 잡고 가만히 앉아서 준비하라고 하셨어. 결혼 전에 무척 긴장하고 불안해하는 사람들도 있겠지만 우린 아니었어. 우리는 서로 영원히 함께 하고 싶다고 확신했지. 그리고 다음 날 아침 나는 당신 옆에서 눈을 떴어.

10년 전 우리는 대학 환영주간 때 만났어. 서퍼 셔츠에 청반바지, 슬리퍼 차림인 당신은 누가 봐도 캘리포니아 출신이었지. 나는 플랫슈즈, 슬랙스 바지에 블라우스를 입고 성숙해 보이려고 애쓰는 어린 아이처럼 보였을 거야. 내 룸메이트가 당신을 소개했을 때, 나는 당신을 보고 좋은 사람 같다고 생각했고, 당신은 누구보다 활짝 미소 지었어. 당신이 내게 받은 첫인상은 내가 예쁘고, 나와 친해지고 싶었다고 했지. 우리의 첫 만남은 내 기억 속 우리가 손을 잡지 않고, 당신이 내 허리를 감싸지 않은 몇 안 되는 장면 중 하나야.

하루하루 지날수록, 한 해 한 해 흐를수록 우리는 수많은 일상을 나누었고, 수많은 행복을 함께 했어. 우리는 또 가슴 아픈 비극의 순간과 슬픔을 함께 나누었어. 다 이렇게 생각할까? 다른 사람들도 지난 날을 돌이키며 이렇게 큰 기쁨, 슬픔, 행복, 고통이 다가올지 몰랐다 는 생각을 할까? 당신과 결혼할 때 나는 평생 동안 행복하리란 걸 직감했어. 난임 진단을 받은 날, 우리는 이제 행복해질 수 없다고 생각했어. 인생이 계획대로만 흘러가지 않는다는 것을 배웠지. 난임을 통해 우리 능력 밖의 일이 있다는 것을 깨달았어. 다시 생각해보니 난임이 우리에게 알려준 것이 하나 더 있는 것 같아. 결국 내일이 있다는 것. 오늘 가슴이 미어지는 고통을 느꼈지만 그래도 내일이 온다는 것과 삶을 통제할 능력이 없어도 행복할 수 있다는 것을 말이야.

아직 우리가 모르는 게 너무 많지만 이거 하나는 당신에게 말해줄 수 있어. 내일 아침 해가 뜨기 전에 당신에게 입 맞춰 줄 거라는 거. 어떤 일이 또 다시 우리 앞에 닥쳐와도 나는 항상 당신을 사랑할 거라는 거.

- 에밀리가

두 사람

우리는 12월 시애틀에서 결혼식을 올렸다. 시애틀은 눈이 거의 오지 않는 도시였지만 결혼식 전날에 폭설이 내렸다. 식장으로 가는 길은 온통 더러움을 탄 잿빛 눈으로 뒤덮였다. 우리가 유타에서 시애틀로 가던 중에 시청은 임시 휴관을 공지했고 정상 업무는 결혼식 날을 사흘 지난 날짜까지 연기된 상황이었다. 우리가 비행기를 타고 있을 때 트렌트의 형이 추운 날씨를 뚫고 겨우 혼인허가서를 구할 수 있었다. 지금까지도 우리는 그 덕분에 결혼할 수 있다고 고마워한다.

결혼식은 15분간 진행되었다. 오직 가족과 목사님, 그리고 가족만큼 가까운 친구들만 참석했다. 결혼식 후 남긴 사진은 몇 장 되지 않는데 그 이유는 들러리가 입은 옷을 내가 여름에 구매한 탓이었다. 친구들이 짧은 소매와 무릎길이밖에 되지 않는 드레스를 입고 추위에 떨게 두고 싶지 않았다. 피로연이 열릴 내 고향까지는 차로 세 시간 거리였지만 눈 때문에 여섯 시간이나 걸렸다. 우리는 시작 5분 전에 겨우 도착할 수 있었다.

나와 남편은 세 시간 동안 서서 손님들을 맞았다. 부모님이 다니는 교회 사람들, 축구팀 코치와 고등학교 친구들, 선생님들, 가족들의 지인들 등 수많은 사람들과 악수를 나누었다. 이후 기념사진을 찍는 시간이 되었고, 피로연 사진 속 들러리들은 따뜻한 실내에서 훨씬 행복해 보였다. 제대로 된 저녁 식사를 할 여유가 없었던 우리 부부는 손님맞이를 하는 틈틈이 게살이 들어간 패스트리와 민트 초콜릿 케이크를 허겁지겁 입에 밀어넣었다. 저녁도 거르고 호텔에 도착했지만 이미 밤 열한 시가 다 된 시간이었다.

정신없이 긴 하루였지만 좋은 기억이 많이 남아 있다. 서로 나눈 수많은 말들, 악수를 나누었던 손들, 갑작스런 눈으로 발생한 돌발 상황들까지. 그중에서도 또렷이 기억에 남는 장면이 있다. 결혼식 때 트렌트와 나는 단상에 무릎을 꿇었다. 결혼 서약을 한 후 목사님이 트렌트에게 말했다.

"애덤스 부인이 일어나게 도와주세요."

나는 갑자기 그의 아내, 부인이 되어 있었다. 15분 만에 우리는 가족이 되었다.

이미 몇 년 전 일이다. 트렌트와 내가 꾸린 가족은 아직 한 명이 부족하다. 계획대로라면 지금쯤 둘째를 기다리고 있어야 했다. 두세 살 난 아이들을 보면 '모든 게 계획대로 흘러갔다면 우리 아이도 저 나이쯤 되었을 텐데' 하는 생각이 들어 기분이 묘해진다.

여타 난임 부부들과 마찬가지로 우리는 미래가 불투명한 부부이자 가족이 단 두 명뿐인 삶이 너무나 익숙해진 부부다. 신혼 때는 각자 다른 삶을 하나로 조화롭게 만들어가는 과정을 겪었다. 지출 예산을 세우고, 입맛과 취향이 다른 두 명이 함께 먹을 수 있는 음식을 만들고, 쇼핑을 하고, 서로 원하는 것을 상대방에게 표현하는 방법을 체득하고, 심지어 한 침대에서 팔꿈치로 상대방을 찌르지 않고 자는 방법까지 배워야 할 것투성이였다. 하나의 가족을 꾸리고 생활해 나가는 방법을 배워나가는 데는 시간이 필요하다. 그리고 이 모든 일을 효율적으로 운용하기까지는 시간뿐 아니라 엄청난 노력이 필요하다.

1년 정도 지난 뒤 우리는 세 번째 가족 구성원을 맞을 준비를 마쳤다. 그러나 오지 않았다. 세 번째 멤버가 오려면 몇 년이 더 필요하다는 사실을 알았다. 트렌트와 나는 이미 가족이었지만 무언가 빠진 듯한 기분을 느꼈다. 사람들은 우리를 신혼부부로 보지 않고 부부라고 생각한다. 뭐가 다른지, 왜 이렇게 나뉘어야 하는지 모르겠다. 하지만 혼란에 빠진 건 우리만이 아닌 듯, 사람들도 아이가 없는 두 사람을 뭐라고 정의해야 할지 모르는 눈치였다.

가족을 위한 행사는 대부분 아이가 있는 가족을 위한 행사다. 지역 도서관에서 스토리텔링 이벤트를 한다는 홍보물을 본 적이 있다. 우리 부부는 스토리텔링을 좋아하기 때문에 달력에 그날을 표시해두었다. 행사가 열리는 곳은 우리 집 근처 도서관이 아니었다. 때문에 우리는 길을 잃었고 5분 정도 늦게 입장했다. 미리 도착해 있던 사람들은 어리둥절한 표정으로 우리를 바라봤다. 빈자리를 찾아가면서 보니 우리 외에 다른 사람들은 모두 아이와 함께였다. 사람들은 의아한 듯 우리를 쳐다봤다. 우리가 앉은 곳 바로 앞자리에는 엄마와 세 아이가 있었다. 엄마는 자꾸 뒤를 돌아보며 우리를 흘깃거렸다. 우리 아이가 늦게 오는 건지, 아니면 우리가 부모님과 함께 오지 않은 청소년들인지 가늠하는 눈치였다. 나는 그녀의 시선을 피하지 않고 바라보며 미소 지었다. 그녀는 당황하며 시선을 피했다.

우리는 웃어넘기는 방법을 터득했다. 우리는 아이가 있어도, 혹은 없어도 누구나 즐겁게 어울릴 수 있는 행사에 참석했다. 어떤 때는 막상 가보니 아이를 동반해야 하는 경우도 있었다. 이런 경우 끝까지 남아 있을 때도 있었고 그냥 집에 돌아갈 때도 있었다. 우리가 행복하고 마음이 내키는 쪽으로 결정했다. 다른 사람들의 기분을 살펴야 할 이유는 없었다.

공휴일에 하는 활동은 대부분 어린 아이들이 좋아할 만한 것이었다. 대표적으로 부활절 달걀 꾸미기, 크리스마스트리 장식하기 등 여러 활동이 아이들에게만 초점이 맞춰져 있었다.

내가 두 살 때부터 우리 가족은 크리스마스트리 밑에 까는 카펫에 손바닥을 찍는 행사를 했다. 이 사랑스러운 가족 이벤트는 한 해 한 해 지날수록 아이들이 얼마나 자랐는지 확인하는 자리였다. 결혼한 후 트렌트와 나도 카펫에 나란히 손바닥을 찍었다. 지난 몇 년간 우리의 손 크기는 크게 변하지 않았다. 결혼식 날 이후나 지금이나 손 크기는 똑같다. 언제부터인가 우리가 더 이상 참여할 이유가 있나 하는 생각이 들었다.

조금 고민했지만 손바닥을 계속 찍기로 했다. 이런 행사는 가족의 기록이다. 현재의 삶을 기록해나가고 싶었다. 현재 우리 가족은 성장하지 않은 채 같은 크기를 유지했다(우리 부부도 마찬가지다). 생각해보면 내 손 크기는 열네 살 이후 조금도 달라지지 않은 것 같지만 나는 그 뒤로도 매년같이 손바닥을 찍었다. 더 자라지 않는다는 현실을 기록하는 것도 하나의 의미가 될 수 있기 때문이다. 언젠가는 우리 부부도 새로운 구성원을 맞이해 더 큰 가족으로 성장할 테니. 그날을 기다리며 보내는 시간이 무의미하다고 생각하지 않는다. 하나의 기록이자 하나의 희망이다. 이 모든 시간을 함께 겪으며 진짜 가족이 되어 가는 것이다.

세상이 앞으로 나아갈 때 우리만 뒤쳐져 있지 않겠다고 다짐했다. 혹은 세상의 강요로 우리가 원치 않는 방향으로 나아가지 않겠다고도 다짐했다. 우리는 가족을 우선시하는 삶을 살자고 약속했기 때문에 비록 단 둘 뿐인 가족이라도 다른 집처럼 행사를 즐긴다. 크리스마스 시즌이 되면 트리는 물론 여러 장식물로 집 내부를 꾸민다. 캐럴을 부르러 다니기도 한다. 가족을 방문하고 남편과 나는 상대방에게 줄 선물도 준비한다. 새해 전날에는 시끌벅적한 시내가 아닌 가족 파티에 참석한다. 성 패트릭 데이(3월 17일로, 아일랜드의 수호성인 패트릭을 기념하는 기독교의 축일 - 옮긴이)에 우리 둘 중 누군가 녹색 옷을 입지 않으면 다른 한 명은 잊지 않고 꼬집기를 한다. 봄이 되면 부활절 달걀에 그림을 그리고 상대방의 부활절 바구니를 숨기기도 한다. 할로윈이면 분장을 하고 사탕을 나눠준다. 추수감사절에는 가족 모임을 열고 조카와 사촌, 사촌의 자녀들까지 모두 함께 모여 게임을 즐긴다.

훗날 아이가 생기면 우리 부부만의 가족 행사는 여러 부분이 달라질 것 같다. 쿠키 만들기나 달걀 꾸미기는 어린 아이에게 너무 어려운 일이 될지도 모른다. 아이가 있다면 캐럴 부르기는 조금 더 이른 저녁에 시작할 거고, 노래를 잘 불러야 한다는 걱정 따원 안 해도 되겠지. 할로윈에는 집에 오는 아이들에게 사탕을 나눠주는 게 아니라 아이를 데리고 사탕을 받으러 나갈 것이다. 성패트릭 데이 때는 '너무 아프지 않게 꼬집는 기술'을 아이들에게 가르쳐주고, 꼬집기는 가족에게만 해야 한다고 알려줄 것이다. 현재 우리는 아이가 있는 가족처럼 보이려고 애쓰며 지내지 않는다. 그저 아이가 없는 가족으로서 이런 날들을 즐길 따름이다.

비단 휴일에만 해당되는 이야기는 아니다. 아이가 생기면 일상도 조금씩 바뀌리라. 우리가 자랐던 환경처럼 아이를 키우자고 남편과 오래전에 결심했다. 교회를 다니고 자원봉사도 하고, 목사님이 부탁하는 일들도 열심히 수행할 것이다. 우리 부부가 일주일에 한 번씩 데이트 하는 날 외에도 가족이 함께 저녁시간을 보내는 날을 지정할 생각이다. 함께 게임을 하거나 성경 공부를 하면 좋을 것 같다. 아이들에게 조금이라도 부끄러울 만한 행사나 이벤트는 참석하지 않을 계획이다.

아이가 없는 부부는 우리뿐인 자리에 참석할 때도 있다. 아이 없이 가기에는 조금 불편하다 싶은 장소는 피하기도 한다. 어떤 사람들은 아이 없이 지내는 우리 부부를 의아하게 여길 수도 있다. 하지만 우리는 우리가 바라는 삶을 우리 시간에 맞게 살고 있다. 아이가 온다면 이미 오래전부터 준비했던 가족의 삶을 꾸릴 것이다. 우리 부부만큼 아이들도 그 삶을 마음껏 누리길 바랄 뿐이다.

나의 당신에게

아무런 계획도 없이 갑자기 저녁 데이트를 하는 밤이면 내가 당신을
독차지했다는 생각에 행복해져. 당장은 처리해야 할 일도 없고 아무
런 부담도 없이 우리는 바로 집을 나설 수 있지. 영화를 보고 나서 따
뜻한 코코아나 아이스크림을 먹게 되더라도 집에 늦겠다고 연락할 필
요도 없어. 우리가 아무리 늦게 들어가도 걱정할 사람이 없을 테니까.
마음만 먹으면 밤새 데이트를 하고 아침에 들어가도 되고.

한번씩, 당신과 무작정 차를 타고 떠나는 여행을 상상해보곤 해. 우
리는 지칠 때까지 운전을 하다가 제일 처음 눈에 띄는 호텔에 들어가
잠을 자는 거야. 우리만 원한다면, 무모할 정도의 용기만 갖춘다면 어

려울 게 전혀 없는 일이야. 우리가 할 수 있는 일들을 상상하는 것만

으로도 웃음이 나와. 당신을 바라보며 함께 차를 타고 멀리 떠나는 걸

상상하면 마음이 따뜻해져. 그럴 때마다 당신에게 안아달라고 이야기

하지. 서로 안고 어쩌면 입을 맞추고 대화를 나눠. 아직까지는 당신에

게 일탈을 부추긴 적은 없지만.

언젠가 친구들이 별을 보러 가자고 했잖아. 자정이었나, 새벽 1시쯤이

었나, 유성우가 쏟아진다고 했어. 우리는 침낭을 챙겨 차를 몰고 산

위를 올랐어. 너무 추운 날씨라 서로 바싹 붙어 앉아 체온을 나눴지.

맑은 밤하늘에는 반짝이는 별들이 가득했어. 수많은 유성이 긴 꼬리

를 만들며 하늘을 가로지르는 모습은 마치 고드름이 얼자마자 녹아

사라지는 것 같았어.

한껏 여유를 부리는 토요일 아침에 우리가 비슷한 시간에 눈을 떠 이

불 속에 함께 누워 이야기를 하는 게 참 좋아. 너무 따뜻하고 행복한

기분이 들어. 잠에서 깨 머리는 엉망이고 양치질도 안했지만 그런 건

하나도 중요하지 않아. 텅 빈 냉장고도 생각하지 않고, 브런치는 (우

리가 침대에서 몸을 일으킬 때면 이미 아침 식사 시간을 넘겼을 테니

까) 어떻게 해결해야 하나 하는 고민도 없는 순간. 그저 당신과 함께

있어 충만한 기분이 들어.

우리가 집에 있을 때 눈치 볼 가족이 없어서 좋아. 당신 앞에서는 굳

이 말을 조심하지 않아도 되니까. 분위기를 잡고 싶을 때도 내가 하고

싶은 대로 마음껏 할 수 있고. 소파에 당신을 눕힌 후 키스를 할 수도 있어. 누군가에게 걸릴지도 모른다는 걱정 따윈 할 필요 없이. 우리를 방해할 사람도, 방문을 잠글 필요도 없지.

학교에서 아이스링크 갔던 거 기억나? 코코아도 마시고 쿠키도 만들고 빗자루로 아이스하키도 했던 날. 스케이트를 타고 당신과 시합했던 거 정말 재밌었어. 우리·둘 다 멈추는 법을 몰라 애를 먹었잖아. 다른 학생들과 기차놀이를 하듯 길게 줄을 맞춰 탈 수 없는 건 좀 아쉬웠지만, 당신과 잡기 놀이 하며 신나게 스케이트를 탔었지. 내 엉덩이에 손을 얹고 나를 밀어줄 때 정말 행복했어.

가족과 함께 휴가를 갔던 시간은 내게 너무 소중한 추억이야. 바다로 나가 파도도 타고, 큰 파도에 밀려 모래바닥으로 넘어지기도 했잖아. 바닷가에서 자란 당신에게 조개껍질 줍기는 하나도 재미가 없었을 텐데. 그래도 나랑 같이 조개껍질 찾아줘서 고마웠어. 나한테 연잎성게를 찾아준 적도 있잖아. 하나도 망가지지 않은 완벽한 모양의 성게를. 나는 모래에 묻히는 거 별로 안 좋아하지만 당신이 해준다면 괜찮아. 내가 폐소공포를 느끼기 시작할 때를 당신은 귀신같이 알고 꺼내주니까.

워터파크 시즌 이용권을 샀던 적도 있어. 우리가 탔던 슬라이드 정말 무서웠는데. 키가 120센티미터 이상이어야만 탈 수 있던 슬라이드 말이야. 하루 종일이라도 놀 수 있었을 것 같아. 물론 피부가 새빨강

게 익은 채로 집에 가야하겠지만. 만약 잊지 않고 계속 선크림을 덧바른다면 보기 좋은 갈색이 될 수도 있고.

운전하다 길 중간에서 차가 멈춰버린 기억은 따지고 보면 아주 행복한 추억은 아닐 거야. 그래도 당신과 함께라면 난 늘 괜찮았어. 내가 혼자였을 때 차가 고장 났던 거 기억하지? 같은 일을 당했을 때 당신이 있으니 오히려 즐거웠어, 난. 홀로 기다리지 않아도 되었고, 연기가 자욱하게 나는 차랑 나만 길에 남겨졌을 때 느꼈던 외로움도 없었어. 우리가 함께 있다면 무엇이든 다 괜찮아.

그런 날이 오겠지. 영화를 보고 집에 오는 길이 늦어지면 베이비시터에게 연락해야 하는 날, 한밤중에 함부로 나가지도 못하는 날이 올 거야. 별을 보러 가자는 친구의 제안도 거절해야 할 거고. 먼 미래의 토요일에는 아침을 차리기 위해, 아니면 적어도 시리얼 정도는 꺼내두려고 일찍 일어나야 하겠지. 당신과 분위기를 잡고 싶어도 조금 더 신중해질 테고, 어쩌면 방문을 잠가야 할지도 몰라. 몇 년 후에 우리가 아이스링크장에 간다면 아주 작은 손을 잡고 천천히 스케이트를 탈 거야. 워터파크에 갈 때면 우리 가족 중 120센티미터가 안 되는 어떤 사람 때문에 신경을 바짝 곤두세우겠지. 훗날에는 당신이 찾은 연잎 성게를 받게 될 사람은 내가 아니고 우리 아이일 거야. 길 한가운데서 차가 고장 나면 우리 둘 다 아이들에게 괜찮을 거라고 속삭일 테고.

이런 날들이 오길, 우리가 나눈 기억을 아이들과 함께하는 날이 오길

기다리고 있어. 무엇보다 언제든 당신은 항상 내 곁에 있을 거라는 사

실이 고맙고 행복해.

- 에밀리가

오늘
Today

◇◇◇◇◇◇

오늘은 오직 웃음만이 가득한
아주 값지고 귀한 날이었어.
화장실 청소를 하지 않겠다고 다짐하는 날,
양 손에 피넛버터와 잼, 빵을 쥐고 있다면
더할 나위 없이 좋은 날.
공원에 도착하며 행복의 전주가 시작되었어.

잔디에 맺힌 이슬이 무릎을 물 들여도 괜찮은 날,
정오를 향해 높아지는 태양 아래서
따뜻함을 맘껏 누렸어.
갈매기가 달려드는 탓에 샌드위치는 금방 바닥이 났어.
내가 떨어졌던 놀이 기구가 그네였는지, 회전목마였는지.
당신이 간지럼을 심하게 태우는 바람에
기억조차 나지 않아.

나를 마음껏 놀리던 당신은 나무타기만큼은 내가 이길 거라고
순순히 고백했지.
나는 항상 당신보다 빨리 나무를 올랐으니까.
미끄럼틀은 내가 어렸을 때 느꼈던 것보다 짧아졌지만
내려오는 나를 부모님이 잡아주는 것보다
당신이 잡아주는 게 훨씬 좋았어.
달리기로 당신을 이길 수 없었지만
멍이 앉은 곳에 당신이 입을 맞춰주어서 행복했어.

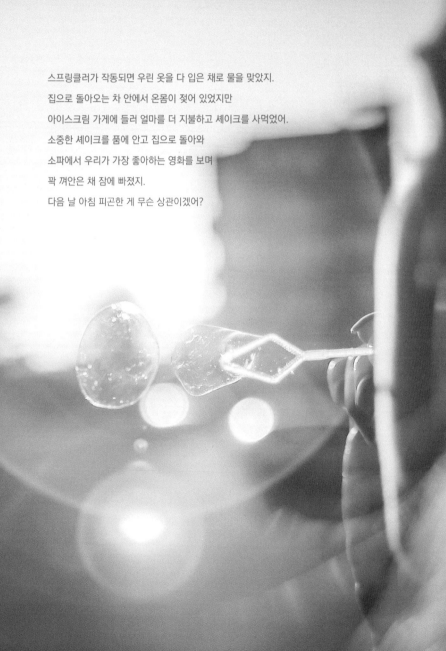

스프링클러가 작동되면 우린 옷을 다 입은 채로 물을 맞았지.

집으로 돌아오는 차 안에서 온몸이 젖어 있었지만

아이스크림 가게에 들러 얼마를 더 지불하고 셰이크를 사먹었어.

소중한 셰이크를 품에 안고 집으로 돌아와

소파에서 우리가 가장 좋아하는 영화를 보며

꽉 껴안은 채 잠에 빠졌지.

다음 날 아침 피곤한 게 무슨 상관이겠어?

11

희망을 갖는다는 것

나는 내 자신을 엄마라고 생각한다.

아직 아이는 세상에 없지만.

혹은 세상에는 있으나

내 아이는 아니지만.

작은 의심 한 조각

    결혼식을 치르기 직전, 장밋빛 행복을 느끼는 순간이 있다. 행복의 절정에 이르러 진짜 장미꽃 향기가 주변에서 나는 것처럼 느껴질 때 트렌트의 아이를 가지면 어떤 기분일지 상상했다. 남편의 코와 내 눈을 닮은 아이를 그려보았다. 내 얼굴형과 트렌트의 머리카락을 닮은 아이가 떠올랐다. 사랑스럽고 울지도 않는 천사 같은 아이들을 상상할 때면 내 영혼까지 행복에 흠뻑 젖는 것 같았다.

    한창 결혼 준비를 하던 어느 날 엄마에게 물었다.

    "임신하면 기분이 어때?"

    엄마는 장미를 좋아한다. 엄마는 장미의 가시를 제거하는 사람이 아니다. 비유적인 의미가 아니라 실제로도 그렇다. 엄마는 매우 솔직한 경험담을 들려주었다.

"보통 사람들이 입덧은 아침에만 있고, 임신 3개월까지만 그러다가 좋아진다고 그러잖니. 사실이 아니야. 하루 종일 속이 미식거리고 어쩌면 임신 기간 내내 입덧을 할 수도 있어. 아이가 처음 발로 차면 놀라운 기분이 들어. 아이의 존재가 더욱 뚜렷하게 느껴지고 정말 아이와 연결되어 있다는 기분이 들지. 그런데 아기가 신장이나 방광처럼, 제발 발로 차지 않았으면 하는 곳을 차기도 한단다. 출산은 정말 아름다우면서도 동시에 끔찍한 경험이야. 말로 설명할 수 없을 정도로 고통스럽지만 작고 귀여운 얼굴을 볼 생각에 들뜨기도 하지. 아이가 태어나면 이 모든 고통과 불편함은 아무것도 아닌 일이 된단다. 절대 후회하지 않을 거야. 하지만, 거짓말은 하지 않을게. 아프긴 엄청 아파."

임신은 사람마다 다르기 때문에 내 경우 훨씬 덜 힘들 수도 있다고 엄마는 덧붙였다. 어쩌면 더 끔찍할 수도 있고. 하지만 정말 놀라운 경험인 것은 확실하다고도 잊지 않고 말해주었다. 엄마의 이야기를 듣고 난 후 나는 아름다움의 상징이자 고통, 즉 가시가 떠올랐다. 임신은 아름답고도 위험한 장미꽃이다.

그토록 원하고 기다렸음에도 아직 한 번씩 두려움이 찾아온다면 이상한 일일까? 나는 바늘이 정말 싫다. 하반신 마취를 떠올리기만 해도 척추가 뻣뻣해진다. 하지만 고통도 정말 싫다. 마취 없이 아이를 낳을 생각만으로도 위가 조여 오는 느낌이다. 임신 기간 내내 속이 미식거리는 상상은 할 엄두도 나지 않는다.

그토록 원하고 기다렸음에도 아직 준비가 되지 않은 것처럼 느껴진다면 이상한 일일까? 나는 엄마가 되고 싶지만, 난임이라는 혹독한 고난을 이겨내어 결국 엄마가 되어도 한 번씩 약해지고 무너지는 날이 있을 것이다. 내가 미처 예상하지 못한 어려움이 있을 것이다. 아이들이 대수학을 배운 후부터는 아마 수학 숙제를 도와줄 수 없을 거다. 장거리 자동차 여행을 할 때 아이들이 지루하지 않게 해줄 자신도 없다. 아기를 사랑하지만 우는 소리는 못 참겠다고 한다면 이상한 걸까?

수영장 끝에 서서 오랫동안 기다리고만 있는 아이가 된 기분이라고 종종 남편에게 말한다. 수영장에 뛰어들지 않기로 마음을 바꾸기에는 때가 너무 늦었다. 이미 물의 온도도 확인한 마당에. 수영장 가장 깊은 곳의 수심도 파악해둔 상태다.

"당신 잘못이 아니야."

남편이 내게 말했다.

그 말이 맞다. 내가 별 문제없이 임신했다면 수영장에 이미 뛰어들어 수영한 지 몇 년이나 흘렀을 터였다. 그래서 말을 정정했다.

"수영장 끝에 서 있지만 아직 준비가 안 된 기분이랄까. 아니, 현실은 더 나쁜 상황이야. 허리춤에 낡은 밧줄이 묶인 것 같아. 물 속에 뛰어들려고 몸을 앞으로 기울이면서 준비가 되었어. 나는 뛰어들 준비가 됐어. 확신했어. 하지만 밧줄이 점점 끊어지고 수영장 물속으로 떨어지며 '아직 준비가 덜 됐어! 아직 안 됐다고!' 소리치는 거야. 간신히 물에 떨어지지 않으면 이 모든 과정을 처음부터 다시 시작하는 거지."

어떤 기분인지 알 것 같다고 남편이 말했다.

이런 두려움을 느낄수록 아이를 성인이 되기까지 잘 키워낼 준비를 완벽히 마친 엄마가 과연 있을까 궁금해졌다. 성경 속 아브라함과 사라를 떠올렸다. 아이를 갖기 위해 100년 가까운 시간 동안 노력한 그들 앞에 세 명의 귀한 방문객이 나타났다. 천사들에게서 곧 아들을 잉태할 거라는 이야기를 들었을 때 사라가 보인 웃음은 어떤 의미였을까. 너무 말도 안 되는 일이라 나온 웃음이었을까? 행복해서 지은 미소였을까? 자신이 짊어질 책임감이 무거워서 신경질적으로 웃었던 걸까?

남편과 내가 병원 대기실에 앉아 있을 때 내 머릿속에는 우리가 과연 아이를 가질 수 있을까 하는 생각뿐이었다. 아이의 솜털 같은 머리카락을 쓰다듬으며 밀려올 행복을 생각하는 동시에 아이를 품에 제대로 안는 방법이 무엇인지 고민했다.

내 성격을 탓했던 적이 있었다. 내가 불확실한 성격이라 난임이 된 것은 아닐까 걱정했다. 내 자존감과 임신을 하나의 등식으로 바라봤던 것 같다. 내가 항상 자신감 있게 행동했더라면 남편의 정자도 정확히 길을 찾아가지 않았을까. 엄마가 될 준비가 되었다고 확신했다면 난자도 정자를 품을 준비를 마치지 않았을까. 바보 같은 생각이지만, 내가 바뀐다면 난임도 사라지지 않을까 기대했다. 하지만 내가 확신이 없기 때문에 아이가 생기지 않는 거라면, 아이가 없는 미래에 대한 두려움, 의구심, 답답함 같은 감정도 없어야 할 일이었다. 그렇지 않은가?

말도 안 되는 생각으로 스스로를 속일 수는 있지만 그건 나 자신을 학대하는 것이 불과하다. 긍정적 태도가 치료에 도움이 되긴 하지만 그래도 내 성격과 임신은 별개의 문제이다. 내가 임신할 준비를 마쳤다고, 아이를 키워낼 준비가 되었다고 해서 임신이 되는 것은 아니다.

나의 예민함과 불안해하는 성격이 축복처럼 느껴질 때도 있다. 그나마 내게 남은 정상적인 사람다운 모습이랄까. 현재 나는 아이를 갖기 위해서 엄청난 노력을 기울여야 한다. 스스로에게 확신이 없는 내가 그래도 확실하게 말할 수 있는 것은 임신이 되었다고 놀라지 않을 거라는 것이다. 임신을 시도할 때마다 대대적인 치료를 받아야 할 거다. 아이를 갖고 싶어 엄청난 노력을 했음에도, 첫 아이를 낳은 엄마들이 그렇듯 특유의 불안함을 발휘할 게 눈에 선하다. 내 아이들이 원하는, 내 아이들에게 필요한 엄마인지 늘 고민하고 걱정할 것도 뻔하다. 내가 정말 준비가 된 건지 의심할 것이다. 내게는 이 작은 의심 조각이 남아 있다. 내 아이를 품에 안고 스스로 좋은 엄마임을 증명하는 날이 올 때까지 내 안에 의심이란 감정의 파편을 꽉 쥐고 있으려고 한다.

더 나은 사람이 되는 법

여성이란 무엇인지 말로 표현할 수 없다. 여성은 단순히 한 마디로 설명할 수 없는 깊은 의미가 있고, 우리의 육체보다 더욱 순수하고 완전한 개념이다. 어머니도 말로 형용하기 어려운 단어다. 엄마라는 단어는 내게 수많은 감정을 불러일으킨다. 여성이라는 성별, 따뜻함, 체취, 어깨를 토닥이는 손, 18세에서 100세까지의 연령. 말로 정의할 수 없는 여성과 어머니라는 단어는 내게 따로 떼어놓을 수 없는 하나의 개념이기도 하다. 항상 그렇게 생각했다. 그래서인지 스물여섯 살이 되어도 엄마가 되지 못하자 내가 진정한 의미의 여성인지 혼란스러웠다.

세상이 정한 여성스러움의 기준에 내 스스로가 부합하는지 별로 신경 쓰지 않는 편이다. 나는 나만의 기준에 따라 행동했지만 다른 사람들의 틀에서 크게 벗어나지도 않았다. 여성성에 대한 내 기준은 지나치게 진부하지도, 지나치게 파격적이지도 않다. 스물여섯 살이 되자 나는 이상적인 여성에 대해 타인이 만들어놓은 틀에 갇히지 않게 되었다. 다만 사춘기를 거치며 내가 스스로 세운 여성의 기준을 따르지 못하는 것 같아 불안했을 뿐이었다.

　　사춘기를 거치며 성정체성은 여느 아이들에게 그렇듯 내게도 매우 현실적이고도 중요한 문제가 되었다. 역시 여느 아이들처럼 성별에 따른 차이를 인식하는 기준은 일상 속 관찰을 통해 배워나갔다. 언니가 없던 내가 가장 많이 접했던 십대 소녀들은 TV에 나오는 이들이었다.

　　적어도 내 눈에는 십대 여자아이들에게 가장 중요한 일이란 쇼핑몰에 모여 남자애들을 주제로 수다를 떨고, 옷과 헤어스타일, 화장에 몇 시간이나 공을 들이는 것뿐이었다. 나는 야외에서 하이킹하는 것을 훨씬 좋아했다. 머리스타일이나 옷에는 전혀 관심을 두지 않았다. 내게 남자 친구들이란 같이 어울리기 편한 상대였다. 가끔 남자애들이 아주 흥미롭다는 생각이 들기도 했다. 물론 그들이 귀엽다고 느껴질 때도 있었지만 그렇다고 매일같이 그 아이들을 떠올리며 수다를 떨 생각은 전혀 없었다. 내가 마주했던 고정 관념들이 싫었고, 그래서 오히려 나는 그에 반대되는 길을 걷기로 했다. 남자아이처럼 옷을 입고 행동했다.

나는 엄마가 허용하는 길이까지 아주 짧게 머리를 잘랐다. 점점 여성성을 드러내는 몸을 감추고 싶어 품이 헐렁한 옷만 입고 다녔다. 유행에 뒤처지지 않으려고 (나는 1990년대에 청소년기를 보냈다) 모자를 거꾸로 쓰고 다녔다.

그때 찍은 사진을 보면 나조차도 고개가 절레절레 내저어진다. 숱 많은 곱슬머리는 폭탄 맞은 것 같았다. 헐렁한 옷 덕분에 몸매가 드러나지 않긴 했다. 문제는 사촌 오빠의 옷을 이르게 물려받아 입은 것처럼 크고 어색해보였다. 그럼에도 화장기가 없는 내 얼굴은 남자애같이 보이지 않았다. 파란색 눈동자의 큰 눈과 도톰한 입술, 발그레한 뺨은 내 여성성을 낱낱이 드러냈다. 당시 나는 감쪽같이 사람들을 속였다고 확신했다. 그러나 사진 속 나는 톰보이가 아니라 이상한 헤어스타일을 한 예쁘장한 떠돌이 소녀였다.

결과적으로 나는 우스꽝스럽게 보이지 않으려고 애썼지만 다른 방식으로 우스꽝스럽게 보였던 실수를 저지르며 십대 초반을 보냈다. 부모님은 나를 보며 걱정하셨다. 부모님은 내가 사람들의 시선에 다른 의미의 집착을 보이는 것 같아 걱정이 컸다. 엄마는 내 옷차림과 머리 스타일에 대해 물어왔다. 나는 그저 TV와 책에 나오는 십대 소녀들의 모습이 싫을 뿐이라도 대꾸했다. 또래 친구들이 매체에 나오는 여자아이들을 따라하는 모습을 심지어 목격했다고 털어놓았다. 나는 편협하고 그저 예쁘기 만한 그들이 보기좋지 않다고 말했다.

"네가 꼭 그 아이들 같아야 한다는 말이 아니야. 굳이 톰보이처럼 보이려 애쓰지 않고 너란 여자아이를 드러낼 수도 있단다."

엄마의 말을 이해하기 어려웠다. 엄마는 나를 억지로 변화시키는 대신, 개성 있는 성격에 존경할 만한 모습을 갖춘 여성이 등장하는 책과 영화를 추천해주었다. 《빨간머리 앤》을 내게 건네주었고, 함께 제인 오스틴 영화를 보기도 했다. 엄마는 내게 디즈니 공주들의 숨은 이야기를 들려주었다. 엄마의 몇 년에 걸친 노력 끝에 나는 조금씩 마음을 열었다.

하루는 내 안의 반항심을 나직이 드러낸 채 엄마에게 물었다.

"내가 톰보이처럼 행동하지 않았으면 좋겠어?"

"아니. 그저 너답게 행동했으면 좋겠어."

엄마의 말이 가슴이 맺혔다. 지난 몇 년 동안이나 내 모든 선택과 행동의 기준은 내가 정말 원하는 것이 아니라 '소녀답지' 않아 보이는 것이었다. 자라면서 내가 좋아하는 것들이 무엇인지 찾아갔다. 나는 하이킹과 노래, 독서, 글쓰기, 춤, 사격, 축구, 킥복싱, 그림 그리기, 요리, 여행뿐 아니라 예쁜 옷을 차려입고 분위기를 잡는 것도 좋아하는 사람이었다. 그리고 그 무엇보다 나는 아내, 그리고 엄마가 되고 싶다는 것을 깨달았다.

스무 살이 되자 진정한 내 모습에 익숙해졌고 곧 대학에 입학을 했다. 친구들과 함께 키득거리며 대화를 나누는 것이 어색하지 않았으나 축구를 하는 내 모습을 부끄러워하지도 않았다. 트렌트와 결혼한 후 나는 한 번도 느끼지 못했던 충만함을 느꼈다. 내 스스로가 굉장히 여성스럽고, 여자다웠으며 그 어느 때보다 진정한 나에 가까워진 것처럼 느껴졌다. 자존감이 높아졌다. 그 뒤 우리는 아이를 갖기로 결심했다.

내 자존감이 다시금 낮아진 것은 꽤 시간이 흐른 후였다. 이번에는 심각했다. 내가 경멸하는 고정관념에서 벗어나려 애썼던 과거와 달리 이번에는 내가 세운 이상향에 가까워지지 못했다는 패배감에서 비롯된 것이었다.

수년에 걸쳐 내가 진심으로 원하는 것이 무언지를 깨달으며 삶의 방향을 정했고, 정립된 삶의 목표는 내 삶 속 모든 결정의 기준이 되었다. 하지만 그 시간이, 그간의 노력이 헛되었음을 깨닫는 순간이 찾아왔다. 인간의 권한 밖 자연의 법칙으로 인해 내가 간절히 원했던 일이 좌절되었고, 우리의 잘못이 아니라고 해서 받아들이기 쉬워지는 건 아니었다. 사실 우리의 영역 밖의 일이라서 더 힘들기도 했다. 나는 엄마가 되고 싶었고, 훌륭한 여성이 되고 싶었다.

난임으로 힘든 시간을 보내는 동안 나는 말라리아 병에 대해 떠올렸다. 말라리아에 감염되면 아무런 증상도 나타나지 않는 잠복기를 거쳐 치명적인 위험 증상들이 나타난다. 열이 내려가며 병이 나았다 싶은 순간 다른 증상이 찾아온다. 난임과 말라리아의 다른 점이라면 말라리아에는 정해진 치료법이 있다는 점이랄까. 나는 난임 때문에 힘든 시기를 보냈지만 희망에 부풀어 있던 적도 몇 번 있었다. 그 중 하나는 난임 판정을 받고 2년 6개월쯤 지난 후였다.

나는 파트타임으로 재택근무를 했고 남편은 학교에 다녔다. 그날은 일을 하려고 자리를 잡고 앉은 순간부터 힘든 하루가 될 것을 예감했다. 내가 버는 돈은 우리가 필요한 돈에 훨씬 못 미치는 금액이었다. 회사는 꼭 내가 필요한 것이 아니라 언제든 다른 사람으로 내 자리를 대체할 거라는 왠지 모를 확신도 들었다. 내가 쓴 글을 아무도 찾지 않을 것 같다는 생각도 들었다. 이런저런 생각에 기분이 우울해져 일에 집중할 수가 없었다. 트렌트가 돌아오면 너저분한 집안 꼴을 보게 될 터였다. 내게 가장 중요한 일은 엄마가 되는 것이었다. 그러나 그 목표에는 조금도 가까워지지 못했다.

좌절감과 슬픔에 젖어 트렌트에게 말했다.

"아이가 없는 주부가 된 기분이야."

트렌트는 내게 일과 글쓰기가 있다고 알려주었다. 그 말을 듣고도 내 기분이 나아지지 않는 걸 눈치 챈 듯 덧붙였다.

"당신은 아이가 없는 주부가 아니야. 아내지. 난 당신이 필요하다고."

그래, 그랬다. 트렌트는 내가 필요했다. 나는 이미 아내라는 중요한 역할이 있었다. 아이가 없다는 공허함은 그대로였지만 남편 덕분에 내게 역할과 임무가 있다는 사실을 자각할 수 있었다. 비록 트렌트에게만 필요한 사람일지라도, 나는 누군가에게 필요한 존재라는 현실이 내 자존감을 지켜주었다.

그럼에도 여전히 자신감에 찬 나와 슬픔에서 헤어 나올 줄 모르는 나 사이를 바삐 오갔다. 진정한 내 모습을 깨닫는 순간, 내가 꿈꾸던 여성의 모습으로 성장했다는 것을 느끼는 순간은 내가 아이들의 삶 속에 함께 했을 때였다. 우리 부부는 조카들과 시간을 많이 보내는 편이다. 크리스마스 마다 선물을 하고 교회에서는 아이들을 가르친다. 친구의 아기를 봐줄 때도 있다. 조카가 내게만 비밀을 털어놓을 때, 자신이 그린 그림을 보여줄 때, 교회에서 가르치는 아이가 내게 성경 속 구절을 물어올 때 엄마는 아니지만 이들의 인생에서 중요한 역할을 하고 있음을 느낀다.

내 안에 내제된 여성성을 아직은 완벽히 끌어내지 못했다. 그러나 머리를 염색하지 않아도 되는 나이에 인생에서 가장 중요한 목표를 이룬 사람은 또 얼마나 될까? 내가 아이를 가진 목표를 이뤘더라도 모든 게 끝은 아니다. 나는 더욱 많이 성장해야 한다. 내 아이들이 훌륭하게 자랄 수 있도록 내가 먼저 더 나은 사람이 되는 법을 배워야 할 때가 올 것이다. 내 여성성이 완전히 발현되지 않았다고 해서 내가 여자가 아니라든가 엄마가 될 수 없다는 의미는 아니다.

나는 이미
오래전부터 엄마였다

어릴 때 다니던 교회에서는 어머니의 날이 되면 십대 청소년
들이 모든 어머니에게 작은 선물을 주는 행사를 했다. 장미꽃, 초
콜릿, 화분, 손편지 등이었다. 대학교 1학년을 마치고 집에 돌아
왔을 때 이 행사에 참여한 적이 있다. 당시 나는 스물한 살이었다.
준비된 선물들을 옆으로 전달하는 중에 누군가 내게 정성들여 만
든 쿠키를 내밀었다.

"아, 괜찮아요. 전 엄마가 아닌걸요."

나는 십대 남학생에게 다시 쿠키를 건넸다. '내가 엄마가 아니
란 걸 모르는 모양이구나' 하고 여겼을 뿐이었다. 그러자 엄마는

남학생에게 쿠키를 돌려주던 내 손을 지긋이 거두었다. 엄마는 미소 지은 채 남학생을 바라보며 잠시 양해를 구했다.

"고등학교를 졸업한 여자에게는 모두 선물을 주는 거야."

엄마가 내게 설명했다. 나는 손 안에 든 쿠키를 보며 도둑질한 기분을 지울 수 없었다.

"그렇지만 나는 엄마가 아닌 걸. 결혼도 안 했다고. 결혼은커녕 남자친구도 없어, 엄마."

엄마는 어깨를 으쓱하며 자기 몫의 쿠키를 한 입 베어 물었다.

"너도 언젠가 엄마가 될 몸인데, 뭐."

그 쿠키가 왜 이렇게 기억에 남는지 모르겠다. 엄마의 설명을 듣고도 불편한 마음이 가시지 않았다. 내게 엄마란 노력의 다른 말이었다. 그것도 어마어마한 노력. 나는 엄마로 대접받을 만큼 한 일이 없는데. 엄마는 설탕 입힌 쿠키를 내려다보며 불만스런 표정을 짓는 내 얼굴을 보았다.

"아이를 갖고 싶어도 그럴 수 없는 사람도 있고, 임신이 무척 힘든 사람도 있으니 그런 사람들도 엄마로 인정받아야 한다는 생각에 공평하게 모두에게 나눠주는 걸 거야."

이해가 안 됐다. 나는 항상 다른 사람의 성공을 진심으로 기뻐했다. 내가 아직 이루지 못한 일이나 내가 이룰 수 없는 일을 성공하고 성취하더라도 진심으로 축하하고 기뻐했다. 그래서 '누가 이루지도 않은 일로 인정받고 싶을까' 하는 생각이 들었다. 나는 어렸고, 무지했으며, 잘못 생각하고 있었다.

앞서 말했듯이 내게 엄마의 존재는 곧 노력이자 희생의 산물이다. 내가 당시 몰랐던 것은 부모가 될 준비를 하는 것도, 아이를 갖기 위해 노력하는 일도 굉장한 희생이 필요하다는 사실이었다. 당시 교회에 있던 여성들 가운데 난임과 사투를 벌이던 사람들은 아직 태어나지 않은 아이를 위해 어마어마한 노력을 해왔다는 것을 그때는 몰랐다.

엄마는 내 얼굴에 가득한 의구심을 읽었다.

"아이가 있어야만 엄마가 되는 것은 아니야. 아이가 태어나기 몇 년 전부터 이미 엄마로서 희생을 하며 부모가 된단다."

엄마의 말에도 잘 이해가 되지 않았다.

"그래도 이건 내가 받을 게 아닌 것 같은데."

"이왕 받았으니 먹어보렴."

그래서 쿠키를 먹었다.

결혼 전에는 어머니의 날에 선물을 받는 일이 매번 곤욕스러웠다. 어머니들이 받는 감사 인사를 내가 받으니 어색했다. 특히 선물을 전해주는 십대 후반 청소년들은 나와 비슷한 또래이기도 했으니.

세월이 흘러 어머니의 날 전통은 점차 다른 주로도 퍼졌고, 우리가 난임 진단을 받은 후 처음으로 맞은 어머니의 날이 되자 나와 남편이 다니는 교회에서도 같은 행사를 했다. 당시에는 어머니의 날 선물을 향한 내 혐오감이 극에 달했다. 내게 장미꽃을 건넨 사람들은 자신의 선물이 내 심장을 얼마나 갈가리 찢어 놓았는지 몰랐을 것이다. 그들에게 전혀 악의가 없었다는 건 알고 있다. 단지 나는 장미꽃을 볼 때마다 실패가 떠올랐다. 장미꽃은 내가 임신에 실패할 때마다 스스로에게 주는 작은 선물이었다. 아이가 생기지 않으면 나는 장미꽃, 초콜릿, 쿠키로 내 자신을 보상했다.

그날 나는 집에 전화를 했다. 엄마에게 감사인사를 전한 뒤 내가 겪는 고통에 대해 토로했다. 엄마는 내게 늘 힘이 되어 주었다. 감정과잉 상태에서 지나치게 우울해해도, 누구의 위안도 받아들이지 못하고 비이성적으로 굴 때도 엄마는 항상 내 말에 귀 기울여 주었다. 엄마는 나를 비난하는 말을 삼가며 내가 올바른 방향으로 나아갈 수 있도록 길잡이가 되어 주었다.

"그저, 상징적인 것뿐이야. 너는 곧 엄마가 될 거잖아."

"응, 그렇게 되겠지."

"그렇다면 미래의 엄마를 위한 선물이자 고마움의 표시라고 생각하면 되잖아."

벤저민 프랭클린의 일화를 들은 적이 있다. 그는 회반죽을 사용하면 밀이 더욱 잘 자랄 것이라고 판단하고 씨를 뿌리는 시기가 되자 실험을 했다. 그는 밀밭에 '회반죽을 부은 땅입니다'라는 글씨를 쓰고 글씨를 따라 회반죽을 부었다. 회반죽은 토양에 스며들었고 그의 친구와 이웃들은 모두 바보 같은 생각이라며 비웃었다. 얼마 지나지 않아 밀이 자랐다. 밀밭에서 유난히 크고 푸르게 자란 밀들은 하나의 문장을 완성했다. 바로 '회반죽을 부은 땅입니다'라는 문장이었다. 엄마가 내게 해준 말은 벤저민 프랭클린이 밀밭에 부은 회반죽 같았다. 깊이 스며들었지만 활짝 피어 그 가치를 발하기까지는 조금의 시간이 필요했다.

몇 년이 흐른 지금은 나는 내 자신을 엄마라고 생각한다. 아직 아이는 세상에 없지만. 혹은 세상에는 있으나 내 아이는 아니지만. 나는 오래전부터 아직 내게 오지 않은 아이들의 안전과 행복을 최우선시하며 살았다. 우리가 내린 수많은 선택들은 태어날 아이들의 인생에 미칠 영향까지 고려하여 결정한 것이었다. 내가 그렇듯 트렌트도 이미 아빠다. 트렌트는 대가족을 책임질만한 경제적 여유와 더불어 가족과 함께 보낼 수 있는 시간적 여유까지 보장되는 직업을 선택했다. 나는 재택근무가 가능한 작가 생활을 하며 경제적으로도 보탬이 되려 한다. 훌륭한 난임 전문 의사를 찾기 위해 늘 노력하고 좋은 보험 상품이 있는지 항상 눈여겨본다. 미래의 아이들을 위해 우리 가족만의 전통을 미리 만들어가려고 머리를 맞댄다. 훗날 아이들이 안전하고 사랑이 넘치는 가정에서 자랄 수 있도록 우리는 결혼 생활을 건강하게 유지하려 노력한다.

지난 어머니의 날에는 교회 내 모든 여성들에게 일어나 선물을 받으라는 목사님의 말이 떨어지기 무섭게 자리에서 일어났다. 내 주변에 있는 여성들 가운데 일어서지 않은 사람은 없는지 확인도 했다. 나와 같이 난임을 겪는 친구 하나가 일어나길 꺼려했지만 나는 그녀에게 손짓했다.

"아직 아이가 없지만 넌 이미 몇 년 전부터 엄마였어. 그러니 일어나."

충분한 믿음
Sufficient Faith

◇◇◇◇◇◇

위통으로 잠에서 깬다.
나아지길 바라는 마음과 달리 다시금 피가 흐른다.
잠든 남편의 곁에 누워
눈먼 자 눈을 뜨게 하시고
앉은 자를 걷게 하시고
죽은 자를 살려내시는 성경의 말씀을
떠올린다.
기적의 믿음이 깊어
내게 일어난 것처럼 온몸이 말씀을 기억한다.
내 두 눈에 덮인 진흙덩이를 거둬주시고
아직 못이 박히지 않은 거친 두 손이 나를 일으켜 두 발로 서게 했으며
그의 음성에 멈춘 심장이 다시 뛰기 시작했다.
내 기억처럼 그 말씀들을 기억한다.
끈끈하고 뜨거운 출혈을 느끼며
너는 다시금 아이가 없으리라 전하신 음성을 듣는다.
이불 아래서 내 손을 뻗어본다.
그 분의 옷깃을 감히 잡을 수 있다면
나는 완전해지리라.
알 수 있었다.
2000년 전의 낡은 옷깃을 잡아보려
손가락을 감히 펼쳐본다.

12
다시 일어서는 과정

임신만이 나를
진정으로 행복하게 할 것 같았다.
하지만 희망은 그런 게 아니다.
희망은
우리를 앞으로 나아가게 하는 힘이지
최종 목적지가 아니다.

희망의 날을 기다리는 마음

임신을 시도하던 첫 해에는 몇 달 후에는 아이가 생기리라 확신했다. 6개월 동안 나는 이번에는 정말 임신인 것 같다는 생각에 생선, 가공육, 연질치즈 등의 음식을 가려먹기도 했다. 속이 미식거리고 가슴이 단단해지고 쉽게 피곤해지는 증상도 겪었다. 그러나 임신테스트기는 매번 음성을 가리켰다. 임신테스트를 한 당일 혹은 며칠 이내 나는 생리를 시작했다. 7개월이나 소식이 없자 나는 울기 시작했다. 9개월이 지나고 우리는 병원 진료를 받아야겠다고 결심했다.

우리에게 맞는 치료법을 쉽게 찾을 수 있을 거라고 믿었다. 시험관 같은 복잡한 단계까지는 가지 않아도 될 거라고 믿었다. 그렇게 몇 달이 흘렀다. 상황이 심각하다는 것을 안 뒤, 어쩌면 아이를 갖지 못할 수도 있다는 생각이 스쳤다. 작은 고비를 만났다고 생각했지 절벽에 매달려 있는 줄은 몰랐다.

우리는 임신을 하기 위해 가장 기본적이고 손쉬운 방법도 계속했다. 어쩌면 아이가 생길지도 모른다고 믿으면서. 그러길 바랐다. 하지만 그런 일은 일어나지 않았다. 진료실을 나설 때면 간호사가 우리를 불러 세웠다. 간호사는 우리에게 치료를 받는 중이라도 계속 관계를 하는 편이 좋다고 이야기해 주었다. 자연스럽게 아이가 생길 수 있다고 했다.

화가 났다. 그 간호사에게 화가 난 것은 아니었다. 그녀는 그저 우리를 돕고 싶어 했을 뿐이다. 화가 난 이유는 이제 어떤 희망도 갖고 싶지 않아서였다. 한 달 한 달이 지날 때마다 '이번에는 임신이겠지'라는 기대 속에 살고 싶지 않았다. 다시는 실망하고 싶지 않았다. 나는 간호사에게 우리는 시도했다고, 그것도 몇 년이나 시도했다고 말했다. 지금 상황으로서는 나와 남편이 자연스럽게 임신을 하기는 어렵다는 현실을 간호사가 알아주길 바랐다. 더는 희망이라는 감옥에서 살고 싶지 않다는 것을 그녀가 알아주길 바랐다.

그녀에게 속 이야기를 삼간 채 자리를 떴다. 남편이 내 뒤를 따랐다. 간호사가 무어라 덧붙이려 했지만 듣고 싶지 않았다. 한 줄짜리 임신테스트기를 보는 것이 어떤 기분인지 모르는 사람에게서는 그 어떤 격려의 말도 더는 듣고 싶지 않았다. 실낱같은 희망이라도 지금 나에게는 독이 될 뿐이었다.

간호사를 뒤에 남겨두고 그 자리에서 걸어 나왔듯이, 모든 걸 다 남겨두고 모른 척 현실에서 걸어 나올 수도 있었다. 곪아터진 실망감을 모른 척 덮어둘 수도 있었다. 희망을 던져버리고 아이를 원치 않은 척 굴 수도 있었다. 사람들은 희망이 반드시 존재하는 것처럼 항상 떠들어댄다. 사람에게 공기가 필요하듯이 희망도 필요하다고. 사실 그렇지 않다.

그때 나는 희망이란 가면을 쓴, 짓궂은 운명의 장난에 시달렸다. '이번만은, 이번만은, 제발 이번만은' 하고 마음속으로 중얼거리며 잠들던 수많은 밤이 눈앞에 선했다. 아침에 눈을 떠 제발 입덧을 하길 바라던 아침이 선연했다. 임신테스트기를 손에 쥐고 기다리던 몇 분 동안 남편을 꽉 안고 설레던 순간들이 떠올랐다. '임신이 아님' 소견을 듣고 임신 때문이 아닌 실망감에 몸서리치며 미식거리던 날들이 그려졌다. 이제는 내 몸을 찔러대는 바늘과 호르몬이 아니라면 두 줄짜리 임신테스트기를 볼 수 없다는 것을 잘 안다. 희망과 실패라는 벼랑 사이에 매달린 외줄에 서서 평생을 기다려야 하는 것은 지옥이나 다름없다.

희망이란 단어를 떠올리면 불가능한 현실, 곧 임신이 될 거라는 믿음 속에 있는 내 자신이 그려진다. 내 희망의 기도는 이제 답을 얻었지만 완벽한 구원과는 거리가 멀었다.

아주 오랫동안, 내 모든 에너지는, 내 시야는, 내 영혼은 단 하나, 엄마가 되고 싶다는 바람뿐이었다. 이외의 삶은 방치했다거나 내 인생의 다른 목표들을 하나도 이루지 못했다는 말을 하려는 것은 아니다. 임신 이외의 것들은 상대적으로 변방에 머무르며 덜 중요했다는 의미다. 내 삶 속에서 이룬 것들, 내 안의 가능성을 모두 합쳐도 충분치 않게 느껴졌다. 임신만이 나를 진정으로 행복하게 할 것 같았다.

하지만 희망은 그런 게 아니다. 희망은 우리를 앞으로 나아가게 하는 힘이지 최종 목적지가 아니다. 임신은 종착지가 될 수 없다. 출산도 마찬가지다. 이런 것들은 그저 과정일 뿐이다. 나는 좁은 시야로 세상을 바라보며 조금 더 긍정적인 시각을 가져야 희망을 꿈꿀 수 있다고 생각했다. 어쩌면 그럴 지도 모른다. 그러나 내게 필요한 것은 긍정적인 시각이 아니라 좁은 시야를 벗어나 크고 널리 세상을 바라보는 것이었다.

어떤 계기로 인해 내가 책을 쓰기로 결심했는지는 확실치 않다. 어쩌면 간호사와 나누었던 대화 때문이었을지도 모른다. 아니면 나를 나약하게 만드는 희망을 품지 않겠다고 다짐한 순간이었을지도. 서점을 아무리 둘러보아도 내가 찾는 책은 없다는 것을 절감했을 때였는지도 모른다. 다만 내가 조금 더 큰 세상을 보게 된 그날은 또렷이 기억한다.

지역에서 열린 글쓰기 행사에 초빙된 작가와 아침을 먹고 있었다. 그는 기조연설자로 참석했고 나는 그가 행사에 참여하는 데 어려움이 없도록 돕는 일을 했다. 그는 나에게 현재 작업 중인 작품에 대해 말했고, 나는 과거에 진행했던 프로젝트에 대해 이야기했다. 그러자 그는 나에게 지금 작업 중인 작품은 무엇인지 물었다. 나는 잠시 되짚었다. 당시 내 삶의 가장 중요한 일은 엄마가 되는 것이었다. 지금 내가 작업 중인 기념비적 프로젝트라 함은 채혈을 하고, 체온을 재고 남편과 병원에 가는 일이었다. 내가 만들어낸 난임의 세상에 갇혀 살던 순간들이 눈앞에 지나갔다. 난임에 대한 시를 한 편 쓴 것도 떠올랐다. 한 달 전쯤 서점에 서서 마음이 아팠던 순간도. 인터넷에서 난임을 겪는 사람들의 글을 찾아 헤매던 일도 스쳤다.

"난임에 대한 책을 쓰고 있어요."

어느 순간부터 이렇게 말했다. 그러고 나자 갑자기 임신 외에 중요한 일이 생긴 것 같았다. 그것도 아주 중요한 일. 그렇다고 임신 생각은 접어두고 오로지 글쓰기에만 집중하느냐면 그것도 아니었다. 우선순위가 바뀐 것이 아니라 숨어 있던 세계가 드러났다고 하는 편이 맞을 것 같다. 아픔만 비추던 현미경을 버리고 큰 세상을 보게 되었다고 할까. 내가 쓰는 글들은 대부분 엄마가 되고 싶은 나의 아픔과 염원에 대한 것이었다. 그러나 이제 한 가지 달라진 것은 내가 글을 쓴다고 아이가 생기는 것이 아니라는 현실을 깨달았다는 점이다. 책을 쓰겠다는 목표로 인해 오랫동안 버려졌던 세계에 다시 발을 들인 기분이었다.

희망을 품고 산다는 건 아무런 희망도 없이 사는 것과 겉보기에 큰 차이가 없어 보인다. 이 두 개의 삶이 다르다는 것을 깨닫기까지는 시간이 필요하다. 사실 나도 희망을 내려놓는 삶과 포기하지 않는 삶이 어떻게, 얼마나 다른지 깨달았다고 하기 어렵다. 책의 초반부에 언급했던 것처럼 나는 두려움과 믿음이라는 두 가지 자아로 나뉘어져 있다. 믿음의 자아는 더 강한 힘을 발휘할지 몰라도 아주 작은 몸짓으로 시작된다. 내가 어떤 것도 받아들일 마음의 준비를 하고 희망을 가진다면 믿음의 자아가 목소리를 낼 수 있게 된다. 작은 몸짓이 아닌, 내 안에서 가장 큰 목소리를 내며 안심과 위로가 아닌 반응하고 행동할 수 있는 힘을 준다.

나는 매일같이 갈등했고, 매일같이 패배했다. 내 안의 작은 악마는 내가 하는 모든 행동에 깃들어 내게 허락되었던 축복을 왜곡하고, 내 삶을 감사할 줄 모르게 만들었으며 내가 느끼는 감정과 내가 아는 사실들을 모두 비뚤어지게 해석하도록 만들었다. 아직 여기서 완전히 벗어나지는 못했다. 그러나 이제 내가 갈등하고 싸우는 방식이 달라졌다. 희망을 포기하지 않자 어떤 일이 벌어져도 기분이 씁쓸해지는 경험을 하지 않게 되었다. 희망은 내게 때로는 차분한 마음으로 세상을 넓게 바라봐야 한다는 중요한 사실을 가르쳐주었다. 지나온 내 삶에 깃들었던 수많은 행운과 행복이 실제로 내가 아이를 갖는 데 조금의 도움도 주지 못했음에도 이제는 감사한 마음으로 받아들일 수 있게 되었다.

그리고 결국 구할 수 있다. 나는 엄마가 되길 바란다. 그저 바랄 뿐 아니라 언젠가는 엄마가 될 거라고 확신한다. 그러나 엄마가 되는 과정이, 때와 시간이, 슬픔과 기쁨이 내 기대와는 다를 거라는 것을 먼저 이해해야 한다. 내 삶은 앞으로 나아가겠지만 아이를 갖는 일 만큼은 진전을 이룰 수 없을지도 모른다. 결국 난임을 향한 싸움이 아무런 결과를 얻을 수 없다 해도 나는 괜찮을 거란 확신을 가져야 한다.

희망은 충만하기만 한 기쁨도, 현실에서의 도피도 아니다. 희망이란 그 어떤 결과가 와도 어려움을 마주하겠다는 의지, 무슨 일이 닥쳐도 삶을 계속 살아갈 힘이다.

정말입니다/진실로
Make No Mistake

∞∞∞∞∞∞

아뇨, 아직 아이를 낳지 못했습니다.
그러나 진실로
나는 아이가 있습니다.

아이들은 이곳과 천국의 문 사이에서
기다리고 있습니다.
천국에서 비추는 밝은 빛과 구별되지 않을 정도로
투명한 모습으로
함께 있습니다.

아니요, 아직 아이를 낳지 못했습니다.

하지만 병원에 갈 때마다 아이들의 얼굴을 가득 떠올리고,
진료실에 들어선 의사가 실망스런 결과로
이미 낙담한 표정을 지을 때
그 얼굴 위로 겹겹이 아이들의 얼굴을 그립니다.

나는 아이가 있습니다.

아직 만난 적은 없지만
우리에게 올 아이들이 필요한 것은 없는지
매일같이 살핍니다.

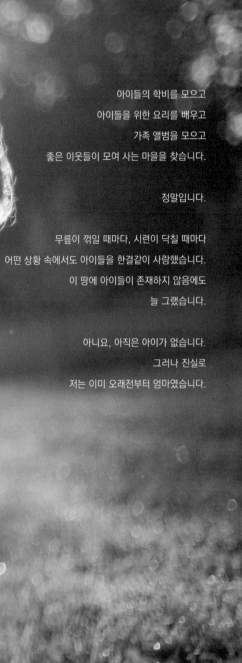

아이들의 학비를 모으고
아이들을 위한 요리를 배우고
가족 앨범을 모으고
좋은 이웃들이 모여 사는 마을을 찾습니다.

정말입니다.

무릎이 꺾일 때마다, 시련이 닥칠 때마다
어떤 상황 속에서도 아이들을 한결같이 사랑했습니다.
이 땅에 아이들이 존재하지 않음에도
늘 그랬습니다.

아니요, 아직은 아이가 없습니다.
그러나 진실로
저는 이미 오래전부터 엄마였습니다.

토네이도가 휩쓴 후
After the tornado

◇◇◇◇◇◇

토네이도가 휩쓸고 지나간 다음 날
누군가의 꿈이 부서진 조각을 발견했다.

인형 머리, 비에 젖은 신문들,
난도질당한 나뭇잎들.
장갑을 끼고 뒷마당에 가득한 잔해를 치우던 내 손 안으로
무언가 반짝였다.

유리처럼 맑고
무지개처럼 빛나는.
아주 값진 무언가의 아주 작은 파편.
한 때는 거대한 아름다움의 일부였던
아주 작은 은빛 발화.

부서진 꿈의 조각을 단 한 번도 본 적 없는 자라도
한 때 누군가가 품었던 가장 큰 바람을, 희망을
몰라볼 수 있을까?
단지 부서진 조각이라 하찮게 여길 수 있을까?

토네이도가 휩쓴 자리에
깨진 유리병조차 다시 붙이기 어려울 것을
하물며 부서진 꿈이라야
손 안에 든 파편을 다시금 어둠 속으로 던지는 사람들.

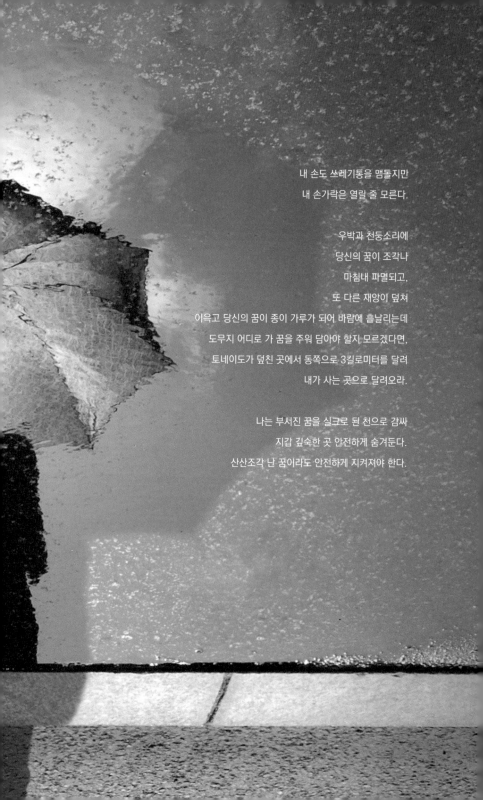

내 손도 쓰레기통을 맴돌지만
내 손가락은 열릴 줄 모른다.

우박과 천둥소리에
당신의 꿈이 조각나
마침내 파멸되고,
또 다른 재앙이 덮쳐
이윽고 당신의 꿈이 종이 가루가 되어 바람에 흩날리는데
도무지 어디로 가 꿈을 주워 담아야 할지 모르겠다면,
토네이도가 덮친 곳에서 동쪽으로 3킬로미터를 달려
내가 사는 곳으로 달려오라.

나는 부서진 꿈을 실크로 된 천으로 감싸
지갑 깊숙한 곳 안전하게 숨겨둔다.
산산조각 난 꿈이라도 안전하게 지켜져야 한다.

너를 만나는 그날까지 나는 항상 엄마란다

기다리는 마음

초판 1쇄 인쇄 2017년 4월 20일
초판 1쇄 발행 2017년 4월 27일

지은이 에밀리 해리스 애덤스
옮긴이 신솔잎

기획편집 김소영
기획마케팅 최현준
책임편집 최보배
디자인 Aleph Design

펴낸곳 빌리버튼
출판등록 제 2016-000166호
주소 서울 마포구 양화로11길 46(메트로서교센터) 5층 501호
전화 02-338-9271 | **팩스** 02-338-9272
메일 billy-button@naver.com

ISBN 979-11-959909-4-8 03840

이 도서의 국립중앙도서관 출판예정도서목록(CIP)은 서지정보유통지원시스템 홈페이지(http://seoji.nl.go.kr)와
국가자료공동목록시스템(http://www.nl.go.kr/kolisnet)에서 이용하실 수 있습니다.
(CIP제어번호: CIP2017008974)